人民共和國文化與文學叢書

五 編

李 怡 主編

第 **20** 冊

1980 年代「科學」和「理性主體」的重建
——以「走向未來」叢書爲中心

皮坰勳 著

花木蘭文化事業有限公司

國家圖書館出版品預行編目資料

1980 年代「科學」和「理性主體」的重建——以「走向未來」叢
書為中心／皮坰勳 著 — 初版 — 新北市：花木蘭文化事業有
限公司，2017〔民 106〕
目 2+178 面；19×26 公分
（人民共和國文化與文學叢書 五編；第 20 冊）
ISBN 978-986-485-091-4（精裝）
1. 科學哲學 2. 科學社會學
820.8   106013292

特邀編委（以姓氏筆畫為序）：

ISBN-978-986-485-091-4

9 789864 850914

吳義勤 孟繁華 張 檸
張志忠 張清華 陳思和
陳曉明 程光煒 劉福春
（臺灣）宋如珊
（日本）岩佐昌暲
（新西蘭）王一燕
（澳大利亞）鄭 怡

人民共和國文化與文學叢書
五 編 第二十冊　　　　　ISBN：978-986-485-091-4

1980 年代「科學」和「理性主體」的重建
——以「走向未來」叢書爲中心

作　　者　皮坰勳
主　　編　李 怡
企　　劃　北京師範大學民國歷史文化與文學研究中心
　　　　　四川大學現代中國文化與文學研究中心
總 編 輯　杜潔祥
副總編輯　楊嘉樂
編　　輯　許郁翎、王 筑　美術編輯　陳逸婷
印　　刷　普羅文化出版廣告事業
出　　版　花木蘭文化事業有限公司
社　　長　高小娟
聯絡地址　235 新北市中和區中安街七二號十三樓
　　　　　電話：02-2923-1455／傳眞：02-2923-1452
網　　址　http://www.huamulan.tw 信箱 hml810518@gmail.com
初　　版　2017 年 9 月
全書字數　159381 字
定　　價　五編 30 冊（精裝）台幣 56,000 元

1980 年代「科學」和「理性主體」的重建
——以「走向未來」叢書為中心

皮坰勳　著

作者簡介

皮坰勳，1979 年出生於韓國首爾。2006 年畢業於韓國高麗大學本科、2008 年畢業於韓國高麗大學碩士。之後，2009 年考上中國北京大學中文系的博士過程，2013 年獲得了博士學位。博士畢業之後，2013 年至 2015 年在高麗大學中國學研究所工作（研究教授），2016 年至現在，韓國國立木浦大學任教。主要論文有：《作爲解放的「科學」》（2013，韓文）、《如何重新思考文化大革命的終結》（2015，韓文、中文）等等。

提　要

　　「科學」這一概念是理解中國現代性的一個核心範疇。這個概念最早被移植到中國的時候，中國知識分子們將它理解爲一種人生及道德哲學。許多知識分子認爲，能夠以這一「科學」概念來解決一切問題。在「科學」中國化的進程中，受到科學主義洗禮的一些知識分子，接受了所謂「科學的馬克思主義」，在 1949 年以後的歷史流變之中，這種影響變成了一種桎梏。本書將要以《走向未來》叢書爲主要研究對象，撰寫 1980 年代中國的知識分子如何挑戰霸權話的科學馬克思主義，而重新尋找理性主體的可能性。

當代的意識與現代的質地——
《人民共和國文化與文學叢書》第五編引言

李 怡

　　我們對當代批評有一個埋所當然的期待：當代意識。甚至這個需要已經流行開來，成為其他時期文學研究的一個追求目標；民國時期的文學乃至古代文學都不斷聲稱要體現「當代意識」。

　　這沒有問題。但是當代意識究竟是什麼？有時候卻含混不清。比如，當代意識是對當代特徵的維護和強調嗎？是不是應該體現出對當代歷史與當代生存方式本身的反省和批判？前些年德國漢學家顧彬對中國當代文學的批評引發了中國批評家的不滿——中國當代文學怎麼能夠被稱作「垃圾」呢？怎麼能夠用作家是否熟悉外語作為文學才能的衡量標準呢？

　　顧彬的論證似乎有它不夠周全之處，尤其經過媒體的渲染與刻意擴大之後，本來的意義不大能夠看清楚了。但是，批評家們的自我辯護卻有更多值得懷疑之處——顧彬說現代文學是五糧液，當代文學是二鍋頭，我們的當代學者不以為然，竭力證明當代文學已經發酵成為五糧液了！其實，引起顧彬批評的重要緣由他說得很清楚：一大批當代作家「為錢寫作」，利欲薰心。有時候，爭奪名分比創作更重要，有時候，在沒有任何作品的時候已經構思如何進入文學史了！我們不妨想一想，顧彬所論是不是大家心知肚明的事實呢？

　　不僅當代創作界存在嚴重的問題，我們當代評論界的「紅包批評」也已然是公開的事實。當代文學創作已經被各級組織納入到行政目標之中，以雄厚的資本保駕護航，向魯迅文學獎、茅盾文學獎發起一輪又一輪的衝鋒，各

級組織攜帶大筆資金到北京、上海，與中國作協、中國文聯合辦「作品研討會」，批評家魚貫入場，首先簽到，領取數量可觀的車馬費，忙碌不堪的批評家甚至已經來不及看完作品，聲稱太忙，在出租車上翻了翻書，然後盛讚封面設計就很好，作品的取名也相當棒！

　　當代造成這樣的局面都與我們的怯弱和欲望有關，有很多的禁忌我們不敢觸碰，我們是一個意識形態規則嚴厲的社會，也是一個人情網絡嚴密的社會，我們都在為此設立充足的理由：我本人無所謂，但是我還有老婆孩子呀！此理開路，還有什麼是不可以理解的呢！一切的讓步、妥協，一切的怯弱和圓滑，都有了「正常展開」的程序，最後，種種原本用來批評他人的墮落故事其實每個人都有份了。當然，我這裡並不是批評他人，同樣是在反省自己，更重要的是提醒一個不能忽略的事實：

> 中國當代文學技巧上的發達了，成熟了，據說現代漢語到這個時代已經前所未有的成型，但這樣的「發達」也伴隨著作家精神世界的模糊與自我偽飾。而且這種模糊、虛偽不是個別的、少數的，而是有相當面積的。所謂「當代意識」的批評不能不正視這一點，甚至我覺得承認這個基本現實應當是當代文學批評的首要前提。

　　因為當代文學藝術的這種「成熟」，我們往往會看輕民國時期現代作家的粗糙和蹣跚，其實要從當代詩歌語言藝術的角度取笑胡適的放腳詩是容易的，批評現代小說的文白夾雜也不難，甚至發現魯迅式的外文翻譯完全已經被今天的翻譯文學界所超越也有充足的理由。但是，平心而論，所有現代作家的這些缺陷和遺憾都不能掩飾他們精神世界的光彩——他們遠比當代作家更尊重自己的精神理想，也更敢於維護自己的信仰，體驗穿梭於人情世故之間，他們更習慣於堅守自己倔強的個性，總之，現代是質樸的，有時候也是簡單的，但是質樸與簡單的背後卻有著某種可以更多信賴的精神，這才是中國知識分子進入現代世界之後的更為健康的精神形式，我將之稱作「現代質地」，當代生活在現代漢語「前所未有」的成熟之外，更有「前所未有」的歷史境遇——包括思想改造、文攻武衛、市場經濟，我們似乎已經承受不起如此駁雜的歷史變遷，猶如賈平凹《廢都》中的莊之蝶，早已經離棄了「知識分子」的靈魂，換上了遊刃有餘的「文人」的外套，顧炎武引前人語：「一為文人，便不足觀」，林語堂也說：「做文可，做人亦可，做文人不可。」但問題是，我們都不得不身陷這麼一個「莊之蝶時代」，在這裡，從「知識分子」

演變爲「文人」恰恰是可能順理成章的。

在這個意義上，今天談論所謂「當代性」，這不能不引起更深一層的複雜思考，特別是反省；同樣，以逝去了的民國爲典型的「現代」，也並非離我們「當代」如此遙遠，與大家無關，至少還能夠提供某種自我精神的借鏡。在今天，所謂的批評的「當代意識」，就是應該理直氣壯地增加對當代的反思和批判，同時，也需要認同、銜接、和再造「現代的質地」。回到「現代」，才可能有眞正健康的「當代」。

人民共和國文學研究，我以爲這應當是一個思想的基礎。

目

次

緒　論

第一節　何爲「1980 年代」？

　　在某種意義上，1980 年代可視爲一個「歷史的中間物」。一方面，它作爲「文化大革命」（以下簡稱「文革」）的結果而存在，另一方面，它又是改革開放的開端，是新時期中國文化重建的階段。因此，1980 年代充斥著「脫文革」與「文化重建」這兩個維度之間的內在緊張。在「文革」的創傷之上重構、奠定思維的基礎，業已成爲 1980 年代中國知識界所面臨的頭等大事。

　　卡西爾曾經說過，「驚訝」是一切哲學之根源。〔註1〕所謂「哲學」，若是一個代表一切思維的概念，那麼，卡西爾的說法等於說是一切思維開始於「驚訝」。站在今天的立場來回顧，晚近 1980 年代之所以成爲了一個「主題（topic）」，或許正緣於這種「驚訝」。正如李楊所指出，「1980 年代建立的理解框架仍然是我們理解這個世界的基本框架。也就是說，今天我們對文學的理解，對文化政治的理解框架仍然是 1980 年代奠定的。」〔註2〕

　　福柯曾經將認識框架的誕生比喻爲一個反射棱鏡的誕生。他指出：「我不想給你們用天體物理的觀點來講地球的歷史，我是想做一種反射棱鏡的歷史，從某個時候開始，這種棱鏡能讓人想到地球是一個星球。」〔註3〕如同福

〔註1〕卡西爾：《人文科學的邏輯》，北京：中國人民大學出版社，2004 年，第 35 頁。

〔註2〕李楊：《重返 1980 年代：爲何重返以及如何重返》，載於程光煒主編：《重返 1980 年代》，北京：北京大學出版社，2009 年，第 14 頁。

〔註3〕米歇爾・福柯：《安全、領土與人口》，上海：上海人民出版社，2010 年，第 243 頁。

柯所闡釋，我們只有在一個認識框架（即「反射棱鏡」）裏，才能看到或診斷某一個時代或對象。同樣，上面李楊的那句話揭示了，1980 年代是奠定「文革」之後的整個思維體系的出發階段，如果沒有當時的文化建設過程，就不可能存在今天的基本思維框架。這無疑是我們今日關注「1980 年代」的根本原因。

迄今爲止，1980 年代一般被評價爲「現代化的時代」。1980 年代是市場經濟擴展的開端，被認爲是「否定革命」、「追蹤市場」的年代。汪暉在發表於 1997 年的著名文章《當代中國的思想狀況與現代性問題》中，把改革開放前後的馬克思主義分別概括爲「反現代的現代化的馬克思主義」與「現代化的馬克思主義」。他指出：「1978 年以後在中國共產黨內以及一些馬克思主義知識分子中出現的『眞正的社會主義』思潮，其主要的特徵是用人道主義來改造馬克思主義，並以這種改造了的馬克思主義批判改革前的意識形態，從而爲改革運動提供理論上的依據。這個思潮是當時中國的『思想解放運動』的一部分。」〔註4〕

在汪暉看來，改革開放之前的馬克思主義是革命性的，但到了新時期之後馬克思主義就喪失了革命性，變成了「人道主義馬克思主義」抑或「實用主義的馬克思主義」。這樣的性質變化造成的後果是：「把『文革』式社會主義專制當作傳統的和封建主義的歷史遺存來批判的，也涉及社會主義社會本身的異化問題，但對社會主義的反思並沒有引向對現代性問題的反思」；於是「中國人道主義的馬克思主義對傳統社會主義的批判催生了中國社會的『世俗化』運動──資本主義的市場化的發展。」〔註5〕

按汪暉的理解，七八十年代之交的中國思潮對傳統馬克思主義的批判，不知不覺地把馬克思主義的核心即「革命性」給淹沒了，其結果是資本主義市場化趨勢的全面展開。基於這樣的診斷，汪暉將整個 1980 年代的特徵及其思想流變描繪爲「現代化」或者「市場資本主義化」：「無論中國的啓蒙主義思想內部存在多大的衝突，也無論中國啓蒙主義者對啓蒙主義的社會功能的自覺程度如何，中國啓蒙主義是中國當代最有影響力的現代化意識形態，是當代中國市場社會的文化先聲。」〔註6〕

〔註 4〕汪暉：《當代中國的思想狀況與現代性問題》，《天涯》，1997 年第 5 期。

〔註 5〕同上。

〔註 6〕同上。

　　1980 年代對「現代化」的展望的確過於樂觀，但是，像汪暉這樣將整個
1980 年代思潮看作「現代化市場主義意識形態」的表現也無疑是過於簡單的。
若如此，該年代產生的思維框架只能被看作否定革命而推動市場經濟的意識
形態，其思潮內部的衝突和裂痕則不能得到說明。我們有必要關注 1980 年代
思想歷程的親歷者金觀濤對於 1980 年代思想歷程的辯護：「1980 年代是一個
思想豐富、見解各異的時代，大家都在為中國找出路，目標都是中國的開放、
現代化。現在一些『左派』說，1980 年代找到的出路就是呼喚經濟自由主義、
全盤資本主義，如果 1980 年代真是這樣的，壓根兒就不會有啟蒙。」〔註 7〕

　　正如金觀濤所指出，如果簡單地把 1980 年代看作是現代化的時代，這可
能是片面的，不能更全面地評價該時代的思想內涵。戴錦華也指出過，1980
年代還是充滿衝突的時代，它「可以在『現代性話語』與『啟蒙話語』的多
元性層面上獲得闡釋。」〔註 8〕張旭東也從符號生產的角度來解釋 1980 年代
知識生產的意義，認為 1980 年代的文化熱「揭開了當代中國符號資本『原始
積累』的帷幕，其規模之浩大，足以作為近代史上繼洋務和五四之後的又一
次高峰。」〔註 9〕

　　有關 1980 年代的評價之間的衝突，顯示了這個話題的爭議性。這是因為，
對 1980 年代思想脈絡的判斷及評價牽涉到整個新時期以後中國思想的合法性
問題。如上文所說，今天認識中國的框架大部分是在 1980 年代形成的，在這
一意義上，與其否定或拒絕整個 1980 年代的認識框架，毋寧更為細緻地辨析
和評價當時思想脈絡的複雜性。

　　正是在這一意義上，1980 年代「文化熱」的意義不容忽視。如果我們承
認整個 1980 年代的歷程是擺脫「一體化」的思維框架即「馬列主義」思想框
架並進入「多元化」時代，那麼，1980 年代中後期的「文化熱」階段可以說
是正是這一思想多元化趨勢的表現。據許紀霖的看法，到「人道主義」論爭
為止，整個思想模式仍然圍束於馬克思主義的認識框架，但現代化實踐提出
的大量問題已經遠遠不是馬克思主義早期思想所能解決。〔註 10〕這意味著，

〔註 7〕　金觀濤：《1980 年代的一個宏大思想運動》，載於馬國川主編《我與 1980 年
　　　　　代》，北京：三聯書店，2011 年，第 175 頁。
〔註 8〕　戴錦華：《涉渡之舟》，北京：北京大學出版社，2010 年，第 46 頁。
〔註 9〕　張旭東：《幻想的秩序》，香港：牛津大學出版社，1997 年，第 18 頁。
〔註 10〕　許紀霖：《總論》，載於許紀霖等著《啟蒙的自我瓦解》，吉林：吉林出版集團
　　　　　有限責任公司，2007 年，第 5 頁。

1980 年代的「文化熱」正是中國的知識界開始用與馬克思主義不同的思維模式來探索的階段。

眾所周知，關於「文化熱」的最爲典型的分類法是陳來的《思想出路的三動向》。在這篇文章中，陳來很簡潔地概述了組成「文化熱」的三個主要知識群體：

> 金觀濤以科學爲衡量傳統文化的標尺；甘陽則從西方文化的價
> 值判斷中國文化，兩者有代表性地反映了思想界的文化批判思潮，
> 與兩者大異其趣的是「中國文化書院」，其創立宗旨之一，即弘揚固
> 有的優秀文化傳統，取向比較地認同傳統，是顯而易見的。〔註11〕

正如陳來所概括的，「文化熱」的主要參與者有三個代表性的知識群體，分別爲「走向未來」叢書編委會、「文化：中國與世界」編委會以及「中國文化書院」。他們憑藉互不相同的知識背景來嘗試文化重建，依靠的思想根源也各不相同。「走向未來」叢書編委會以「科學」爲關鍵詞來探討文化重建，「文化：中國與世界」編委會則主要以「闡釋學」和「文化批判」的角度試圖進行文化建設，而「中國文化書院」更關注中國傳統文化所蘊含的可能性。這一「文化重建」的知識試驗首先是基於急迫要求復興民族國家的危機意識。〔註12〕「文革」之後的一種「文化空虛感」觸發了整個民族文化的危機感，1980 年代的知識分子對新知識的渴望首先基於對民族共同體的責任感。

「文化熱」的基本動因雖然是民族危機意識，但是，僅僅把它看作民族意識的表現是不夠的。實際上，1980 年代的思想建設過程包含了各種不同的思想框架，並且各個框架之間有著相當大的差異，各個觀點之間不能不存在分歧。這種基本認識上的分歧埋下了思想爭論的種子。「文化熱」所奠定的各種思想框架，仍是今天解釋中國的最爲基本的思想「語法」，是目前的思想地形的潛流。

既然對「1980 年代」和「文化熱」有著不同的解釋，我們有必要更細緻地探究其思想潮流的組成。作爲思想的「原始積累」而存在的 1980 年代和「文化熱」，仍然獲得極端不同的評價。但是，這些評價只是浮於「現代化」和「多元化」這兩個維度之間，更爲深入的評價和解釋尚未出現。對任何文化事件

〔註11〕 陳來：《思想出路的三動向》，載於甘陽主編《1980 年代文化意識》，上海：上海人民出版社，2006 年，第 568 頁。

〔註12〕 同上，第 569 頁。

的考察都只能從它的歷史情境（historical environment）〔註13〕出發。包括「文化熱」在內的整個 1980 年代的知識形成的過程，同樣不是從天而降，而是當時極爲微妙的思想衝突的結果。

　　前文所引張旭東的觀點尤具啓發性之處，在於他把 1980 年代看作繼洋務運動和五四之後的又一次知識生產的高峰。一次文化體系轉換的意義，只有放在民族歷史的脈絡裏才能得到展現。而且，正如福柯的比喻所揭示，一個「反射棱鏡」的發明改變我們看待世界的方式。有必要強調的是，「反射棱鏡」這一工具的發明和出現，無疑是漫長和錯綜複雜的技術發展的結果，它的內部有著極爲複雜的構造。一個民族的思想或認識框架的轉換也是同樣。1980 年代作爲歷史時代的轉換，包含著整個認識框架的轉換，其內部存在著比「市場化」趨勢更爲深厚、複雜的思想內涵。1980 年代和「文化熱」是一場文化碰撞、思想交鋒的大宴，我們需要進到內部，挖掘它的時代內涵。

第二節　「啓蒙陣地」──「走向未來」叢書

　　若不能否定 1980 年代作爲「啓蒙時代」的意義，那麼，探討它的思想脈絡的過程中，「文化熱」的「三大知識群體」，即「走向未來」叢書編委會、「文化：中國與世界」編委會和「中國文化書院」無疑是考察的出發點和中心。其中「走向未來」叢書，不管在時間的先後順序上，還是從思想資源的重要性來說，都佔據著非常重要的地位。錢理群將「走向未來」叢書的特點概括爲三點：「民辦」、「編委會的合法地位」以及以「民間刊物」的形式推動「中國文化重建」。〔註14〕「走向未來」叢書回應當時青年學者和研究者對思想多元化的渴望，打開了獨立和自由的思想空間。在整個 1980 年代思想潮流的巨浪之中，該叢書所蘊含的時代內涵是不言而喻的。

　　1980 年代「文化熱」的代表性學者之一甘陽，對「走向未來」叢書及其知識群體，有如下評價：「他們（『走向未來』）基本上是和體制結合比較緊，所以他們所討論的語言老是官方語言，因爲當時他們老是在和官方辯論，他要辯論就得使用官方能夠接受的一套東西，所以當時老實說我們是很看不起

〔註13〕Xudong Zhang, *On Some Motifs in the Chinese "Culture Fever" of the Late 1980s*, Social Text, No.39(Summer, 1994).

〔註14〕錢理群：《毛澤東時代和後毛澤東時代》，臺北：聯經出版事業股份有限公司，2012 年，第 214～215 頁。

的，就是那一套東西很不理論化」。〔註15〕由此看來，甘陽很負面地評價「走向未來」叢書的地位，貶低其時代意義。迄今我們沒有看到金觀濤對甘陽批評的直接回應，但金觀濤對「科學」和「理性」的提倡是一以貫之的：「科學從來都是正面意義、正面價值，科學價值是『五四』以後沒有人敢懷疑的。」〔註16〕

　　如上文所說，對 1980 年代的評價一直存有爭論。上面兩名代表性學者之間的觀點分歧也意味著，他們對自己和同行推動的思想歷程有著不同的觀點和評價，更意味著他們是有不同的信念。對於作爲研究者的我們而言，只有深入到當時的時代環境和思想脈絡，才能更爲恰當地認識「走向未來」叢書及其知識群體的內涵。

　　眾所周知，在「文革」期間，中國的整個知識界受到了前所未有的控制和損害，在嚴峻的時代環境裏，知識範圍也極端地萎縮。據一個統計數據，1950 年出版了 27,000 種書，1965 年減少到 14,000 種。1967 年直接下降到 3000種。在 1966 年至 1976 年十年中，出版的書只有 8000 種。從刊物的出版來看，1957 年至 1965 年期間存在的刊物數量是 600 種左右，到了 60 年代後期，其數量急劇下降到 20 種左右。〔註17〕「文革」期間，中國的知識界經歷了一個「知識饑荒」的時代。

　　「文革」結束之後，思想控制逐漸減輕，中國的知識分子也得到一定的思想空間。趁著這個機會，許多知識分子試圖開創更爲自由、更有活力的知識陣地。「走向未來」叢書正是在這樣的時代環境中產生。大概來說，「走向未來」叢書從 1984 開始，到 1988 年爲止，持續了大約 5 年時間，總共出版了 74 種書籍（具體目錄參見附錄）。由於當時的時代環境，叢書的出版和銷售經過了不少曲折，並不是一開始就順理成章。從「走向未來」叢書的「前身」即《青年文稿——歷史的沉思》（北京：三聯書店，1980 年 12 月，以下略稱《歷史的沉思》）的出版開始，這個「啓蒙陣地」經歷了許多困難和危機。

〔註15〕查建英、甘陽：《1980 年代訪談錄》，北京：三聯書店，2009 年，第 197 頁。
〔註16〕馬國川、金觀濤：《我與 1980 年代》，北京：三聯書店，2011 年，第 173 頁。
〔註17〕轉引於 Chen Fong-ching and Jin Guantao, *FROM YOUTHFUL MANUSCRIPTS TO RIVER ELEGY*, The Chinese University Press, 1997, p.125~126, 注釋 54、55。

　　「走向未來」叢書發源於《歷史的沉思》。雖然這本書出版了第一卷後就
遭遇停刊，但這一薄薄的小冊子包含了「走向未來」叢書的原始記憶。《歷史
的沉思》總共收了十篇文章：《論文理兩科方法論的共同基礎》（李湘魯）、《馬
克思主義的對象和作爲對象的馬克思主義》（梁中鋒）、《「可分的」還是「分
立的」？——對恩格斯〈自然辯證法〉中一段話的質疑》（曹南燕）、《對人性
研究中若干問題的分析》（胡平）、《歷史的沉思——中國封建社會結構及其長
期延續原因的探討》（金觀濤、劉青峰）、《試從信息流角度考察分配的形式》
（白南生）、《三十年來我國需求大於供給趨勢的初步探討》、《我國現階段個
體所有制經濟的類別和性質》（張鋼）、《婚姻問題初探》（李銀河）、《談談牛
虻的感情》（毛茅）。

　　第一篇文章即李湘魯的《論文理兩科方法論的共同基礎》探討了自然
科學方法論在社會科學領域的使用問題。李湘魯先把「文科」和「理科」
這兩種學科的分離指責爲一個很嚴重的問題，將其主要原因診斷爲「左」
的政策和思想的干擾：「至於我國，三十年來知識界文理之間語言相隔的情
況比國外嚴重得多，重理輕文相當普遍；社會科學界陳陳相因，不注意吸
取現代自然科學和技術科學的成果和方法者大有責任。當然，一個重要的
原因是『左』的政策和思想的干擾。與自然科學相比，社會科學中禁區更
多。」〔註 18〕此後，李湘魯又警告「理科」之「無整體性」以及「文科」
之「過份的傾向性」的危險性，指出爲了克服這樣的困難，要把「文理」
這兩種學科加以融合：「一些使用近代科學方法的人對於社會現象無法從整
體上把握，而社會科學本身的方法又失於過份『哲學氣』的推測，使唯心
主義很難不盛行。對於『無概括』的自然科學家和『無方法』的社會科學
家，二者的結合是必然的。」〔註 19〕

　　這種對自然科學和社會科學之間統攝的可能性的強調，或許是爲了促進
社會科學領域的「去政治化」。在七八十年代，所謂「老三論」、「新三論」，
尤其是「系統論」，成爲當時學術界的熱點。按哈貝馬斯的說法，「系統論」
是設置一個「封閉」的社會結構模式，賦予各個子系統以自主性的空間，「系
統論」能更穩定地解釋各種社會現象。〔註 20〕不難推測，李湘魯之所以關注

〔註 18〕李湘魯：《論文理兩科方法論的共同基礎》，載於《青年文稿　歷史的沉思》，
　　　　北京：三聯書店，1980 年，第 2 頁。
〔註 19〕同上，第 11 頁。
〔註 20〕哈貝馬斯：《在事實與規範之間》，北京：三聯書店，2011 年，第 416～417

「科學方法論對於文科領域的使用」，意圖在於把社會科學領域的極左傾向予以脫除，爲社會科學領域提供更爲自由、自律的思想空間。

　　梁中鋒的《馬克思主義的對象和作爲對象的馬克思主義》一文也很值得關注。以現在的眼光來看，「作爲對象的馬克思主義」這一題目並無特別之處。但是考慮到當時的時代情境，這樣的說法無疑是具有革命性的。梁中鋒激昂地說，僵化的馬克思主義恰恰是馬克思主義的退步，爲了繼續發展馬克思主義的精髓，要關注其批判性內核：

> 　　需要我們做出正面回答的一個問題是：究竟什麼是「修正主義」？如果以是否「修正」馬克思主義的某些原理爲準繩，那麼「修正」是否一定是反馬克思主義的？馬克思主義的原理是從現實中抽象出來的，當現實發展到要求衝破某些原理時，卻以這些原理去限制和反對現實本身，不是把關係搞顛倒了麼？ABC 何在？列寧對「無產階級革命必須在全世界、至少是歐洲主要的先進工業國同時進行」這個馬克思主義的原理做了修正，算不算「修正主義」呢？顯然，「修正」有兩種：一種是通過修正，向前發展馬克思主義；另一種是企圖使馬克思主義倒退到馬克思主義創立以前的種種陳詞濫調中去。附帶說，不是把馬克思主義向前推進，而是僵死地恪守馬克思主義的某些原理，也是一種「修正主義」──一種對於馬克思主義本質的「修正」。這種「修正」，雖然在形式表現上與「使馬克思主義倒退」的那一種有所不同，實質卻是一樣的。故此，我們不應該以是否「修正」馬克思主義的某些原理爲決定我們褒貶迎拒的尺度。〔註21〕

基於這樣的問題意識，梁中鋒要求關注「科學」的本質即批判精神，提出把批判精神作爲馬克思主義的精髓：「要正確認識馬克思主義，需要『科學的勇氣和決心』，需要艱苦認眞、富於創造性的研究工作，而首先需要一種科學的態度」〔註22〕；「在唯物辯證法面前，任何事物都必須接受檢驗和批判。就馬克思主義這一事物而言，便不僅包括它的『詞句』，它的『個別原理』，而且

　　　頁。

〔註21〕梁中鋒：《馬克思主義的對象和作爲對象的馬克思主義》，載於《青年文稿 歷史的沉思》，北京：三聯書店，1980 年，第 13 頁。

〔註22〕同上，第 16 頁。

包括它的整個現行體系和所有基本原理以至唯物辯證法的現有形態本身。唯有馬克思主義者才有氣魄公然宣佈：馬克思主義沒有什麼原則不可以放棄，如果它與事實相違背；馬克思主義也沒有什麼原則可以放棄，如果它與事實相符合。馬克思主義是科學。只有本著科學的態度，我們才能找到馬克思主義；只有始終不渝地堅持馬克思主義的科學態度，我們才有可能成為馬克思主義者。」〔註23〕

　　從上面的文章可以窺見，《歷史的沉思》這部很薄的書所要推動的「科學」的本質是什麼——正如梁中鋒所指出，在他們看來，所謂「科學」的本質是客觀的、沒有偏見的視角。依靠這一獨立自由的科學精神，他們要突破當時相當僵化的思想局面，尋找更有活力的思想空間。為了這個目標，他們把「科學」及其精神精髓作為旗幟來高舉，企圖奠定思想解放的基礎。但與他們的希望相反，這一 1980 年代最初的民間刊物一開始就遇到了困難。《歷史的沉思》出版時印了五十本，由於這些當時可能被視為過於「激進」的說法，不再得到出版許可，只能消失於歷史之中。〔註24〕

　　以《歷史的沉思》為陣地的知識分子們雖然遇到困難，但並未放棄啓蒙的夢想，而是繼續尋找另外的出口。《歷史的沉思》被停刊之後，金觀濤等人組成的知識群體 1981 年就成立了編委會，開始準備出版另一種革新性的期刊。他們以18世紀啓蒙運動時期法國的「百科全書派」以及二戰之後日本的「岩波書店」為榜樣，計劃出版叢書。他們計劃與湖南人民出版社合作。當時湖南人民出版社已經出版過「走向世界」叢書，這一名稱給了他們靈感，他們決定把自己的叢書命名為「走向未來」。〔註25〕

　　當時「走向未來」叢書知識群體的成員還不太知名，出版叢書的計劃遭到湖南人民出版社的拒絕。這時，金觀濤在合肥召開的「三學」學術會議上遇見了唐若昕，唐若昕聽了金觀濤的計劃，很有興趣，建議他尋求中國社會科學院青少年研究所的支持，出版其知識叢書，並為金觀濤介紹了中國社會科學院青少年研究所所長張黎群。金觀濤向張黎群強調「走向未來」這一知識叢書的重要性，提出幾點理由：第一，中國還需要與「五四」相似的知識

〔註23〕梁中鋒：《馬克思主義的對象和作為對象的馬克思主義》，載於《青年文稿　歷史的沉思》，北京：三聯書店，1980 年，第 16 頁。

〔註24〕Chen Fong-ching and Jin Guantao, *FROM YOUTHFUL MANUSCRIPTS TO RIVER ELEGY*, The Chinese University Press, 1997, p.105.

〔註25〕同上，p.109～110。

分子運動；第二，一個時代的原動力和變化總是來自於年輕人，而且，當時的年青人都熱烈地期待著新變化的機會；第三，「走向未來」知識群體在知識層面上是革新性的，但在政治方面沒有什麼傾向性，並且他們將努力不給支持者帶來政治負擔。張黎群聽了金觀濤的意見，允許了「走向未來」叢書的出版。「走向未來」叢書出版的合法性得到了保證。〔註 26〕

　　著名學者錢理群在最近出版的一部著作中，很正面地評價 1980 年代民間學術文化運動。根據這位時代親歷者的回顧，「走向未來」叢書編委會的成立是一個標誌性的事件，標誌著 1980 年代中國民間學術運動的興起。在他看來，「走向未來」叢書正是 1980 年代新啓蒙潮流的先鋒，作爲一個獨立、自由的民間學術刊物，領導了當時思想多元化的潮流。錢理群對「走向未來」叢書的特徵和時代含義作了如下概括：

　　　　中、青年學者逐漸開始了在老一代學者支持下的獨立集合。這主要是一批文革中畢業的大學生和在讀的研究生，以及靠文革自學的成績被招入研究機構的中、青年。他們都有底層生活的經驗，大都屬於文革後期的民間思想者，有著強烈的社會、民間關懷，突破禁區、進行獨立思考研究的願望、要求與能力，渴望用自己的獨立研究促進中國的改革，推動繼五四新文化運動之後的又一次思想啓蒙運動。但他們剛起步就遭到體制的阻截：一九八〇年金觀濤、王小強、林春、李銀河等分屬於科學哲學、經濟學、社會學等學科的青年研究者，試圖創辦《青年文稿》叢刊，第一集《歷史的沉思》還未出版，就被中共中央宣傳部認定爲非法出版物，而扼殺於搖籃中。而到了一九八一年，當局宣佈民間刊物和民間組織爲非法，就逼迫人們以更爲迂迴的方式，尋找民間聚合、獨立發言的新的文化空間。〔註 27〕

終於，1982 年 5 月 19 日，「走向未來」叢書編委會作爲中國社會科學院青少年研究所的一部分成立了。編委會的性質不僅僅是個編輯委員會，又是一個由知識分子組成的「俱樂部」。由於「走向未來」叢書的合法地位得到保證，成都的四川人民出版社同意出版這一套叢書。1984 年 3 月中旬，四川人民出

〔註 26〕Chen Fong-ching and Jin Guantao, *FROM YOUTHFUL MANUSCRIPTS TO RIVER ELEGY*, The Chinese University Press, 1997, p.110.
〔註 27〕錢理群：《毛澤東時代和後毛澤東時代》，臺北：聯經出版事業股份有限公司，2012 年，第 214 頁。

版社出版了「走向未來」叢書的第一系列 12 種書。這一革新性的叢書系列出版之後，引起了轟動：這第一系列的書在四個小時內售完，許多狂熱的購買者趕到書店搶購。同年 3 月末，北京和上海的書店也開始銷售這批書，引起更熱烈的反響。出版社決定再出版 30 萬套，僅僅上海就訂購了 5 萬套。〔註28〕1986 年夏天，「走向未來」叢書成為上海最暢銷的叢書系列。〔註29〕當時的熱烈氛圍在各種重要報紙上反映出來，《文匯報》、《光明日報》以及《人民日報》等都關注了「走向未來」叢書系列引起的熱潮：

　　　　由四川人民出版社出版的大型綜合性系列叢書《走向未來》，目前在成都書市上受到了讀者的熱烈歡迎。這套叢書的出版也受到了一些中央領導同志的關注。這套叢書是由中國社會科學院青少年研究所的《走向未來》叢書編委會編輯的。展現當代自然科學和社會科學日新月異的面貌；反映人類認識和追求真理的曲折道路；記錄這一代人對祖國命運和人類未來的思考，是這套叢書出版的宗旨。目前，這套叢書已經問世的有十二種。如：反映中國現代工業經濟概貌，探討中國工業經濟發展前景的論著《現實與選擇》；研究近代科學為什麼沒有在中國產生的著作《讓科學的光芒照亮自己》。《走向未來》叢書特別注重於科學的思想方法和新興的邊緣學科的介紹和運用，把自然科學、社會科學，以及文學藝術方面創造性的成果，嚴肅地介紹給社會，推動自然科學與社會科學的結合。《GEB——一條永恆的金帶》揭示了數理邏輯、繪畫、音樂等領域之間深刻的共同規律，恰像一條永恆的金帶把哥德爾理論、巴赫的音樂、埃舍爾著名的圖畫相互聯繫起來。這條金帶還和人工智慧、生命的自我複製、人類思維的奧秘有關。《走向未來》整套叢書共約一百種，計劃在幾年內出齊。首批問世的十二種圖書，即將陸續在各地新華書店發行。（《展現當代科學新貌　反映認識真理道路——大型叢書《走向未來》引人注目》載於《文匯報》，1984 年 3 月 18 日）

　　　　人類社會正以歷史上無可比擬的速度發展著。瞬息萬變、日新月異，是我們時代的顯著特徵。如何認識世界變革的大勢，迎接世

〔註28〕 Chen Fong-ching and Jin Guantao, *FROM YOUTHFUL MANUSCRIPTS TO RIVER ELEGY*, The Chinese University Press, 1997, p.123～124.

〔註29〕 同上，p.177～178。

界新的技術革命的挑戰，制定對策，加速我國現代化的進程，這是每一位改革的愛國者共同關心的戰略問題。四川人民出版社出版的《走向未來》叢書試圖回答的正是這個戰略問題。它展現當代自然科學和社會科學日新月異的面貌，論述人類知識和追求真理的曲折道路，反映中華民族的歷史地位和人類的未來，激發人們對祖國、對民族的熱愛和責任感。這套叢書約一百本，計劃在近幾年內出齊。第一批十二種已經出版。《走向未來》叢書的特點是時代感強。它用宏觀的、全球的觀點去思索和觀察問題，在讀者面前展現出變化萬千、廣闊無垠的客觀世界。它站在時代的制高點上，回顧歷史的經驗、教訓，展望世界，展望未來。未來對人們是很有吸引力的，誰能預見未來，誰就能掌握主動權。《讓科學的光芒照亮自己》一書寫道：「科學屬於全人類。科學的壯大，要靠人類文化精華的哺育。」「什麼是科學？科學就是不斷進步本身，就是人類的明天。」這本書從科學史的角度探討近代中國科學技術落後的原因，並從中得出有益的啓示。《現代物理學與東方神秘主義》一書，是英文版《物理學之道》的縮寫本。它用統一的觀點、發展的觀點和協調平衡的觀點去認識現代科學，試圖把科學理論提到一個新的高度。這本書探討的是人們普通關心的東西方文化合流的問題。有助於打破某些人對東方文化的偏見。（中略）《走向未來》叢書涉及許多讀者不熟悉的新知識，叢書作者力求敘述深入淺出，書中穿插了不少有趣的故事，運用了不少生動的比喻，讀來興味盎然。《走向未來》是探索性的叢書。既然是探索，就難免在某些問題上不成熟，甚至有錯誤。其中翻譯、縮編的外國著作，某些觀點也有不妥之處。我們希望繼續出版的書，水平越來越高，越來越成熟。（《一套開闊眼界的大型叢書──評《走向未來》叢書》，載於《人民日報》，1984 年 9 月 3 日）

如以上報導所顯示，當時主要媒體都關注了「走向未來」叢書引起的熱潮。趁著這個機會，「走向未來」叢書編輯委員會決定創辦《走向未來》雜誌。《走向未來》雜誌從 1986 年 8 月持續到 1988 年 12 月，總共出版了八期。《啓蒙與救亡的雙重變奏》這一 1980 年代的重要文章就在《走向未來》第一期上發表。同叢書一樣，《走向未來》雜誌也涉及各種學科領域，佔據著推動 1980

年代啓蒙思潮的重要地位。叢書不僅僅關注思想方面的新動向，封面和內部也刊載各種藝術作品，表達對思想自由的渴望。雜誌的主題還是「科學」和「理性」，通過對「文」和「理」這兩類學科的統攝，開拓新時代的思想空間：

> 三年前，我們開始編輯《走向未來》，爲了進一步推進《走向未來》叢書的事業，我們又創辦了《走向未來》雜誌。今天，波瀾壯闊的思想解放運動正在深入展開，自然科學和社會科學相結合已成爲學術研究的新潮流。新一代學者出現了。他們不再滿足於那種被培根稱爲螞蟻和蜘蛛工作的匠氣，開始從劃地爲牢的專業狹窄性中解放出來，再次把探索的目光投向社會、歷史和人生。在文學藝術界，越來越多的文學藝術家從個人中心主義的自我欣賞和獨白中脫穎而出，意識到時代需要精神巨匠。科學研究從來沒有象今天這樣需要激情，而作爲時代情感度量的文學藝術，也從沒有象現在這樣渴求著科學和理性！時代已向我們提出了更高的要求，讓我們和讀者一起往前走！《走向未來》雜誌是一種新嘗試，她將發表嚴肅而富有創建的研究成果，並呼喚著思想深刻、能反映我們時代的藝術作品。她希望人們在知識的背後發現方法，在方法的深處尋找智慧。她提倡用科學和理性整體地認識我們的時代。（《致讀者》，載於《走向未來》1986 年第一期）

編委會接著表示，他們的宗旨是「寬容精神」，他們要容納各種互不相同的思潮，以推動思想多元化。而推動作爲時代精神的思想多元化的核心力量是「科學」和「理性」。例如，金觀濤接受一名記者的採訪時表示：

> 記者：現在這一大批中青年理論工作者被稱作一個「學術群體」，他們在思維方法以及語言、理論體系方面，有什麼共同的東西？

> 金：我認爲，共同點是有的。這在前一段時間表現最明顯。但我想指出的是，隨著時間的推移，這種共同點在逐漸淡化。前幾年知識分子面臨的主要任務是從僵化的教條中解放出來，反思「文化大革命」乃至更久遠一些的事情，自我解放和反思使他們緊緊聯繫在一起。現在當然還有共同點，這就是中國文化和馬克思主義所碰到的挑戰。但是，隨著思想解放運動的深入，分歧必然出現，一個百家爭鳴、多元化的局面在逐漸展開。即使如此，建立公共的目標和範圍仍是知識界刻不容緩的任務。我認爲，在中國學術界和文化

研究中，這種新的公共性，不是觀點相同，而是建立一種多元開放的勢態和科學的寬容精神。我很欣賞一句西方眾所周知的格言：「We agree to disagree」。對其他人持與自己不同的觀點表示同意，這不僅是一種文化胸懷，而且是一種自覺的科學精神。因爲只有科學才眞正理解，不同學派、不同觀點的共存、爭論、互相批評，對於認識眞理是那麼重要，那麼不可缺少。在中國文化中，要做到愛眞理並不困難，困難的是要去熱愛那些能夠發現眞理的氣氛和文化範圍。〔註30〕

在上引的採訪中金觀濤表示，「寬容」即「We agree to disagree」是「走向未來」叢書的精髓。總而言之，以「走向未來」這一號召爲中心而聚集的知識群體一貫地堅持對思想多元化的希望和信念，儘管處於相當嚴峻的時代環境，始終不放棄民族啓蒙的夢想，推動了時代的新思潮。「走向未來」叢書和期刊就是這一夢想和信念的成果。他們希望通過這一知識陣地，重新開創新的、活躍的思想空間。

「走向未來」叢書這一「啓蒙陣地」，產生於當時的歷史和知識情境。它是從「知識饑荒」這一惡劣的環境之中產生出來的知識實踐，承載著一個時代青年知識分子的希望和期待。爲了這一希望，他們把「科學」和「理性」作爲旗幟高高舉起。如下面將要詳細論述的，「科學」和「理性」的時代含義並不簡單，毋寧說意味著整個世界觀的轉換，具有顛覆性的內涵。

第三節　1980 年代如何成爲問題？

晚近，「1980 年代」（又稱「八十年代」）這一指稱一個時代的名詞，已經成爲一種學術潮流的「標題」。1980 年代已不僅僅是指一個時代或時期的概念。之所以如此，如前文已提及的，可能是因爲 1980 年代的中介性質。1980 年是一個「轉換」的時代，它的「前」和「後」存在著決定性的連續和斷裂。如何把握和評價這一時代的意義，等同於如何判斷「文革」之後中國知識與思想的意義。對「文革」本身的評價暫且放下不談，但不可否定的是，我們已處於決定性的轉換「之後」的年代，而我們這一時代的認識框架與 1980 年

〔註30〕金觀濤、劉偉、俞建章：《中青年學術群體的崛起──訪金觀濤》，北京：《求是》，1988 年第 4 期。

代有著不可分離的關聯。若是離開 1980 年代，就不可能說明今日的認識框架。在這樣的意義上講，如果有所謂的「1980 年代學」，它是從對今日中國形勢的困惑開始的。

查建英主編的《八十年代訪談錄》在 2005 年問世以後，甘陽主編的《八十年代文化意識》的大陸版本在 2006 年就出版了。之後，記者馬國川的訪談錄《我與八十年代》在 2011 年出版。這些書的連續問世表現了 1980 年代得到的關注和關懷。其中，同其他回憶錄性質的書不同，《八十年代文化意識》在「1980 年代學」的層面上具有標誌性的含義。《八十年代文化意識》並不是有關 1980 年代的回憶錄，除了《再版前言》以外，其中的文章都是在「文化熱」的高潮發表的。可以說，《八十年代文化意識》大陸版的出版意味著，1980 年代「幽靈」般地回來了。

正如主編甘陽在《初版前言》中概括的，1980 年代的「文化熱」常常被稱爲「『五四』以來中國規模最大的一次文化反思運動」，而這一次文化反思運動的內涵及狀況是：「這場反思究竟會產生什麼樣的結果和影響，它最終又會把當代中國知識分子引向哪些維度，目前都還遠遠不到蓋棺論定的時候。」〔註31〕這一《前言》被寫成的時候，「文化熱」這場反思運動還看不到最終方向和目的，僅僅是充滿著對新時代的希望和熱情。

但正如甘陽提出的「兩面作戰」這一說法所透露的，1980 年代「文化熱」的視角貫穿「古今中西」：「不但對傳統文化持批判的態度，而且對現代社會也始終保持一種審視的、批判的眼光。如何處理好這兩方面的關係在我看來正是今後文化反思的中心任務，今後相當時期內中國文化的發展多半就處於這種犬牙交錯的複雜格局之中。」〔註32〕這段話顯示，1980 年代的文化反思是通過「古今中西」這四個維度來進行的，亦即是說，一方面追問自己文化土壤的可能性和局限性，另一方面也對西方文化保持批判性的視角。這意味著 1980 年代的文化反思運動是對整個「縱橫」的價值體系的徹底再檢討，以尋找開創新時代的思想資源。

跳過幾乎二十年，甘陽在 2005 年寫的《再版前言》中如此回顧：「1980 年代似乎已經是一個非常遙遠的時代。1980 年代的『文化熱』在今天的人看

〔註31〕甘陽：《初版前言》，載於甘陽主編《八十年代文化意識》，北京：三聯書店，2007 年，第 3 頁。
〔註32〕同上，第 5 頁。

來或許不可思議：『文化』是什麼？這虛無縹緲的東西有什麼可討論的？不以經濟爲中心，卻以文化爲中心，足見 1980 年代的人是多麼地迂腐、可笑、不現代！但不管怎樣，持續近四年（1985～1988）的『1980 年代文化熱』已經成爲中國歷史意識的一部分，而對許多參與者而言，1980 年代不但是一個充滿青春激情的年代，而且也是一個純眞樸素、較少算計之心的年代。」〔註33〕

在 1988 年至 2005 年這二十年中，亦即從「開端」至「回顧」的兩端之間，發生了什麼樣的變化，而甘陽的態度的變化又意味著什麼？從某一方面來說，正如甘陽提到的「迂腐、可笑、不現代」諸如此類的說法所表達的，以今天的眼光來看，1980 年代只不過是較爲幼稚或純眞的年代。也許可以說，「熱情」已變成爲「冷漠」，「希望」已轉變爲「絕望」。對 1980 年代文化反思運動的推動者，當時的熱情已經不過是青春時代的追憶而已。

從考察參與者的態度變化來說，《八十年代訪談錄》（查建英 主編，北京三聯書店，2005 年）和《我與八十年代》（馬國川 主編，北京三聯書店，2011年）可以說是有關 1980 年代研究的「第一手資料」。通過對親歷這一思想動蕩年代的參與者們的採訪，查建英和馬國川一方面試圖把當時的情緒和記憶記錄下來，另一方面試圖挖掘出新的思想資源。如查建英在《寫在前面》裏所指出的，《八十年代訪談錄》的基本動機是對過去的回顧和對未來的關懷。查建英在把 1980 年代介紹給美國朋友時說：「1980 年代是中國的浪漫時代啊！」〔註34〕。查建英之所以奔波各地，採訪 1980 年代的親歷者們，好像首先是出於對當時的熱情的懷舊。但是，她對 1980 年代的關注，並不停止於懷舊。查建英指責最近整個社會的保守趨勢，說：「雖然他們青年時代的價值理想實際上都在經受衝擊與挑戰。他們如何看待自己形成的歷史與追求？」〔註35〕她對 1980 年代的敘述不僅是對過去的懷舊，更重要的，是重新建設批判基地的基礎性作業。

同查建英相比，馬國川的《我與八十年代》更關注學者和思想家。著者進行了對金觀濤、李澤厚、陳平原等的採訪，記錄了 1980 年代的思想歷程的軌跡。正如《寫在前面的話》所表示的，著者通過採訪得到的有關「1980 年

〔註33〕甘陽：《再版前言》，載於甘陽主編《八十年代文化意識》，北京：三聯書店，2007 年，第 1 頁。

〔註34〕查建英：《寫在前面》，載於查建英主編《八十年代訪談錄》，北京：三聯書店，2009 年，第 9 頁。

〔註35〕同上，第 10 頁。

代」的認識就是「激情」。據馬國川介紹，李澤厚和劉再復曾經建議把這本書定名爲「1980年代：激情‧理想‧夢幻」。馬國川表示，他希望從人的心靈的深處開始，展現出歷史的眞實：「1980年代人物以他們的心靈和眼睛爲我們所展示的歷史是眞實的歷史，至少是眞實歷史中的一部分。其中，也沉澱著他們穿越歷史的思考。」〔註36〕總而言之，《我與八十年代》這本書的宗旨在於，作爲心靈痕跡的知性史，記錄和重讀當時人的知識熱情。

在這些對文化運動的親歷者的採訪中，最引人注目的應是知識分子對自己的知識實踐的活生生的記憶。例如，李陀把「1980年代」的精髓描述爲「激情」，並表示：「1980年代一個特徵，就是人人都有激情。什麼激情呢，不是一般的激情，是繼往開來的激情，人人都有這麼一個抱負」；「我想當時，至少咱們那些朋友圈了裏，比如北島，他寫出了《我不相信》那樣震撼人的詩，可他寫的時候自覺考慮到他對歷史的關係嗎？也許沒有，但是骨子裏，他和大家一樣，認爲自己對歷史有責任。1980年代一個重要特點，就是每個人都有一種激情，覺得既然自己已經解放了，那就有必要回頭看自己經歷的歷史究竟是怎麼一回事，再往前看，看歷史又該向何處去，我們應該做什麼，可能做什麼，馬上做什麼。」〔註37〕李陀的說法，是對當時知識分子情緒的回顧與懷舊，從中可以窺見當時面臨新時代的知識分子所具有的激情和責任感。

除了感情上的懷舊，親歷者的回憶，也表明當時「文化熱」的「三大知識群體（intellectual group）」之間的差異和分歧。甘陽在回答查建英提出的「文化：中國與世界」、「走向未來」以及中國文化書院之間的關係時，以相當貶義的態度評價圍繞「走向未來」叢書的知識群體：「金觀濤他們和我們編委會（即「文化：中國與世界」編委會）有一個很大的差別，他們和黨內改革派關係很多，包括那裡面很多人」；「『三論』一度時髦是可以推想的嘛，因爲你想，開放一開始，這個自然科學的東西是比較容易被正統意識形態所接受的，比如自然科學是不大危險的，對不對，科學比較中性嘛，科學的地位比較容易被接受，那麼科學哲學相對就比較容易被接受嘛。」〔註38〕

對此，雖然金觀濤沒有提出直接的反駁，但從他的說法裏，可以推測到

〔註36〕馬國川：《我與八十年代》，北京：三聯出版社，2011年，第6頁。

〔註37〕查建英主編：《八十年代訪談錄》，北京：三聯書店，2009年，第252～253頁。

〔註38〕同上，第196～197頁。

他對自己的啓蒙事業的自豪感:「叢書不但啓發了一代讀者,而且培育了一代學者。很多書的作者都是沒有出過書的年輕人,由此發端,進而成爲學界名家」〔註 39〕;「《走向未來》叢書計劃出一百種,後來只出版七十四種。它用全新的視角,重新審視我們過去接受的教育,把一代青年學子從過去對世界和歷史的單線條的公式化說教中解放了出來。改革開放以來,這套叢書可以說在文化上做出了重要貢獻,也是當代中國的一個重要文化事件。」〔註 40〕這意味著,當時的知識分子都有自己的夢想。

通過上面的兩部回憶錄,也許會看到 1980 年代知識分子的「合流」和分歧。也就是說,當時知識分子都面臨了新時代,以激情和希望來直面轉折。他們都憑著熱情,尋找中國文化重建的思想資源。「激情」是他們之間的「合流」,這一個詞語就體現出這一代年輕人的熱情。但與此同時,或許也要看到「激情」背後的「同床異夢」。雖然因「激情」雲集,實現自己烏托邦的方式卻是大相徑庭的。雖然「現代化」或「現代性」是當時知識分子所追尋的共同目的地,但到達目標的方式是各不相同的。分歧在當時並沒有表現爲多麼激烈的衝突,但不可否定,這正是中國當代思想潮流的萌芽。這些「合流」和「分歧」是「1980 年代」的可能性之所在。在那個時期,一方面是以「激情」來奠定中國當代知性史的基礎,另一方面是因「分歧」擴大了中國文化思想空間。

儘管如此,我們還是要追問:今天的話語如何切入到那個激情時代的最深層面的內核,通過將其「歷史化」來探索其中蘊含的可能性和局限性?也就是說,若所有的過去只能通過與「今日的話語」的對話來呈現出其面目,那麼,比那一段歷史本身更爲重要的,是「如何捕捉其時段」這一觀點或態度上的問題。從這樣的觀點看,上面的《八十年代文化意識》以及諸如此類的 1980 年代思想錄的再出版,《八十年代訪談錄》、《我與八十年代》等備忘錄性質的書,是否可以說是對那個時代的深邃的考察?對此,程光煒提出了相當尖銳的批評:「查建英的《1980 年代訪談錄》就充滿了這種『文人客廳』和『咖啡館』的濃厚氣味」;「《八十年代訪談錄》編選者試圖重講 1980 年代文化『當事人』的故事。不過,這些當年文化的弄潮兒,已經變成了在『客廳』、『咖啡館』裏

〔註39〕馬國川:《我與八十年代》,北京:三聯書店,2011 年,第 171 頁。
〔註40〕馬國川:《我與八十年代》,北京:三聯書店,2011 年,第 172 頁。

的說客。〔註41〕」程光煒對 1980 年代當事人的批判，其背後的焦慮在於——
對 1980 年代的回顧或懷舊已失去現實意義，訪談錄裏的人物持著「高知」、「高
幹」的姿態而喪失了批判力量，從而陷入了「脫歷史化」的絕境。

　　吳冠軍的更爲激烈的批評也值得一提：「讀《八十年代訪談錄》，不正是
在看那些當下知識分子們想像性地進入『1980 年代』這片幻想性空間，帶著
『詩意』帶著『自信』地展示著他們欲望的幻覺性滿足？」；「當下中國知識
界的那懷舊地曖昧調情（保持足夠距離）、『有點意思』（知識分子仍能想像性
進入）的『1980 年代』話語，即使用最具『同情性理解』的眼光來看，也便
實屬一套純粹的淫穢讀物——其所『展示』的，純粹是一組當下知識分子想
像性的自我淫穢場景。」〔註42〕

　　上面的批評提醒我們不要取「咖啡館裏的說客」或「自我滿足」的態
度，而要致力於以「歷史化」的眼光來接近「1980 年代」的精髓。換言之，
既然所有的過去存在於與現在的不斷對話之中，因此，脫離了對話關係，
過去本身也只能成爲極爲抽象、蒼白的空話而已。那麼，如何進入「1980
年代」的精髓？如何才能挖掘出該時代的內核？在這點上，我們可以參見
法國哲學家福柯對「知識」及其與權力關係的考察。福柯在《知識考古學》
中指出，所謂「知識」並不是純粹的、客觀的東西，而是存在於稠密的權
力網絡之中。「知識，也是一個空間，在這個空間裏，主體可以占一席之地，
以便談它在自己的話語中所涉及的對象；知識，還是一個陳述的並列和從
屬的範圍，概念在這個範圍中產生、消失、被使用和轉換；最後，知識是
由話語所提供的使用和適應的可能性確定的。」〔註43〕據此觀點，所謂「知
識」並不是對象本身，我們只能通過處於複雜的權力關係的某種「知識體
系」或「認識框架」來認識對象，因此，對某個對象的重新解讀，應當從
對以往知識體系的檢討起步。

　　從對象與分析框架或態度之間的關係看，程光煒主編的「1980 年代研究
叢書」值得關注。《重返八十年代》、《文學講稿：「八十年代」作爲方法》、《文

〔註41〕程光煒：《當代文學的「歷史化」》，北京：北京大學出版社，2011 年，第 11
　　　　頁。
〔註42〕吳冠軍：《愛與死的幽靈學》，吉林：吉林出版集團有限責任公司，2008 年，
　　　　第 324～325 頁。
〔註43〕米歇爾·福柯：《知識考古學》，北京：三聯書店，2007 年，第 203 頁。

學史的多重面孔》這三部書，通過對文學話語和代表性作品的分析，企圖闡明 1980 年代文學現象的含義和局限。這一研究叢書的重要性在於，把「1980 年代」這一概念本身看作是一個問題意識的框架，將文學現象作爲含有政治性的「文本」來加以分析。這部叢書裏的「1980 年代文學」，並不是典型意義上的「文學」。事實上，這部叢書對 1980 年代文學現象以及話語的分析，與其說是對文學內部或「純文學」的分析，毋寧說是通過文學進入到 1980 年代背後的意識形態邏輯的批判性探究。

「文學與哲學本來沒有界線。」〔註44〕這句話指的是：「文學」這一概念並不是單一的或純粹的概念，而是一種制度的產物，不該把它本質化。因此，我們不必要停留於「文學」這一固定不變的概念裏，要突破其概念的範疇而達到「跨」文本的境界。在這樣的意義上講，比「文學」更重要的是「文學性」：「文學性不是一種自然的本質，不是文本的內在物。它是對於文本的一種意向關係的相關物，這種意向關係作爲一種成分或意向的層面而自成一體，是對於傳統的或制度的──總之是社會性法則的比較含蓄的意識。」〔註45〕這一「文學性」的提出，意味著對待文學現象的態度本身的變化，以及研究框架的擴大。在這一意義上，「文學」作爲一種媒介，成爲我們接近時代精神的通道。這或許是這套研究叢書對其對象的根本觀點。

總的來說，這一研究叢書的特點可以概括爲對 1980 年代文學的政治性解讀。以往有關「新時期」或 1980 年代文學的研究都以「脫政治」的角度來解釋 1980 年代文學。這樣的讀法針對當時的政治情況，關注「人性的恢復」、「主體性」等主題，單純地把 1980 年代文學歸結爲非政治性的。可是，1990 年代以來，在市場經濟引起的各種矛盾日益深化的情況下，基於「現代化」、「人性」這些較爲抽象和樂觀的態度來看待文學的研究傾向，本身已成爲批判的靶心所在。通過對 1980 年代文學、文化現象的再解讀，重新闡釋其政治內涵，成爲最近的研究的主要傾向。載於「1980 年代研究叢書」的一系列的文章，可以說是基於這樣的角度進行研究的。

談到對 1980 年代文學現象的政治性解讀，李楊的《重返八十年代：爲何重返以及如何重返》一文的問題意識和觀點是具有啓發性的。這篇文章的基本框架可以概括爲「權力」、「政治」以及「文學」。在作者看來，對 1980 年

〔註44〕陳曉明：《德里達的底線》，北京：北京大學出版社，2009 年，第 299 頁。
〔註45〕同上，再引自第 302 頁的注釋②。

代文學的「非政治化」的定位，實際上只是一種特定歷史階段的意識形態而已，50～70 年代文學的「政治化和非文學化」是 1980 年代意識形態的產物。因此我們不僅僅要對 50～70 年代的文學加以再解讀，與此同時要試圖進行對 80 年代文學的「政治性解讀」：「文革後的中國文學研究通過將 50～70 年代政治化和非文學化，來強化 80 年代文學與 50～70 文學的對立。將二者的對立理解為『文學』與『政治』的對立。要化解這種二元對立，我覺得有兩種方式是非常有效的，一種是從審美的角度進入 50～70 年代的文學問題，討論 50～70 年代文學的『文學性』。除此之外的另一種方式，就是通過『重返 80 年代』，揭示 80 年代文學的政治性。」〔註46〕

根據李楊的觀點，「文學」本身並不是獨立或純粹的「文學現象」，而是在權力和制度的張力中產生的，圍繞文學作品的批評和知識也是權力和制度的反映。從這樣的角度來看，「將 80 年代中期作為『政治』與『文學』的分界線仍然是徒勞的。」〔註47〕事實上，根本不存在劃清「政治」與「文學」的本質性標準。將 1980 年代文學「非政治化」的話語本身，歸根到底是特定時期文化政治策略的結果。因此，現在所要做的是「歷史化」。換句話說，我們只有把 1980 年代的文學放置於 1980 年代特定的歷史情境裏加以解讀，才能更為全面地理解文學內部和外部之間的關係。

該文提出的正是對待或進入 1980 年代的基本態度。以「本質化」的角度看，1980 年代文學是非政治化的純文學。但是，所謂「純文學」，只有將「純」這一概念加以自然化或意識形態化之後，才能存在。「純」的概念本身也是在與外部歷史條件的緊密關聯之下產生的。批判角度的從本質化到歷史化的轉變，並不局限於「文學」這一範疇。「永遠的歷史化」這一句話所揭示的是態度本身的變化。在「歷史化」的研究中，文學是作為進入歷史的通道而存在的。

程光煒對 1980 年代的一系列論述也是極為重要的研究成果。從問題意識來看，程光煒的基本看法與李楊大同小異，也注重 50～70 年代與 1980 年代之後的歷史之間存在的斷裂及其政治含義。他在《重返八十年代文學的若干問題》裏，把 1980 年代文學的整個趨勢概括為：「80 年代文學，正處在『社

〔註46〕李楊：《重返八十年代：為何重返以及如何重返》，載於程光煒主編《重返八十年代》，北京：北京大學出版社，2009 年，第 15 頁。
〔註47〕同上。

會主義現實主義』向『多元化的新世紀文學』的轉變期，具有值得研究的承傳性、過渡性和置換性相混雜的歷史特點。」〔註48〕

他對 1980 年代文學研究的警惕或不滿在於「文學的脫歷史化」。也就是說，他既反對 1980 年代產生的「自我本質化」，又抗拒「脫歷史化」的認識方式。在他看來，1980 年代以來所產生的一系列有關文學的話語，只是特定的歷史階段所產生的意識形態而已。因此不該將 1980 年代的一系列文學、文化現象加以本質化，而應把它置於具體的歷史條件裏加以分析。

從李楊和程光煒這兩位學者的論述，可以看到對 1980 年代文學或文化現象的（再）政治化。也就是說，如果所謂「文學」，尤其是 1980 年代的「純文學」，並不僅僅是「純眞」的文學，其背後存在著某種政治策略的話，那麼，處理它的態度和方法也應該有所變化。迄今爲止，對「1980 年代」的文學和文化，一般使用「啓蒙」、「自我解放」以及「人性」這些較爲抽象的概念予以解釋，而上述兩位學者的觀點要求把「1980 年代」的文學、文化現象放在「權力關係」的網絡之中，以便勾勒出其文化政治策略背後的「政治無意識」。

上述兩位學者的觀點雖然主要在文學研究層面上展開，但其對理解 1980 年中國思想與知識仍然是具有啓發性的。到目前，有關「1980 年代」的最普遍的觀點都是以「現代化」爲核心概念的，這樣的觀點認爲 1980 年代的主流意識形態是「現代化」，由於整個思潮過於傾斜於「現代化」，導致喪失了對現實的批判力量，因此需要召回 1980 年代所否定的「革命」的歷史，以尋找對現實的批判話語。不可否認，1980 年代確實存在對「現代化」的迷失，面對明顯的「市場化」趨勢，這種迷失缺少反思性。但是，這種對 1980 年代的明快簡潔的概括是否壓抑了作爲「文化時代」的「1980 年代」具有的思想史的意義和貢獻呢？

對這一問題，時代親歷者金觀濤的呼籲值得回顧：「1980 年代是一個思想豐富、見解各異的時代，大家都在爲中國找出路，目標都是推進中國的開放、現代化。現在一些『左派』說，1980 年代找到的出路就是呼喚經濟自由主義、全盤資本主義，如果 1980 年代眞是這樣的，壓根兒就不會有啓蒙。」〔註49〕

〔註48〕 程光煒：《重返八十年代文學的若干問題》，載於程光煒著《文學講稿：「八十年代」作爲方法》，北京：北京大學出版社，2009 年，第 77～78 頁。
〔註49〕 金觀濤：《八十年代的一個宏大思想運動》，載於《我與八十年代》，北京：三聯書店，2011 年，第 175 頁。

就同樣的問題，張旭東也曾經表示：「把 1980 年代文化範型歷史地描述為經濟主義世俗化意識形態的烏托邦幻覺尚沒有觸及到這場思想文化運動的唯物主義內涵⋯⋯從符號生產和符號消費的經濟學角度看，『文化熱』揭開了當代中國符號資本『原始積累』的帷幕。」〔註 50〕根據這兩名學者的意見，若以「現代化」這一概念來概括 1980 年代，而統統地遮蔽這個時代的思想解放的意義，可能存在將 1980 年代再度本質化的危險。

　　自 1990 年代的「新左派論爭」以來，許多知識分子把八十年代視為「現代化」的時代，批判其資本主義化傾向。在他們看來，1980 年代是「否定革命」或「去政治化」傾向的開端。他們認為，為了批判新時期以降的資本主義化趨勢，需要勾勒出八十年代的「現代化」意識形態的內在邏輯，更全面地暴露其意識形態性。汪暉在《天涯》雜誌 1997 年第 5 期發表的《當代中國的思想狀況與現代性問題》（最早載於韓國雜誌《創作與批評》1994 年總 86 期），可以視為這一觀念的集中表達。這篇文章引發了關於 1980 年代以後中國所置身的政治經濟情況的論爭。雖然，汪暉主要針對 1989 年之後當代中國的思想狀況進行比較宏觀的、批判的考察，但他的論述正是以 1980 年代的中國思想為起點和對象，加上觀點極為尖銳和激進，因此在「1980 年代學」中是非常重要的切入點。

　　汪暉首先把改革開放前後的馬克思主義區分為「反現代性的現代化的馬克思主義意識形態」和「現代化的馬克思主義意識形態」，並指出：「1978 年以後在中國共產黨內以及一些馬克思主義知識分子中出現的『真正的社會主義』思潮，其主要的特徵是用人道主義來改造馬克思主義，並以這種改造了的馬克思主義批判改革前的主導意識形態，從而為改革運動提出理論上的依據。這個思潮是當時中國的『思想解放運動』的一部分。」〔註 51〕在汪暉看來，改革開放之前的馬克思主義蘊含著革命性，「文革」之後的馬克思主義就變成了喪失革命性的所謂「人道主義的馬克思主義」抑或「實用主義的馬克思主義」，這樣的思想轉變的結果是：「把『文革』式社會主義專制當作傳統的和封建主義的歷史遺存來批判，也涉及社會主義社會本身的異化問題，但對社會主義的反思並沒有引向對現代性問題的反思」；因而終於歸結為「中國

〔註50〕　張旭東：《序言》，載於《幻想的秩序》，香港：牛津大學出版社，1997 年，第18 頁。
〔註51〕　汪暉：《當代中國的思想狀況與現代性問題》，《天涯》，1997 年第 5 期。

人道主義的馬克思主義對傳統社會主義的批判催生了中國社會的『世俗化』運動——資本主義的市場化的發展」。〔註52〕

汪暉接著指出：「在中國的語境中，（現代化方案所引進的——引者）尼采、薩特等人對西方現代性的批判卻被省略了，他們僅僅是個人主義的和反權威的象徵。中國啓蒙主義思想內部的衝突經常表現爲古典的自由主義倫理與激進的極端個人主義倫理的二元對立。無論中國的啓蒙主義思想內部存在多大的衝突，也無論中國啓蒙主義者對啓蒙主義的社會功能的自覺程度如何，中國啓蒙主義是中國當代最有影響力的現代化的意識形態，是當代中國市場社會的文化先聲。」〔註 53〕汪暉的這篇文章，可以視爲中國批判知識分子對改革開放以來整個中國的市場化趨勢的「批判宣言」。汪暉作爲「新左派」的代表性學者，極爲尖銳地看到 1980 年代以來的現代化潮流以及該潮流所內含的思想轉變的邏輯。

汪暉的文章指出，在七八十年代之交的時代動蕩中，中國的馬克思主義經驗經歷了極爲複雜和微妙的危機和挑戰，而且，在這個過程中，過去帶有社會變革力量的馬克思主義被一種現代化意識形態所取代，導致了 1990 年代以後不可逆轉的市場化趨勢。根據這樣的觀點，1980 年代以後的整個思想歷程似乎是追隨資本主義化的過程，因而在某種意義上，1980 年代正是中國新自由主義的根源。

除了汪暉的這篇文章之外，賀桂梅所著的《「新啓蒙」知識檔案——80 年代中國文化研究》（北京大學出版社，2010 年）也是非常重要的對 1980 年代的研究著作。與汪暉的文章相比，從篇幅和深度可以看到，《「新啓蒙」知識檔案》用更廣泛的角度和更爲豐富的資料來進行對 1980 年代文化思想流變的探究。首先，這部著作的方法論是「知識社會學」：「這本書關注的主要是 1980 年代知識界的文化闡釋與知識生產，是知識群體介入社會文化活動時借助怎樣的『知識』表述以及這種表述扮演的意識形態功能，因此，僅僅在一般意義上將其描述爲『文化研究』，並不足以顯示這種考察的特殊性，於是便格外突出了以『社會學』的視角對知識本身所展開的歷史分析。」〔註 54〕從研究方法可以看到，這部著作的研究並不止於單純的意識形態分析，而是嘗試了

〔註52〕 同上。
〔註53〕 汪暉：《當代中國的思想狀況與現代性問題》，《天涯》，1997 年第 5 期。
〔註54〕 賀桂梅：《「新啓蒙」知識檔案——80 年代中國文化研究》，北京：北京大學出版社，2010 年，第 6 頁。

包括整個知識生產的社會關係在內的文化唯物主義的歷史考察。

　　著者先提出了 1980 年代中國文化研究的三個基本範疇：「1980 年代」、「中國」、「文化」〔註 55〕。著者之所以提出這三個範疇，是爲了揭示這三個概念是帶有「特定意識形態」和歷史內涵的。也就是說，貫穿於這部著作的「1980年代」、「中國」、「文化」這三個範疇並不只是概念，它蘊含著產生其概念的總體性框架，即作爲世界體系的基本單位的「民族——國家」（nation-state）：「80 年代文化表述的成功之處，乃在於其關於『中國』這一現代民族——國家單位的特定意識和認同方式。在知識分子的主體意識與『中國』的國族敘事之間，存在著某種對應與一致的關係。」〔註 56〕1980 年代產生的整個知識文化體系，並不僅僅是中國國內的現象，而是反映著整個世界體系的轉變。爲了整體地把握和分析當時的文化知識體系的轉變，應當把民族——國家作爲思考的宏觀輪廓，考察其內部的細節。

　　將民族——國家作爲宏觀的認識框架提出之後，著者切入從「文革」到「文革後」所發生的意識形態轉變的內在含義：「儘管『80 年代』與『新時期』兩個概念所指涉的時間範圍有大致重合的地方，但『新時期』這產生於 70 年代後期並在很長時間成爲當代中國通用的時期範疇，攜帶著特定歷史語境中的濃厚歷史意識。它將『文革』後開啓的歷史時段視爲一個『嶄新』的時代的開端，也就意味著一種相當意識形態化的『現代』想像視野中關於時代的自我認知。」〔註 57〕正如著者曾在另一處提到的那樣，1980 年代的思想潮流的基本特徵是：「把毛澤東時代潛在地等同於『前現代』歷史」，於是「社會主義被作爲一種『外』在於當代中國的歷史而被剔除出去。」〔註 58〕

　　在著者看來，1980 年代爲了把自己當成一個「新開端」，需要割斷革命的歷史，並把革命的歷史「他者化」。在這樣的局面中，推動「新時代」的主要意識形態動力正是「現代化」。在把社會主義時代及其文化看作「封建法西斯時代」和「傳統文化」的情況下，「現代化」則成爲人們構想未來的價值標準，

〔註 55〕同上。
〔註 56〕賀桂梅：《「新啓蒙」知識檔案——80 年代中國文化研究》，北京：北京大學出版社，2010 年，第 13 頁。
〔註 57〕同上，第 14 頁。
〔註 58〕賀桂梅：《人文學的想像力》，河南：河南大學出版社，2005 年，第 18 頁。

同時也是一個烏托邦的理想社會。〔註59〕此外，作爲意識形態的現代化就產生了「傳統／現代」、「中國／西方」等二元對立項，而這種二元對立模式正是在當時的歷史條件下產生的意識形態體系：「以傳統／現代框架批判社會主義歷史實踐的思維模式，恰是由對中國在70～80年代世界體系中的地緣政治位置的判斷衍生出來的。」〔註60〕

通過這些對1980年代話語結構的「症候閱讀」〔註61〕，可以看出，當時的「中國／西方」、「傳統／現代」等二元對立思維模式，事實上只不過是現代化意識形態的結果而已。其意識形態的基本含義在於「遮蔽80年代與50～70年代社會主義歷史實踐之間的關聯」，並且「把『新時期』定位爲『第二個五四時代』，也就同時意味著1950～1970年代被定性爲如同晚清帝國那樣的前現代時期，意味著以一種啓蒙現代性壓抑並遮蔽了20世紀中國現代歷史的複雜而別樣的現代性內涵。」〔註62〕總而言之，著者對1980年代話語分析的要害恰恰是：當時整個話語的「共識」就是「否定革命」。這就是說，1980年代通過徹底否定革命的歷史，把整個歷史的方向轉變爲「現代化」。這一作爲意識形態的「現代化」，就產生了把革命時代視爲「前歷史」的觀點，導致了歷史的「隔絕」。在這樣的認識框架裏，革命至後革命之間存在的錯綜複雜的關係只能被遮蔽。

賀桂梅認同汪暉對1980年代中國思想特質的認定。就「共識」來說，這兩位學者都把1980年代看作「現代化」的時代，在整個1980年代的思想流變的過程之中，革命的歷史被淹沒，中國的社會主義經驗所含有的力量也隨之喪失。「只有將1950～1970年代『反現代性的現代性』納入觀察視野，1980年代歷史內涵的複雜性才能得到眞正呈現。」〔註63〕從這一提法可以看到，兩位學者的共同的意向在於，通過重新關注中國的社會主義經驗的意義並更

〔註59〕 賀桂梅：《「新啓蒙」知識檔案──80年代中國文化研究》，第20頁。

〔註60〕 同上，第23頁。

〔註61〕 在這裡提及的「症候閱讀」是阿爾都賽所提出的概念。「症候閱讀」意味著，把隱性的理論構架從一個思想家的思想深處和文本中挖掘出來，切入到其背後的思想邏輯。換句話説，「症候閱讀」正是從其思維的方式或形式出發，看出其話語結構的背後之思維方式本身。本書所使用的「症候閱讀」也是在這樣的意義上使用的。詳細內容參見 張一兵：《問題式、症候式與意識形態》，北京：中央編譯出版社，2003年，第63頁。

〔註62〕 賀桂梅：《「新啓蒙」知識檔案──八十年代中國文化研究》，第48頁。

〔註63〕 同上。

有深度地分析「去政治化」過程所蘊含的話語轉變背後的意識形態，來恢復針對 1980 年代以後的中國現實的批判性力量。從這樣的視角看，「革命」和「後革命」之間隱藏著被遮蔽或割切的聯繫，因而需要重新探究「被遮蔽」的原因並對其進行批判。

　　這一批判的意義毋庸置疑，但這種簡便清晰的「現代化敘述」是否真正能夠概括「八十年代」卻不能不讓人心存疑慮。正如有一名論者以極爲激切的語氣來批判的那樣，若是 1980 年代整個知識話語的內核全部被定位爲「現代化」，那麼也許會要求「徹底抹銷自己當年所寫下同『搞』現代化有關的所有文本。」〔註 64〕儘管有人會指責這一說法過於偏激，但不可否定，將整個 1980 年代視爲「現代化」的時代而「壓抑」它，的確是比較簡單的視角。在這一問題上，如下觀點體現了對「1980 年代」更愼重的態度：

　　　　一個有趣的事實，是文藝復興到 19 世紀的歐洲文化，正是不無差異於其間的資本主義意識形態發生、發展並成熟的時期；「19 世紀」的歐洲文學，毫無疑問建立在人道主義的話語系統和文化邏輯之上。而這顯然是與社會主義意識形態彼此衝突的元素。如果說，任何意識形態運作的共同特徵，並非簡單地製造或販運「謊言（即馬克思主義所謂的「錯誤意識」），而是造成有效的文化視覺屛障，用以遮蔽「多餘」的、產生歧義的畫面與元素，那麼，毛澤東時代的主流意識形態，確乎在相當程度上遮蔽了這一作爲世界優秀文化遺產、用來支撐「世界苦難圖景」的文化材料中的異己元素。然而，與其說意識形態的運作有效地消除了這些元素的存在，不如說它們更像是內在地隱藏在社會主義文化中的潛意識因素。從這樣的角度看來，儘管此前的蘇聯文學藝術，提供了工農兵文藝的基本模式，提供了社會主義文學文藝理論，尤其是特定的「現實主義創作原則」，但其自身事實上仍處在一份特殊的尷尬與艱難之中：它必須提供一種有力的敘述，以建立社會主義現實主義、革命的現實主義、革命的浪漫主義、或「兩結合」創作理論的歷史淵源與歷史脈絡；同時必須提供一種有效的闡釋，以消除文藝復興到 19 世紀歐洲文化作爲「社會主義文學藝術」前史的異己性元素。因此，發生在七八

〔註64〕吳冠軍：《愛與死的幽靈學》，吉林：吉林出版集團有限責任公司，2008 年，第 342 頁。

十年代之交的社會巨變,其先行與伴隨的文化進程,與其說是一種
異己的文化提供了抗衡意識形態的資源,不如說它更多的是一種內
在的、不可見的文化因素的顯影與顛倒。〔註65〕

戴錦華接著認爲:「我們間或可以將八十年代這一『高歌猛進』的時代,描述
爲一個被理想主義話語所充滿的時代,但稍加細查,便會發現,所謂『理想
主義』的敘述,在整個八十年代或曰新時期,本身便是一個充滿異質性因素
的斷裂話語,而且它並非始終如一地貫穿於八十年代的文化歷史之中。」〔註
66〕如戴錦華所指出,作爲「文化時代」的「1980 年代」不能被「現代化」這
單一概念所描述,其內部存在著互不相同的思想體系之間的關聯和分歧。而
且這一分歧的萌芽其實來自於「19 世紀」歐洲文化的思想遺產,這正是 1980、
1990 年代中國當代文化「無法告別 19 世紀」〔註67〕的根本原因。

另外,張旭東對「文化熱」的闡述也值得關注:「在文化熱中,年輕一代
學人面臨的問題不僅是援引西方理論來突破正統意識形態的敘事框架,更重
要的是探索如何在新的語言空間裏擔當中介的角色,如何作爲『主體』而非
『客體』來經驗新的時間秩序」〔註68〕;「把八十年代文化範型歷史地描述爲
經濟主義世俗化意識形態的烏托邦幻覺尚沒有觸及到這場思想文化運動的唯
物主義內涵。意識形態的集體表述不僅爲自身製造出種種神話,它也必然對
應著某種文化生產方式的變化和變革。從符號生產和符號消費的經濟學角度
看,『文化熱』揭開了當代中國符號資本『原始積累』的帷幕,其規模之浩大,
足以作爲近代史上繼洋務和五四之後的又一高峰。……它不但使中國知識分
子在世界性的當代背景下反思和『重寫』歷史和想像未來,更通過具體的話
語操作和語言習得,將當代中國的經驗表達緊密地編織進以西方話語爲中心
的國際符號生產的分工和秩序網絡之中。」〔註69〕

其實,將八十年代定義爲「現代化」時代的汪暉本人也認爲:「八十年代
是以社會主義自我改革的形式展開的革命世紀的尾聲,它的靈感源泉主要來

〔註65〕戴錦華:《涉渡之舟》,北京:北京大學出版社,2010 年,第 29～30 頁。
〔註66〕戴錦華:《涉渡之舟》,北京:北京大學出版社,2010 年,第 46 頁。
〔註67〕同上,第 28 頁。
〔註68〕轉引自張旭東:《幻想的秩序》,香港:牛津大學出版社,1997 年,《序》第 x
iv 頁的注釋③。
〔註69〕同上,第 x viii 頁。

自它所批判的時代（『實踐是檢驗眞理的唯一標準』，『價値規律與商品經濟』，『人道主義與異化問題』等等被視爲典型的『八十年代命題』，其實沒有一個不是來自 50～70 年代的社會主義歷史）。」〔註70〕如汪暉所指出，「八十年代命題」大部分來自五六十年代已經經歷過的問題。某種層面上講，1980 年代的問題並不是完全陌生的。它其實是「老」問題來到「新處境」。但是「重複」並不意味著可以忽視或遮蔽背後的思想、歷史脈絡。換句話說，這一「重複」的原因是不可忽視的，而且涉及很豐富和複雜的思想問題。所以我們還要問：爲什麼這些「重複」會出現？爲什麼 19 世紀的幽靈在 1980 年代重新回來？

　　既然如此，那麼，「1980 年代」這一「當代中國文化資本原始積累」的年代所涉及的思想課題，肯定不能一律地由「現代化」這一概念予以涵蓋。1980 年代一般被說成是「多元化」的時代，但這一「多元化」無疑是從「一體化」之中擺脫出來的，而這一「擺脫」過程之難度和複雜是不言而喻的。從「一體化」到「多元化」的轉變，是使得 1980 年代成爲思想課題的主要原因。那麼，在「爲何轉變」以及「如何轉變」這些最深層面的問題中，肯定存在著一言難盡的複雜性，這種複雜性包含思想與思想之間的矛盾和搏鬥。

　　到此爲止，有關 1980 年代的問題使我們重新回到「啓蒙」或「理性」這些最基本的要素。如戴錦華的論述所指出的，1980 年代充滿異質的話語，那麼，探索這個時代的思想核心就應該深入到它的各種異質因素。如下節將詳談的，在「走向未來」知識群體眼中，「理性主體」並不是可以取消的，而是在現代社會裏，作爲一種批判的力量，判斷或反思某一文化體系這一事業不可缺少的。七八十年代之交發生的一系列爭論，提出了「科學」和「理性主體」這兩個啓蒙潮流的核心課題。與此同時，「啓蒙」和「理性」不僅僅是詞彙，它們具有複雜的思想脈絡。

　　在這一 1980 年代的「科學」和「理性」的問題上，「走向未來」知識群體的地位是毋庸贅言的。他們在 1984 年至 1988 年這五年間，通過出版「走向未來」叢書與期刊，進行了以「科學」爲主題的知識探索，要通過「科學」來擺脫和拯救民族的精神危機，以便建設獨立和自由的知識場域。正如「走向未來」叢書的「編者獻辭」所表達的，該叢書的根本目標是：「高度把握當代科學的最新成就和特點，通過精選、咀嚼、消化了的各門學科的知識，使

〔註70〕汪暉：《序言》，載於《去政治化的政治》，北京：三聯書店，2008 年，第 1 頁。

讀者特別是青年讀者能從整個人類文明曲折的發展和更迭中，理解中華民族的偉大貢獻和歷史地位，科學地認識世界發展的趨勢，激發對祖國、對民族的熱愛和責任感。」〔註 71〕這一雄心勃勃的對知識的追求，當時引起了很廣泛的反響，對許多知識分子造成了很有意義的刺激。

「走向未來」叢書和期刊所探索的知識範圍是極爲廣大的，似乎難以找到一貫的編輯方向。像他們自己所標榜的那樣，他們想要當法國啓蒙運動中的「百科全書派」，於是熱衷於收集各種各樣幾近龐雜的知識。從科學原理、心理學到經濟學理論，幾乎全方位的現代西方知識都被收入到叢書和期刊裏。不過，稍加細查就可以看到，儘管「走向未來」叢書和期刊關注的知識是頗爲龐雜的，但所有這些知識可以用兩個主題概念來涵蓋，那就是「科學」和「理性」。

本書將把「走向未來」叢書的精髓看作「科學與理性主體的重建」，並把它放置在三個層面上加以論述，即「科學與社會」、「理性主體的原理探索」、「歷史世界的再創造及其寓言」。正如「編者獻辭」所提示的，「走向未來」叢書的主要目標是通過「科學知識的引進」來「激發對民族的熱愛和責任感」。對「走向未來」知識群體來說，「科學」概念正是組成知識空間的中心概念，他們借用「科學」這一概念在各個社會領域的功能，來探索和建設獨立、自由的知識空間。他們要把「科學」所帶有的功能和思想原理滲透到知識空間裏，重新建設與以往不同的文化空間。支撐「科學」這一概念的另一個概念是「理性」。「理性」不僅僅是個概念，更與整個社會條件、思維原理以及歷史解釋等各個因素有著密切關係。本書將要分析 1980 年代的思想脈絡中「科學」具有的「理性」這一時代內涵，探究「走向未來」叢書建構理性主體的各種努力和遇到的挑戰。

第一章要概括和整理一下組成「1980 年代論」的一些基本概念。「現代化」、「現代性」以及「理性」、「啓蒙」等是構成「1980 年代論」的重要概念。隨著對這些概念的解釋的不同，闡釋的方向也有所不同。爲了更明確地、深入地探討 1980 年代的含義，首先整理一下上述概念的更爲明確的含義。所以，在第一章裏，首先要進行組成「1980 年代論」的一些概念的概括與整理，以便奠定探究 1980 年代思想史的理論基礎。

此外，本章還要探究引起爭論的「科學」概念。跟「理性」概念一起，「科

〔註71〕 《編者獻辭》，載於「走向未來」叢書，四川人民出版社。

學」這一概念貫穿於整個中國現當代思想歷程，在其過程中擔當了極爲重要的角色。從 20 世紀初的「科玄論爭」到今日，圍繞「科學」概念的知識爭論一直不斷，論者提出各不相同的主張和觀點。尤其是 1990 年代以後，汪暉和金觀濤、劉青峰等學者紛紛提出關於「科學」概念的不同意見。這些處理「科學」概念的不同方式提出了很重要的思想問題：那就是「科學」在馬克思主義及其當代知識脈絡裏的含義。對「科學」概念在中國現、當代思想脈絡裏的含義的視差，跟如何看待科學的馬克思主義及其作爲認識框架的含義這些問題緊密聯繫著，並且，這對闡釋「走向未來」叢書的時代含義是決定性的。因此，我們有必要直接進入到 1970、1980 年代「科學」這一概念所處的思想脈絡。

在 1970 年代末至 1980 年代上半期，在《哲學研究》、《自然辯證法通訊》等雜誌上，一些學者圍繞馬克思主義的自然哲學原理即「自然辯證法」展開了爭論。這場論爭的核心主題是「作爲普遍眞理的總規律是否存在」這一問題。一些自然哲學家維護「自然辯證法」的核心原理，堅持以自然辯證法爲基礎的「馬克思主義科學觀」。但隨著時間流逝，另一些科學哲學家積極引進西方科學哲學，反駁了馬克思主義科學觀。「走向未來」知識群體的核心價值「科學」就是在這樣的知識氛圍裏產生出來的。這樣的圍繞「科學」概念的整個知識界的變動正是產生 1980 年代「走向未來」知識群體的知識條件。

第二章探討「科學」概念的社會功能。「科學」的功能不僅僅是「科學界」內部的事情。其實，如果沒有保障「科學」自律性的社會性制度，「科學」所訴求的「理性」及其「社會功能」是不可能的。「走向未來」知識群體的宗旨在於「以科學救民族」。對「走向未來」知識群體來說，「科學」概念作爲一種契機，是建設自律、自由的思想空間的社會性概念。「走向未來」叢書和期刊積極地譯介各種關於科學與社會之間關係的文章，以呼喚學術上的自律性。比如，叢書系列的《十七世紀英國的科學、技術與社會》、《對科學的傲慢與偏見》、《科學家在社會中的角色》等都是關於科學在社會上的作用和角色的著作。出版這些有關科學的社會功能的著述不僅僅意在思想的介紹和引進，還意味著對學術和思想空間的自律性及制度建設的呼喚。簡言之，所謂「科學」正是推動形成學術獨立性空間的媒介詞。從這樣的角度，本章將探討科學在當代中國思想空間的社會功能及時代含義。

第三章的主要內容是更深入地探討「科學」和「理性」的思想原理。上

文已介紹過，「走向未來」知識群體高舉的旗幟是「科學」和「理性」。事實上，「科學」和「理性」這兩個概念無疑是硬幣的兩面，亦即是說，「理性」就是「科學」的大前提，「科學」可以說是「理性」的實踐。從這樣的層面看，「走向未來」叢書對「理性」的關注和深入探究是理所當然的。例如，陳宣良所著的《理性主義》這本書，乍一看，僅僅是一本西方哲學史的介紹性著作，但陳宣良是在相當周密地整理「理性」這一思維原理的歷史脈絡，試圖把握其內核。於是《理性主義》這部著作可以視爲有關「理性」這一思維原理的深入的說明書，能夠依靠它來奠定探討「理性主體」的思想基礎。

如果說《理性主義》這部著作提供對「理性」這一思維原理的基本說明，那麼，金觀濤的「哲學三部曲」，即《發展的哲學》（1985 年）、《整體的哲學》（1986 年）及《人的哲學》（1987 年），正是「走向未來」知識群體對「理性主體」進行探索的代表性著作。正如金觀濤在其思想自傳《二十年的追求：我和哲學》中所表示的，「哲學三部曲」是他對於「理性」的追求的總結，而且，「三部曲」在「理性主體重建」這一時代思想課題的層面上具有症候性的意義。從「理性主體」的追求和重建這一脈絡上，本章要概述「哲學三部曲」的思想脈絡，探討其主體性追求的時代含義。

第四章的主題是「『歷史世界』的再創造及其寓言」。表面上看，「科學」、「理性」與「歷史」是互不相關的概念，但是，從更深入的思想原理看，「歷史」本身的確是「理性」的產物，而且同「科學」這一概念也有著密切關係。正如「歷史理論」所指出的那樣，「歷史」概念本身只有人作爲「理性的主體」出現之後才是可能的，假如沒有「理性主體」，「歷史」就是不可能的。在此意義上，「走向未來」叢書系列之中，劉昶所著的《人心中的歷史》這部著作的時代含義是不可忽視的。這部著作的最重要的意義在於：它將歷史看作是一種「科學」。如著者反覆強調的，所謂「科學」的宗旨並不在於對「自然領域」的探究，而在於「框架」本身的不斷革新和試驗。《人心中的歷史》根據這種「科學」概念的根本內涵，通過對各種「歷史」理論的檢視，提出了「歷史」概念的科學內涵。在這樣的意義上看，這一作爲「科學」的歷史正是：歷史不只是事實的單純集合，更重要的是爲了再認識某一個歷史階段，重新塑造歷史世界，從那裡產生出今日的「寓言（allegory）」。

如果承認這一看法，也許可以把歷史觀的變動視爲塑造歷史事實的「框架」之變動和轉換。無疑，在探討「走向未來」知識群體的歷史觀的時候，

對「超穩定結構論」這一關鍵概念的討論是不可避免的。大致來講，迄今為止，對「超穩定結構論」的評價仍舊搖擺於「西方中心主義」和「新中華主義」這兩端，未能關注它產生的時代脈絡，於是只能得出極端性的結論。同劉昶的觀點相似，本章把歷史觀的變動視為「框架」本身的轉換，從這個角度，再解讀《在歷史表象的背後》、《西方社會結構的演變》以及《興盛與危機》等和「超穩定結構論」有關的歷史論述。而且，為了勾勒出「超穩定結構論」的文化策略上的內涵，本書通過考察當時的一系列史觀之間的衝突和矛盾，嘗試更深入地分析「超穩定結構論」作為文化論述的寓言。

　　總之，這篇論文的考察對象是作為思想萌芽時期的「1980 年代」以及思想陣地「走向未來」叢書。如同上文已解釋的那樣，本書的出發點是反思以「現代化」為關鍵詞的「1980 年代論」，嘗試用歷史化的眼光來探索 1980 年代的文化熱。如果，如之前的論述那樣，一律地把整個 1980 年代的思想實踐判定為全面的市場化或現代化的道路，那麼，其背後的啟蒙內涵就會被遮蔽，也不能想像此後的多元化趨勢。並且正如張旭東和戴錦華曾經指出的，1980 年代出現的思想空間的變化，並不是「能指」層面的變化，其實，這個時代的變化既是「無法告別」的歐洲思維的重新到來，又是西方的能指和中國的所指之間的不斷衝突和結合。描繪和探索這種交叉的內部的軌跡，正是「1980 年代論」的真正目標。出於這樣的問題意識，「走向未來」叢書無疑是一個很重要的「檔案」。

第一章 「理性主體」的文化位置與 「科學」在 1980 年代的含義

第一節 「理性主體」的文化位置

「文革」結束以後，「現代化」這一概念就在 1980 年代整整十年的時間之中，佔有非常重要的位置。這就是說，「現代化」概念是推動 1980 年代思想多元化的核心詞語，許多知識分子都以這一概念為旗幟，尋找各種各樣的思想出路。某種意義上講，「現代化」概念蘊含著幾乎所有 1980 年代知識分子的願望，可以說是一個時代變化的淵源。但是，1990 年代以來，以「現代化」為中心聚集的思想解放運動已分流形成了不同的潮流。1980 年代啟蒙運動所形成的「態度的同一性」〔註1〕終於呈現出了深層面的分歧，到了 1990 年代之後，這一「態度的同一性」更面臨了激烈的破裂。

1990 年代以來思潮的深刻分歧意味著，在 1980 年代，雖然在「能指」的層面上沒有暴露出分歧之處，但各種思潮隱藏著相當深刻的思想差異。正如戴錦華所指出的，新時期的思想潮流並不保持「態度同一性」，而是充滿有著異質性因素的斷裂話語。〔註2〕如《導論》裏說過的那樣，1980 年代是一個作為中介的年代，它要承擔的「文化重建」這一任務既是極為艱難的又是相當深刻的思想課題。在如何承擔這一任務的問題上，各個思想潮流選擇了不同道路。

〔註1〕 許紀霖：《啓蒙如何雖死猶生？》，載於秦曉著《當代中國問題：現代化還是現代性》，北京：社會科學文獻出版社，2009 年，第 141 頁。
〔註2〕 戴錦華：《涉渡之舟》，北京：北京大學出版社，2010 年，第 29 頁。

　　的確，概括 1980 年代的最有代表性的概念是「現代化」。之所以如此，當然是源於 1980 年代的話語環境。當時幾乎所有的知識話語都用「現代化」這一概念，來說明或定位自己的時代。但是，這與其說是因爲思潮本身的同一性，不如說是「能指」資源的貧困。〔註3〕實際上，在中國，1990 年代之前，「現代性」這一詞語還沒有頻繁使用，都是用「現代化」來表達自己的願望。

　　由於話語環境的制約，到了 1990 年代之後，才開始了對「現代化」概念的批判。在當代中國的話語環境中，「現代化」概念的使用比「現代性」概念要早，「現代性」和「現代化」這兩個概念還常常被混爲一談。由於這樣的緣故，對 1980 年代的描述或評價，也發生了觀點上的深刻分歧。一些論者將整個 1980 年代一律地指認爲「市場化意識形態爲其基礎的現代化時代」。誠然，從宏觀的角度看，1980 年代的整個時代潮流無疑傾斜於「市場化」〔註4〕，但如果沒有進行對當時思想潮流的詳細檢討，就把它定義爲「現代化的時代」，這樣的觀點也是過於簡單的。

　　這種把整個 1980 年代一律地規定爲「市場化意識形態的年代」的觀點，或許是源於「現代化」概念的定義。德里克在一篇文章當中，很明確地定義過「現代化」這一概念。他把「現代化」定義爲「一組與資本主義相關的發展（a set of developments associated with capitalism）。」〔註5〕根據這個定義，「現代化」過程是跟資本主義化牢牢關聯的。「現代化」的時代正是指整個社會「資本主義化」的時代，而且，在這一過程當中，一切社會秩序都被改變爲適合於資本主義的體系。〔註6〕1980 年代的「時代標題」正是「現代化」。倘若簡單地根據這一浮於表面的詞語來定義那個時代的話，1980 年代不能不被解釋爲「資本主義化時代」。因爲「現代化」就等同於「資本主義化」。

　　這裡，我們不妨再參考一下米歇爾・福柯對「現代性」概念的闡釋。福柯在《什麼是啓蒙？》這篇文章當中指出，「現代性」並不是指一個時期或時代，它的宗旨在於「態度」：「現代性在於選擇一個與這個時刻相關的態度；這個精心結構、艱難的態度存在於重新奪回某種永恆的東西的努力之中，這

〔註3〕　賀桂梅：《「新啓蒙」知識檔案》，北京：北京大學出版社，2010 年，第 44～45 頁。
〔註4〕　汪暉：《當代中國的思想狀況與現代性問題》，《天涯》，1997 年第 5 期。
〔註5〕　（美）德里克：《革命之後的史學：中國近代史研究中的當代危機》，《中國社會科學節刊》（香港），1995 年第 10 期。
〔註6〕　同上。

種永恆之物既不在現在的瞬間之外，也不在它之後，而是在它之中。現代性區別於時尚，它無非質疑時間的過程；現代性是一種態度，這種態度使得掌握現在的時刻的『英雄的』方面成為可能。現代性不是一個對於飛逝的現在的敏感性的現象；它是把現在『英雄化』的意志。」〔註7〕

根據福柯對「現代性」概念的解釋，「現代性」是同「啟蒙」概念有著密切關係的。如同康德所解釋的，「啟蒙」的核心正是「敢於去知」，「擁有去知的勇氣和膽量」。〔註8〕康德曾經指出：「如果現在有人問：『我們目前是不是生活在一個啟蒙了的時代？』那麼回答就是：『並不是，但確實是在一個啟蒙運動的時代。』」〔註9〕依據康德本人的看法以及福柯的解釋來看，「啟蒙」並不是指某一階段或者時代，只有不斷的批判，才可以說是「啟蒙的狀態」。同樣，如福柯所解釋的，「現代性」正是這一種「不斷的批判」本身，它是旨在「永恆的批判狀態」。

那麼，把 1980 年代的思想潮流的問題放置於「現代化」和「現代性」這兩個概念裏加以思考的話，哪一種解釋方式是更為合適的呢？若根據「現代化」這一概念來定位 1980 年代的話，它更易於被解釋為「走向資本主義的時代」。但是，不可否認，「1980 年代是充滿異質性斷裂話語的時代」，那麼，以「現代化」為主軸的闡釋方式的確是有問題的。若把這個時代放置在「現代性」這個範疇裏予以解釋，我們或許會得到更為廣闊的闡釋視野。既然「現代性」是「批判的態度」本身，那麼，我們或許不能說 1980 年代根本沒有這一批判性態度。

通過對「現代化」和「現代性」概念的更為明確的區別，我們可以獲得對 1980 年代的更廣闊的解釋視野。既然 1980 年代不能僅僅理解為「走向或追溯市場意識形態的時代」，接下來要探究的問題是，該時代如何重新建設新時代的文化主體。本書通過「走向未來」叢書的一些主要著作，來探究該叢書作為啟蒙運動的一個支流所追求的核心主題，即「理性主體的重建」。「走向未來」無論在思想的層面，還是在知識追求的層面，都擔當了極為重要的角色。他們提出「科學」和「理性」作為旗幟，推動了 1980 年代的啟蒙思潮。

〔註7〕 米歇爾·福柯：《什麼是啟蒙？》，載於汪暉等主編《文化與公共性》，北京：
　　　三聯書店，2005 年，第 430 頁。
〔註8〕 同上，第 425 頁。
〔註9〕 康德：《歷史理性批判文集》，北京：商務印書館，2007 年，第 29 頁。

　　1980 年代提出「科學」和「理性」並不是空穴來風。「科學」和「理性」之所以作爲時代課題出現，是源於特定的歷史和思想脈絡。換言之，如同金觀濤所宣示的，「畢竟，我們在一個分裂的世界中生活得太久了。人們期待著理性和哲學的重建。」〔註 10〕這一吶喊反映著當時對於「理性主體」的渴望和期待，「科學」和「理性」正是當時文化重建事業的當務之急。

　　但是，文化重建事業的急迫性是一回事，如何定位或解釋這一事業是另一回事。這就是說，雖然「理性」或者「理性主體」是普遍使用的詞彙，但這個概念蘊含的內容並不簡單。「理性」本身一直是一個爭議性的概念，西方哲學界對這個詞的意見也是眾說紛紜。尤其對中國這一具有跟西方不同的思想傳統的文化空間，「理性主體」的問題就更是一個棘手的難題。從歷史的角度看，20 世紀初在中國出現過「科玄論爭」，這一論爭提出了「現象」和「因果率」等問題，這些問題也跟理性問題有著密切關係。這意味著「理性」的問題在中國的思想史上一直是很重要的問題。考慮到時間上的差距，同時由於篇幅的限制，本書將通過更晚近的有關「理性主體」的爭論來探討當代中國與「理性主體」之間的關係。

　　1990 年代以後，在中國，諸如「現代性」、「啓蒙」、「理性」等概念成爲了熱門話題。這些概念之所以成爲批判當代中國思想狀況的靶心所在，或許是源於 1990 年代以後反思「啓蒙」的思想潮流。汪暉等學者認爲，1980 年代以後的「啓蒙」思潮已經失去了其有用性，而主張「啓蒙的破產」：「啓蒙主義的抽象的主體概念和個人的自由解放的命題，在批判傳統社會主義時曾經顯示巨大的歷史能動性，但是面對資本主義市場和現代過程本身的社會危機，卻顯得如此蒼白無力。」〔註 11〕據這一觀點，「啓蒙」僅僅是提出抽象的主體概念而已，已經喪失了其能動性和批判性力量。

　　質疑基於西方思想傳統的「理性」概念，想要挑戰它，汪暉是代表性的。他對西方理性主義的挑戰在《韋伯與中國的現代性問題》這篇文章裏有更明顯的呈現。大致上可以說，《韋伯與中國的現代性問題》是他對西方理性主義的理論性反思。他通過與韋伯、哈貝馬斯等西方思想家對話，檢討了「理性」或「理性主義」在中國脈絡中的含義和契合性。

〔註 10〕 金觀濤：《我的哲學探索》，上海：上海人民出版社，1988 年，第 229 頁。
〔註 11〕 汪暉：《當代中國的思想狀況與現代性問題》，《天涯》，1997 年 10 月。

　　汪暉對西方理性主體進行批判的理論策略是「理性」概念的歷史化或空間化。這就是說，在汪暉看來，韋伯提出的作為「現代性」核心的「理性化」過程，正是西方現代文明的關鍵。這一「理性化」過程是西方獨有的歷史經驗的結果，反映著西方的思想、歷史經驗的獨特性。從而，汪暉提出「誰的現代性」這一質問。他認為，「理性」是西方思想歷程的產物，因此僅僅適用於西方，而不能以「拿來主義」使用於中國。「現代性概念是從基督教文明內部產生的概念，為什麼卻被用於對非西方社會和文化的描述呢？」〔註12〕「理性化」過程是基於西方文明，尤其是基於基督教文化傳統而產生的。中國的思想傳統中並沒有這種基督教傳統，如果把「理性化」過程機械地運用到中國的話，這其實是一種「文化普遍主義」的表現。

　　此外，汪暉通過對韋伯思想的解讀，關注韋伯提出的「理性化」和「資本主義」之間的密切關係。汪暉表示：「『理性化』不過是近代歐洲資本主義的政治經濟模式的抽象表述；其結果，歐洲近代歷史經過由『理性化』這一概念而成為普適性的規範。」〔註13〕這種說法表明，在汪暉的視野裏，韋伯的「理性化」等於「資本主義化」。韋伯之所以強調「理性化」過程作為現代社會的核心概念，是因為這一「理性化」是推動資本主義文明的關鍵性環節。這就自然地產生出這樣的歷史判斷：「中國這樣的非西方文明只有通過理性化即是推動資本主義的文化洗禮，才能發展出資本主義文明。反過來講，因為中國沒有『理性化』過程，於是未能發展資本主義文明」。〔註14〕

　　在汪暉看來，「現代性」、「啓蒙」以及「理性化」是由西方的獨特經驗而產生出來的概念。這些概念，如同韋伯所闡釋的那樣，跟資本主義化過程有著密切關係。「理性化」過程就是「資本主義化」的過程，而且，「現代性」和「啓蒙」來自於西方，不適合中國這一跟西方不同的文化主體。因此，其結論是：「還必須在『理性化』這一範疇之外尋找中國社會和文化的現代同一性。換言之，以西方社會的理性化過程作為對象的社會學方法已經無力對中國的現代性問題作出恰當分析。」〔註15〕

〔註12〕汪暉：《韋伯與中國的現代性問題》，載於《汪暉自選集》，廣西師範大學出版社，1997年，第12頁。
〔註13〕同上，第20頁。
〔註14〕同上，第22頁。
〔註15〕同上，第25頁。

　　總的來說，汪暉先把「理性」、「現代性」以及「啓蒙」等概念加以歷史化，認爲這些概念僅僅是「西方的概念」而已，因此不合適中國的現代經驗。諸如「理性化」等文化轉換過程既是源於西方獨有的經驗，又帶有「資本主義文明」的特徵，很容易導致「資本主義」文化的興起。汪暉的《韋伯與中國的現代性問題》這篇文章的確是很具挑戰性的。他對「理性化」、「現代性」這些普適性概念提出質問，把它們加以空間化、相對化，主張「理性」、「啓蒙」及「現代性」等概念不是普遍性的，而是特殊性的。

　　在對 1980 年代思想潮流的探究問題上，汪暉提出的「誰的現代性」這一質問無疑具有深刻的現實意義。如果我們把「理性化」等概念加以相對化，我們不難發現，1980 年代對「理性主體」或「啓蒙」的追求只不過是一種西方中心主義的表現而已。但問題在於，這種對「理性」和「現代性」的相對化或空間化眞的是妥當的嗎？或者說這是可能的嗎？誠然，「西方中心主義」或者「全盤西化」等觀點是應當迴避的，但對「理性」和「現代性」的「民族化」還是需要進一步的討論。

　　汪丁丁就針對汪暉的「誰的現代性」這一提法，提出了「理性」作爲「永恆的批判態度」這一命題。汪丁丁更關注「理性主體」的本體論上的含義，而認爲「理性」或「理性主體」是不可取消的批判性力量的源泉。事實上，汪丁丁的這一觀點是同福柯對現代性的闡釋相通的，把「理性」看作不斷地產生出「批判」的深淵（the abyss of critique）。汪丁丁這樣表達自己對「啓蒙」概念的理解：「啓蒙是一種對待傳統的永恆的批判態度。在這一意義上，啓蒙精神是長存的。假如西方文化正在融入我們自己的傳統，那麼啓蒙也包括對西方文化的批判。」〔註16〕

　　汪丁丁同汪暉之間的分歧在於：對汪暉來說，「啓蒙」、「理性化」等概念歸根到底是西方的概念，因而不太適合中國的經驗。與此截然相反，汪丁丁卻是從「理性」的本體論含義出發，把它看作一個普遍性的概念：「理性建構思路的社會理論不必考慮傳統創新問題，因爲一切『傳統』，一切『我』之前存在著的東西，都必須在『理性法庭』上接受審判。如果這審判的結果是徹底推翻既有的一切，理性就提出『革命』；如果這審判的結果是不必改變既有的傳統，理性就宣稱現存秩序的合理性。總之，理性既然已經對現存秩序進行過反思，那麼它所達到的任何結論就都具有創新意義。」〔註17〕

〔註16〕汪丁丁：《啓蒙死了，啓蒙萬歲！》，載於《戰略與管理》，1999 年第 1 期。
〔註17〕同上，第 251～252 頁。

　　可見，汪丁丁對「啓蒙」和「理性」的立場是很明確的。他認爲，「理性」和「啓蒙」正是對於既有的所有東西的批判或審視，其本質恰恰是「不斷的批判」，因此「理性」和「啓蒙」是不分「中西」的概念，而且不可取消。此外，汪丁丁還主張，應該考慮到現代主體及其自由的在地性含義：「具有自由意志的個人，爲實現自由，首先必須面對的，就是選擇放棄哪些自由和落實哪些自由。這裡的關鍵是『落實』。」〔註 18〕在汪丁丁看來，不管如何，「自由」或者「啓蒙」是「在這裡」的問題，並不是脫離現實脈絡的抽象概念。因此，比「誰的現代性」更重要的問題則是「哪裏的現代性」或「在何種條件之下的現代性」這一問題。

　　從時間和空間這兩個維度來看，汪丁丁所理解的「啓蒙」和「理性」的內涵也許可以概括爲「本體論」和「在地性」這兩個層面。這就是說，「理性」和「啓蒙」首先是指「不斷批判的狀態」本身，而且它們的位置不是在別處，而就在「這裡」。基於這樣的想法，汪丁丁最後把自己對「理性」和「啓蒙」的本體論的、在地性的解釋總結如下：

> 　　思維不能僅僅停留在毫無界定性的「道」之內，它必須從「無限可能性」的層面上落實到有限的經過了選擇的「現實可能性」層面上來。思維的限定過程就是理性爲自然立法的過程，也就是邏各斯展開自身的過程。因此中國人的理性與西方人的理性，在「邏各斯」對話的層次上沒有本質上的差異；源於西方啓蒙運動的「普遍主義」理性與「個人主義」自由，在當代中國困境中，經過反思，至少在我看來仍然適用。我的理由很簡單：選擇「普遍主義」比選擇「民族主義」要好，選擇「個人主義」比選擇「集體主義」要好。
> 〔註 19〕

如引文所揭示的，汪丁丁站在「理性」和「啓蒙」的普遍性的立場上指出，不管在中國還是西方，批判態度是不可缺少的。換言之，在批判精神的層面上，並不存在「中」和「西」之間的區別和差距。因此從汪丁丁的觀點看，「理性」和「啓蒙」是一個普遍性的概念。

〔註 18〕汪丁丁：《啓蒙死了，啓蒙萬歲！》，載於《戰略與管理》，1999 年第 1 期，第 261 頁。

〔註 19〕同上，第 271 頁。

　　汪暉和汪丁丁之間有關「啓蒙」和「理性」的分歧反映著 1990 年代以後中國的話語環境。在思想潮流的脈絡上，他們之間的爭論其實是「新左派」和「自由主義派」之間的爭論的表現。對前者來說，以「資本主義」爲前衛的西方的「理性」和「啓蒙」是應該受到批判和質疑的對象。汪暉對於這些概念的批判性態度或許是源於這樣的知識趨向。而對於後者，如汪丁丁論證的那樣，「啓蒙」和「理性」的確具有不可取消的普遍性內涵，它們的本質即「永恆的批判性」也無疑是非常重要的思想問題。

　　那麼，我們在哪一種觀點上解釋當代中國和理性（抑或啓蒙）之間的關係呢？對本書的主題即「1980 年代『理性主體』的重建」這一問題，哪一種思維框架可以提供更有效的立足點？在這一問題上，不妨參見「後殖民主義」理論家查特吉（Partha Chatterjee）的論述。查特吉的《我們的現代性》這一篇文章，探討了現代性的普遍性質及其具體形式。他也是從康德命題即「所謂啓蒙就是變得成熟，進入成人狀態，不再依靠他人的權威，自由並爲自己的行動負責」這一命題開始的。

　　在查特吉看來，儘管必須承認「理性」和「啓蒙」的普遍性，可是在概念運用的層面上，不能不考慮當地的具體形勢。因此，「我們的現代性」應是普遍的理性和啓蒙與當地具體條件之間的不斷對話和交涉：「當我的活動牽涉到一個更大的領域，我作爲個體僅僅是一個更大的社會組織或系統裏的一部分，是整個社會機器中的一顆螺絲釘，這時我就有義務遵守規則，聽從得到大眾承認的權威指令。但理智運用還有另一層面，這個層面不受特定或個體利益影響，是自由而且具有普適性的。這就是自由思想的安放之處，也是培育科學與藝術的土壤——用一個詞總結，就是『啓蒙』的所在。」〔註20〕

　　可見，查特吉的「我們的現代性」這個概念的主旨，在於把「具體社會環境」和「理智的運用」分開，主張它們兩者之間的不斷交涉正是「啓蒙的所在」。一旦「理智的運用」和「具體社會環境」是分離的，那麼，「理智」的運用其實是指對於既有的社會環境的批判性思考。查特吉認爲，「啓蒙」和「理性」概念的核心正是「理智的自由運用」，因此不附屬於任何權威的自由思想和言論就是啓蒙的先行、必要條件。查特吉將「我們的現代性」的基本構想解釋爲「理智的自由（獨立）運用」及「具體社會條件裏的運用」之後，

〔註20〕帕沙・查特吉：《我們的現代性》，載於《帕沙・查特吉讀本》，廣州：南方日報出版社，2010 年，第 100 頁。

給予「現代性」概念以如下的定義：「理性的負擔；自由的夢想；對權力的欲望，對權力的反抗：所有這些都是現代性的組成要素。現代性並沒有在權力網絡之外為我們準備任何應許之地。因此對現代性你既不能擁護也不能反對；只能制定策略，與之適應。」〔註21〕

根據查特吉的闡釋，一個主體在文化空間的狀態是雙重的：首先，他處在特定社會的文化空間裏，而且，對他來說，這一特定社會空間的文化條件是他要面對的；但與此同時，作為一個「理性主體」（或者「啟蒙主體」），他可以自由、獨立地運用自己的理智，利用或者反抗其文化條件。「我們的現代性」就是在這樣的雙重維度之中產生出來的。

借助於上述對「現代化」、「現代性」、「理性主體」以及「啟蒙」諸如此類的概念的重新闡釋，我們或許可以獲得分析 1980 年代這一「文化重建」時代的切入點。正如張旭東的描述，1980 年代的「文化熱」正是「西方的能指（parole）」和「中國的所指（langue）」之間不斷交叉的過程。儘管「能指」是來自西方的，但它所要面對的是中國的現實。〔註22〕若是這樣，1980 年代的「啟蒙」潮流，既是對源自西方的「能指」的探究，又是對中國這一文化空間的質問和挑戰。在這一雙重的文化實踐中，運用自己的理智的主體即「理性主體」無疑是必不可少的。本書對 1980 年代文化重建的探究，針對的正是這個時代探索「理性主體」的時代脈絡及其在思想史上的含義。

第二節 「科學」作為爭端

同「理性」概念一起，在「文化熱」思潮裏，「科學」這一概念也佔有相當重要的地位。由於「文革」被視為「封建時代」，「科學」這一概念在新時期中國的知識界裏重新浮現可以說是理所當然。眾所周知，「科學主義」經常被用來描述「走向未來」知識群體的知識趨向，而「科學」則是「走向未來」知識群體所標榜的核心概念。但是，如郭穎頤所區分的那樣，「科學」和「科學主義」是兩個不同的概念。「科學主義」或者「唯科學主義」的內涵是：「認

〔註21〕帕沙・查特吉：《我們的現代性》，載於《帕沙・查特吉讀本》，廣州：南方日報出版社，2010 年，第 107 頁。

〔註22〕Xudong Zhang, On Some Motifs in the Chinese"Culture Fever"of the Late80s: Social Change, Ideology, and Theory, *Social Text*, No.39(Summer, 1994), p.154.

爲宇宙萬物的所有方面都可通過科學方法來認識。」〔註 23〕按照這樣的定義，「科學主義」是逾越「科學」概念的範疇，是把「科學」的方法適用於一切領域以解決問題的企圖。

眾所周知，「科學」概念自晚清以降，在中國的知識文化潮流上曾起到巨大作用。其意義並不止於技術引進的層面，還涉及一切社會領域和世界觀的形成，曾引發「科玄論爭」。論爭的內容在於，是否人生的一切問題都能通過科學予以解決。20 世紀初發生的這一事件本身，就已經表明「科學」概念帶有的威力。「科學派」的代表人物胡適表示：「這三十年來，有一個名詞在國內幾乎做到了無上尊嚴的地位：無論懂與不懂的人，無論守舊和維新的人，都不敢公然對他表示輕視或戲侮的態度。那個名詞就是『科學』。」〔註 24〕「科學」被視爲代表先進文明的概念，象徵現代西方文明，而且能夠顛覆傳統中國的價值觀和世界觀。它能夠在整個文化領域之中發揮極爲強大的力量，正由於此，「科學」概念就逾越了範疇本身，能夠帶上「主義（-ism）」的後綴，成爲類似「意識形態」般的概念。

從這樣的角度看，在 1980 年代，「科學」再次作爲核心概念出現，無疑是耐人尋味的現象。換言之，經過了現當代中國的極爲錯綜複雜的歷史過程，「科學」再次作爲一個時代思想風暴的核心概念重新出現了。就 1980 年代「科學」概念的意味，陳來曾經在《思想出路的三動向》一文中這樣描述：「以金觀濤爲代表的『走向未來』的文化活動，主張必須以類似自然科學的方法，尤其是定量分析和數學模型，使人文社會科學『科學化』；以清晰性、證僞性判斷人文精神學科是否『科學』，他們使用的科學一詞，有強烈的價值判斷的涵義，這種以代表自然科學『佔領』歷史等人文領域的姿態，出現強烈的科學主義的心態。」〔註 25〕

如陳來所描述的，「走向未來」知識群體的知識趨向一般被概括爲「科學主義」。對「走向未來」知識群體而言，「科學」無疑是核心概念，他們深信「科學」所帶有的力量和可能性，因而把它的功能範圍擴展到整個人文學科

〔註 23〕 郭穎頤：《中國現代思想中的唯科學主義（1900～1950）》，南京：江蘇人民出版社，2010 年，第 3 頁。

〔註 24〕 胡適：《序二》，載於張君勱等著《科學與人生觀》，瀋陽：遼寧教育出版社，1998 年，第 9 頁。

〔註 25〕 陳來：《思想出路的三動向》，載於甘陽主編《1980 年代文化意識》，上海：上海人民出版社，2006 年，第 566 頁。

領域。在這樣的層面，他們也許帶有「科學主義」的傾向。但是，如下面將分析的，金觀濤和劉青峰等「走向未來」知識群體選擇「科學」作為旗幟，也並不等同於主張用科學來解決一切問題。從當時的時代脈絡看，「走向未來」知識群體之所以高舉「科學」概念的根本理由，不能簡單、籠統地歸爲「科學主義」。

迄今爲止，1980 年代的「科學主義」被視爲推動「現代化市場經濟」的主要思想資源。這種觀點認爲，科學主義思潮造成了「科學／道德」的二元論，從而導致了「社會／國家」之間的分離和隔絕。新時期以來，在「客觀性」或「中立性」的名義之下，科學主義導致了現代化市場經濟意識形態的強化。但稍加細查，就可以看到 1980 年代「走向未來」知識群體所提出的「科學」概念的來龍去脈，比「現代化意識形態」這一籠統的說法要複雜。爲了更詳細地考察 1980 年代「科學」概念的再登場，需要更爲寬闊的視角及更爲細緻的材料分析。

某一個概念的出現，當然是特定歷史過程的結果及反映。如果沒有產生某一概念的歷史背景，那麼該概念也無法出現和存在。但是，從另一層面看，由於「現在」的需要，一個概念也可以被召喚而出現於現在。在中國，「科學」概念的出現及其含義的變化，就典型地體現出這一概念的語境性。在這樣的意義上，一個概念不再是一個概念，而形成圍繞其概念的一種「知識話語（intellectual discourse）」。貫穿近現代中國，直至當代，「科學」這一概念在中國歷史中不斷地出現，在思想史上佔有相當重要的位置，並且構成了「知識話語」。

迄今爲止，在中國大陸學術界，有關「科學主義」問題的最有代表性的研究成果無疑是汪暉的一些文章和著作。汪暉通過對近代以來「科學主義」在中國思想史上意義的考察，分析了它所帶有的時代含義和局限。汪暉 1990年代初在《學人》雜誌上發表了諸如《「賽先生」在中國的命運》（第一輯）、《梁啓超的科學觀及其與道德、宗教之關係》（第二輯）以及《吳稚暉與中國反傳統主義的科學觀》等文章。尤其在可以說是汪暉本人思想總結的《現代中國思想的興起（總四卷）》這一部大型著作裏，他以更爲廣闊的視野探討了科學主義的問題。

汪暉撰寫的這些論文，通過對「科學」這一在近現代中國思想轉折時代具有極爲重要位置的概念的考察，探究中國如何進入「現代」的階段。他的

研究一方面是對概念史本身的梳理，另一方面則是從中國現代性的源點起步，提出關於中國現代性的根本質問。顯然，有關「科學」概念的研究是極爲龐大的主題，而汪暉的研究本身也是需要專門研究的課題，這裡不能細論所有內容。若把焦點集中於本書的中心話題，即 1980 年代科學概念的出現及其時代含義，《「賽先生」在中國的命運》可以說是代表性的文章。而且，這篇文章與金觀濤在著作《概念史研究》之中提出的觀點存在一致和分歧之處，這些地方與本書的主題有著密切關係。

在《「賽先生」在中國的命運》一文中，汪暉通過概念的內涵與當時的歷史條件之間的關係，考察了「科學」概念在中國的出現。他首先關注了「科學（science）」這一來自西方的概念與中國傳統概念之間的關係，繼而提出以下問題：「如果中國思想家的科學概念及其使用方式產生了類似於西方唯科學主義的特徵，那麼這些特徵在多大程度上與中國傳統思想方式相關聯？如果的確存在這種關聯，那麼，『科學』概念的中國用法也就必然具有獨特性。另一方面，科學概念的使用與使用者承擔的社會角色相關，進而也與使用者所面臨的歷史處境、所從事的運動的性質和特徵相關。『唯科學主義』這一概念雖然可以描述『科學』概念的中國使用者的某些特徵，但卻沒有揭示『科學』概念的使用情境與西方唯科學主義運動的區別。」〔註 26〕

這段話說明，汪暉想要把「科學」這一概念放置於具體的歷史情境，更爲詳細地考察「科學」概念與中國傳統概念之間的關聯。爲此，汪暉追溯中國傳統概念的淵源，通過對「格物」、「致知」、「窮理」等概念的分析，闡釋了中國傳統概念之中「物」和「知」之間的關係。根據汪暉的闡釋，中國傳統概念「格物」、「窮理」類似於西方的「科學」概念，它們的獨特之處則在於：「『知』主要不是對自然界『物理』的認識，而是對自身『性理』的認識，『行』主要不是改造自然界的活動，而是以自我實現、自我實行爲宗旨的道德實踐。」〔註 27〕這樣的話，涉及「物質」和「知識」之間關係的「格物」、「窮理」等中國傳統概念，是與西方的「科學」概念不同的，而與道德實踐緊密關聯。

〔註 26〕汪暉：《「賽先生」在中國的命運》，載於《學人》第一輯，江蘇文藝出版社，1991 年，第 52 頁。
〔註 27〕同上，第 54 頁。

　　隨後，汪暉將視角跳到近現代時期，分析嚴復、陳獨秀、胡適等近現代思想家對「科學」概念的理解，來考察「科學」概念在中國的形成過程。汪暉認為，從持有中國傳統概念到接受「科學」這一來自西方的概念，所發生的最大的變化，是「知識」逐漸脫離「道德」。到了嚴復之後，「格致」等傳統概念被「科學」取而代之，從而把「知識」從「道德」或「天理」等傳統道德秩序之中擺脫出來。「嚴復心目中的科學不是一種無休無止、無一定目標的研究；它是信條的源泉，這些信條不是神學的先驗命題，而是經過經驗的、具有實證依據的信條」〔註 28〕；「嚴復的『科學觀』實際上含有一種傾向，即韋伯所說的『以各種方式尋找一種能擴展到無限的決疑術，以便賦予他的生活一種普遍意義，從而找出其與自我、人類和宇宙的統一性。正是知識分子把世界觀念轉變成意義問題』，把『科學』問題引向道德問題、政治問題、宇宙問題，特別是信仰問題。」〔註 29〕

　　這種現象顯示，通過近現代中西之間的思想衝突和合流，以傳統概念為基礎的中國獨特的世界觀經過了急劇的變化，並且這一變化也帶來整個宇宙觀、自然觀的變化。此後，自然和道德或者知識和道德就喪失了關聯，「知識」和「道德」的紐帶被解開了。但汪暉認為，儘管西方的科學概念就帶來了「知識」和「道德」之間的分離，但由於中國的知識分子還是以「富國強兵」的功利主義態度來接受「科學」概念，因此就又陷入了把「科學」本身加以「道德化」、「崇拜化」的陷阱。這樣的傾向，在陳獨秀的思維裏尤其明顯，陳氏希望用「科學」來解決一切問題。

　　「陳獨秀和《新青年》同人應用『科學』概念的主要目的卻是改造人的主觀精神活動，或者說是通過『科學』而達到對自己的精神狀態的再認識，也即『科學』是人進行自我反思的工具，人類社會的進步則是這種自我反思的自然結果。」〔註 30〕這意味著，陳獨秀將包括政治、倫理等領域在內的一切人類生活納入到科學範疇之內。但這一科學萬能主義的態度是與當初對於科學的期待截然相反的。也就是說，「科學」的本質原來是把知識和道德加以分開，可是科學萬能主義就把一切領域納入到「科學」範疇之內，「科學」本

〔註 28〕 汪暉：《「賽先生」在中國的命運》，載於《學人》第一輯，江蘇文藝出版社，
　　　　1991 年，第 80 頁。
〔註 29〕 同上，第 82 頁。
〔註 30〕 同上，第 95 頁。

身就成爲了承擔「道德實踐」的工具:「於是,在『科學』概念的運用過程中,其功能卻在無意之中接近了儒學『格致』概念,儘管從最直接的動機看『科學』概念是用來反儒學的。」〔註31〕

總而言之,汪暉把中國傳統思想與近現代「科學」概念的關係總結爲:「我們看到,從『格致』到『科學』的過程表現爲『格致』概念沿著『即物實測』與『經世致用』的思路逐漸地擺脫力學範疇的過程,在其終點,『格致』概念在語詞上替換爲與理學無關的『科學』概念;然而當這一概念在語詞上擺脫了理學的束縛之後,它在被使用的過程中恰恰獲得了『格致』概念在理學範疇中的某些根本性的特點。正是這些特點揭示了二十世紀中國的『思想革命』在多大程度上是一種語言幻覺。」這意思是說,在汪暉看來,在 20 世紀初這一思想動蕩的年代裏,雖然「科學」概念最初反傳統、反儒家而到來,然而由於當時知識分子的一些觀點和態度上的問題,它卻接近了「儒學」,最終成爲了另一種(儒家式的)「格致」而已,或者說科學的「道德化」。

就這一「科學的格致化」或者「科學的儒家化」而言,金觀濤一方面同意汪暉的觀點,但另一方面,他試圖把問題擴展到更深的層面。金觀濤和劉青峰關注了「格致」和「科學」這兩者互相替換的過程,與此同時指出,這一替換的過程同馬克思主義的到來有著密切關係:「既然五四新文化運動中科學仍具有『格致』的文化功能,那麼,爲什麼 1902 年以後中國知識分子紛紛拋棄『格致』,而採用『科學』作爲 science 的譯名呢?我們認爲,『科學』取代『格致』意味著中國知識系統的現代轉型,與儒家意識形態中的『格致』劃清界限;但是,中國的新知識系統又具有某種與儒家論證方式類似的結構,這種思維模式成爲接受馬列主義的前提。換言之,『科學』取代『格致』並不是語言幻覺,而是意識形態由儒家更替爲馬列主義在語言上留下的印痕。」〔註32〕

汪暉在談及「科學」概念及其時代脈絡時,幾乎沒有對「馬列主義」的探討。儘管汪暉在談及陳獨秀的科學觀時,檢討了「主客觀統一」這樣具有馬克思主義色彩的問題,但並沒有對「科學」概念的轉型與馬列主義之間關係的討論。相反,金觀濤更關注「科學」概念的到來、「科學」和「格致」的

〔註31〕 汪暉:《「賽先生」在中國的命運》,載於《學人》第一輯,江蘇文藝出版社,1991 年,第 95 頁。

〔註32〕 金觀濤、劉青峰:《觀念史研究》,北京:法律出版社,2009 年,第 326 頁。

關係及「馬列主義」的到來這三者之間的互動關係，指出馬列主義正是「格致」被更替為「科學」過程中的重要標誌：「中國激進知識分子接受共產主義理想後，晚清以來追求取消一切差別、規範的道德境界，也就不必再依附於『以太』或佛教的涅槃，因為共產主義理想是可以由現代知識體系證成的一種科學的、先進的新道德。」〔註33〕

　　對科學概念在近現代中國之命運的理解方式的差別顯示：從知識話語的層面上講，這一差別源於認識論前提的不同。在汪暉那裡，從古代中國的有關物質和精神之間關係的概念到現代科學概念的變化被概述為「去道德化」的過程，但由於中國傳統思想因素的影響，引入到中國的「科學」本身又被「道德化」了。與此不同，對金觀濤來說，在中國科學概念的到來和發展與馬克思主義有著密切關係，中國特有的「道德化」傾向與馬克思主義思想體系混合起來，馬克思主義就代替了傳統的道德觀所擔當的角色。如何理解科學概念引進中國的過程，影響到對新時期的「科學」概念的理解方式。

　　汪暉在《現代中國思想的興起》中分析科學主義對整個現代中國思想的影響之時，一方面積極地評價了其時代意義：「在 20 世紀 80 年代中期之前，幾乎沒人懷疑科學及其價值觀在現代中國歷史中的持久的解放作用。對於科學主義的批判性思考是在 80 年代後期的世界性轉變的背景下發生的，這個世界性轉變的基本特徵即全面總結社會主義的歷史及其意識形態特徵，正是在這一潮流中，科學主義概念被用於描述社會主義的國家體制及其意識形態的總體論特徵。」〔註34〕之後，他便直接地提出，1980 年代科學主義的出現與社會主義的失敗有著密切關係：

　　　　在這種「科學主義」的解釋視野中，人們開始認為中國現代思想具有與歐洲歷史中的「科學主義運動」相似的特徵，科學概念的社會運用不再被詮釋為一種解放的力量，而是一種專制的根源。換句話說，科學主義之成為批判性反思的對象在一定程度上是社會主義失敗的產物，以致科學主義與社會主義可以視為一物之兩面。社會主義的國家實踐大規模地訴諸科學主義話語，並以最為典型的國家理性形式突顯科學的價值，從而以科學主義及其危機來解讀社會主義的國家實踐無疑接觸到了某些實質性的問題。然而，科學世界

〔註33〕金觀濤、劉青峰：《觀念史研究》，北京：法律出版社，2009 年，第 357 頁。
〔註34〕汪暉：《現代中國思想的興起 下卷 第二部》，北京：三聯書店，第 1424 頁。

> 觀的霸權並不僅僅隸屬於社會主義的國家實踐，恰恰相反，新的社
> 會體制的霸權正是在科學精神對於社會主義實踐的解構性批判的過
> 程中確立的。在這個意義上，社會主義國家實踐的瓦解並沒有導致
> 作為一種普遍理性的科學的瓦解，後者通過不斷地瓦解不適用的社
> 會體制和價值而強化和重構自身的霸權。〔註35〕

在汪暉的觀點裏，1980 年代的科學主義之所以不能成為眞正的批判性思維的
思想資源，是因為它實際上與社會主義共享思想資源。可以說，這一分析的
尖銳之處在於，雖然 1980 年代的科學主義企圖全面地批判社會主義，甚至代
替社會主義的思想霸權，可是在其思想根源的層次上，1980 年代的科學主義
未能完全脫離所謂理性主義（或「理性的濫用」）的局限。因此它導致了科學
主義所帶有的另外的問題，那就是陷入相信科學的客觀性和中立性的謬誤。

　　汪暉指責科學主義的脫離社會關係的「客觀性（中立性）」觀點，指出這
些把客觀性或中立性適用於一切社會關係的科學主義預設了一種與社會過程
無關的「科學」實踐。〔註36〕在他看來，這些認為用客觀性、中立性的所謂
「科學觀點」能夠解釋一切社會關係的科學主義觀點正是 1980 年代現代化意
識形態的思想根源。針對科學主義從解放力量到專制主義根源的變質，汪暉
指出：

> 中國當代思想對科學主義的檢討與 20 世紀 80 年代後期的文化
> 氛圍緊密相關，它主要地不是有關「知識」的檢討，而是關於文化、
> 政治和意識形態的反思。這是一個孕育著巨大的歷史變動的時期，
> 對現代化問題的思考與對國家社會主義及其制度形態的反思緊密地
> 聯繫在一起。如果說在思想解放運動初期，「科學」原則及其廣泛的
> 社會運用曾經是批判專制主義的有利武器，那麼，現在，這一原則
> 及其社會運用又被理解為專制主義的根源。在這一時期，文學和思
> 想的領域內部都開始出現了對現代化的意識形態進行重新思考的迹
> 象。〔註37〕

實際上，汪暉對新時期科學主義的批判，針對性在於以「理性人」和「經濟
人」為其基礎的「自由市場意識形態」。他在解讀 1980 年代科學主義之時，

〔註35〕汪暉：《現代中國思想的興起 下卷 第二部》，北京：三聯書店，第 1425 頁。
〔註36〕同上，第 1427 頁。
〔註37〕同上，第 1433 頁。

最為核心的理論根據來自哈耶克。他依靠哈耶克提出的「理性的濫用」概念來批判科學主義對於理性的盲目相信:「按照哈耶克的科學主義概念,極權主義既非源於馬克思關心的階級關係和階級衝突,也非卡爾・博蘭尼分析的市場的不斷擴張與抵抗這種擴張的社會保護措施的衝突及其長遠的制度壓力,更不是韋伯討論的官僚化過程,而是一種過於相信理性能力的認識方法,一種基於這種認識方法的政治經濟支配」;「因為按照他(哈耶克──引者)的看法,經濟運算所依賴的『數據』從未為了整個社會而『賦予』一個能由其得出結論的單一頭腦,而且也絕不可能像這樣來賦予」;「這一論點不僅構成了對計劃經濟學模式的否定,也構成了對於那些崇尚統計的經濟學範式的否定,這些經濟學範式是以「理性人」或「經濟人」的預設為前提來計算或確定經濟運行的規律的」。〔註38〕簡單一點說,汪暉用哈耶克對於科學主義以及隨之而來的「社會/國家」、「市場/計劃」等二元對立關係的批判,試圖暴露科學主義同市場資本主義意識形態之間的親緣關係。

總而言之,汪暉對於科學主義的批判性考察的要害在於:科學主義過於相信了「理性的力量」,因此就陷入了「理性濫用」的陷阱;而且由於這樣的原因,1980 年代以來的科學主義思潮僅僅是造成了「國家/社會」、「社會/個人」諸如此類的二元對立思維模式,終於導致了現代化市場經濟意識形態的強化。在汪暉看來,科學主義所主張的以「理性」為主軸的思想體系僅僅是傾斜於「中立性」及「客觀性」的層面,未能看到「社會」本身的政治權力關係的「意向性」。事實上,用「症候性」的眼光來看,汪暉對於新時期以來科學主義的批判不僅僅是純學術上的批判,而是對於整個 1980 年代以來以科學主義為名義的思想思潮及其市場主義意識形態性的反思和批判。簡言之,汪暉認為,濫用理性的科學主義正是新時期以來現代化市場經濟意識形態強化的核心淵源。

汪暉對於科學主義的批判是深刻而又尖銳的。科學主義所帶有的「理性主義」色彩無疑具有局限性,而且,對「中立性」和「客觀性」的強調的確是科學主義的核心綱領,這樣的價值觀無疑缺乏對社會政治權力關係的洞察力。但儘管如此,汪暉還是以「脫歷史化」的角度來探究科學主義問題。也就是說,汪暉並沒有進行對七八十年代之交這一極為激烈的思想轉換時代的

〔註38〕汪暉:《現代中國思想的興起 下卷 第二部》,北京:三聯書店,第 1461 頁。

具體考察，就在「純理論」的維度上批判了 1980 年代的科學主義。正如有一名論者所表示的那樣，「問題在於，當時知識分子們用以『理解』乃至『吸收』這些思潮（即『西方思潮』）的『視閾』（horizon）是什麼？」〔註39〕這段話是說，在考察一個時期的思想問題時，比思想模式的性質更爲重要的正是「在哪一歷史脈絡（亦即是『horizon』）上使用其模式」這一問題。簡言之，需要考慮到當時思想變動的具體歷史脈絡。

從七八十年代之交的歷史脈絡看，當時金觀濤和劉青峰對「科學」概念的理解，是跟汪暉的理解大相徑庭的。金觀濤和劉青峰曾經在臺灣出版的對話錄《新十日談》中具體地談過他們當時提出「科學」概念的理由。金觀濤更關注馬克思主義的科學主義性質而指出：「眾所周知，馬克思主義特別強調社會發展必須應用『科學』來研究。科學社會主義和歷史唯物論，一開始就聲稱自己是用科學方法認識社會和歷史的必然結果，而用階級鬥爭實現社會主義，不過是這一思想體系的必然推論而已，馬克思主義在某種意義上可以說是一種建立在『科學主義』之上的意識形態。」〔註40〕

劉青峰接著指出，要把「科學」本身與「科學主義」加以劃界，所謂作爲意識形態的「科學主義」並不是「科學」本身所帶來的：「今天，某些文化學者一談起『科學主義』，總是去指責當時中國知識分子不眞正懂得科學精神，把『科學主義』指向意識形態，看作中國文化的一種迷失。這些學者多是從近代科學的意義及其功能出發，來考察其社會影響，即那種把科學的巨大作用視爲『科學萬能論』，而看不到其中的異化及盲目迷信的心態。這是一般意義上的科學主義。應該說，這種心態本身是反科學的，缺乏理性的懷疑精神。在我看來，科學主義在中國的盛行，不能由科學的傳播負責。」〔註41〕據此觀點，所謂「科學主義」是對「科學」的意識形態化的理解方式，在其本質上是與「科學」本身毫無關係的。

此後，金觀濤又更詳細地表達了對馬克思主義的科學主義性質及中國接受馬克思主義方式的見解：「馬克思主義理論家一再論述過社會主義從空想到科學的道路。今天我們從新的歷史視野來考察這一轉換，可以發現：

〔註39〕吳冠軍：《愛與死的幽靈學》，吉林：吉林出版集團有限責任公司，2008 年，第 335 頁。

〔註40〕金觀濤、劉青峰：《新十日談》，臺北：風雲時代出版公司，1989 年，第 41 頁。

〔註41〕同上，第 43 頁。

科學文化在馬克思主義意識形態的形成中，起了關鍵作用。也就是說，馬克思主義這種意識形態的出現，本身也是十九世紀後才開始的科學文化與社會相互作用的一種表現。它是人類第一次企圖用科學來改造社會結構的大規模嘗試」〔註 42〕；「馬克思主義學說傳入中國，人們只看到其中對科學的信仰，並把它變成一種崇拜，忽略其產生時的懷疑批判的理性精神。」〔註 43〕

今天，如果重新把他們的對話放入 1980 年代的脈絡裏面，我們可以看到兩名「科學旗手」對「科學」概念的理解方式：首先，正如劉青峰所表示，他們已經認識到「科學主義」的意識形態性質，因此要在「科學」與「科學主義」之間劃清界限；其次，在他們的視角里，「科學主義」的問題是與馬克思主義緊密關聯的。這就意味著，他們當時提出「科學」這一概念之時，其關鍵性的原因正是馬克思主義的科學性質。就這一點，劉青峰 1991 年在香港的《二十一世紀》上發表的文章也表示：

> 文化研究者在概括中國當代科學主義特點時都普遍接受兩種前提：第一，科學主義作為一種一元論思維模式，它具有文化霸權的性格；第二，既然科學主義是馬列主義的基礎，那麼，馬列主義成為大陸主導意識形態後，科學主義也應對其壓制思想自由負責。我認為，以上兩個前提是根據本世紀上半葉中國的科學主義而總結出來的。但是，1978 年後中國科學主義的再次興起，對這兩個前提均提出了挑戰。雖然馬列主義和毛澤東思想是中國占統治地位的意識形態，但這並不等於說科學主義也隨之始終存在。其實自 1949 年後科學主義思潮已經衰落，否則也就無所謂 1978 年以後的再次興起。而且 1978 年新興的科學主義思潮是作為反對文化霸權的工具，表現出一種反對正統意識形態使思想趨於多元開放的功能。〔註 44〕

從以上引文可以看到金觀濤和劉青峰對於「科學」和「科學主義」的基本看法。也就是說，跟以往的評價不同，他們已經清晰認識到「科學」變成「科學主義」的危險性，並且這一對於「科學主義」的警惕是與馬克思主義，尤

〔註 42〕 金觀濤、劉青峰：《新十日談》，臺北：風雲時代出版公司，1989 年，第 44 頁。

〔註 43〕 同上，第 45 頁。

〔註 44〕 劉青峰：《二十世紀中國科學主義的兩次興起》，香港：《二十一世紀》，1991 年 4 月，第 33 頁。

其是科學的馬克思主義有關聯的。那麼，他們所提出的眞正意義上的「科學」是什麼？他們如何在「科學」與「科學主義」之間劃清界限？

金觀濤從對韋伯的「理性化」的解釋出發，闡明了「科學精神」的精髓：「韋伯看到了現代化本質上是一種人對世界看法和態度上的根本變化。顯而易見，任何一種傳統觀念，無論是古羅馬的人神同一宗教，還是中世紀的教會，在現代化文化看來，當然是一種『魔咒』。」〔註45〕在金觀濤看來，韋伯提出的「現代化」概念的精髓是「理性化」，而這一「理性化」概念的核心就是「解除世界的魔咒」。「解除魔咒」正是指一切「絕對權威」的消失，人類只用自己的理性來反抗任何外部傳統權威。

再者，有關「現代化」的「西方中心主義」性質的問題也值得探討。金觀濤一方面強調「理性化」的重要性，但與此同時也警告「現代化」會帶來「西方中心主義」的危險：「人們往往不得不用天賦人權和追溯這些制度的價值取向的起源，來論證它的合理。這種論證會帶來一種困惑，這就似乎把現代化等同於西方化，因爲它們都是在西方最先興起的，並在西方文化中最早實現的。今天，西方文化中心已被破除，人們公認文化有它多元的合理性（下略）。」〔註46〕

若「理性化」既是指所謂權威的拒絕和解除，又是對於西方中心主義的警惕的話，那麼，作爲其精髓的「科學精神」到底意味著什麼？金觀濤依靠波普爾的「開放社會」概念，指出「理性化」或者「開放社會」的核心正是不斷的懷疑精神：「我們必須對不同的理論加以寬容，必須讓人大無畏地思想，必須建立一個容忍毫不留情的批評的環境，來淘汰那些經不起考驗的理論。正是科學告訴我們，爲了認識眞理，重要的並不是一下子提出一個十全十美、不再接受批判和檢驗的理論，恰恰相反，這樣的理論一定導致思想的停滯，重要的是要在理論結構上有自我糾錯的機制。」〔註47〕之後，金觀濤預測未來「科學精神」和「民族文化特色」這兩者之間的互相滲透：

> 我們可以預計，在即將來臨的二十世紀中，科技結構和社會結構某種適應性的互動，將在全球更深入地展開。這種適應性將要求具有不同文化和歷史的各民族都建立一個超文化的科學理性構架，

〔註45〕 金觀濤、劉青峰：《新十日談》，臺北：風雲時代出版公司，1989 年，第 334 頁。

〔註46〕 同上，第 350 頁。

〔註47〕 同上，第 351 頁。

並在這一構架下保存本民族文化的特色，形成包括近代科學技術結
構千姿百態的未來社會。也就是說，未來的社會是一個在科學精神
籠罩下更理性和科學的社會，今天的資本主義和社會主義，都只是
通往它的過渡階段。〔註48〕

通過汪暉和金觀濤、劉青峰觀點的比較，或許會看到他們的視角的不同。汪
暉從 1980 年代的結果即 1990 年代的角度看待科學主義的問題。但金觀濤和
劉青峰之間的談話，如從其談話的時間（1989 年）可以看到的那樣，更直接
地反映出 1980 年代「科學」這一概念出現的歷史情境。

如上面引用的吳冠軍的說法那樣，假如要更準確地理解某一個時代的思
想脈絡，必須要關注該思想潮流產生的時代語境。當然，不容忽視一個思想
體系本身的問題和局限，但一個思想的引進和傳佈不能不反映當時的時代條
件。如果對時代條件視而不見，那肯定只能產生出偏頗的結論。從這樣的角
度來看，為了恰如其分地定位 1980 年代以後科學主義思潮的位置，我們還要
把它放置在從「一元化」到「脫一元化」抑或「多元化」的脈絡上加以解讀。
從宏觀的角度來看，貫穿於整個 1980 年代的思想潮流，可以被概括為「脫一
元化」，而且這 「脫一元化」思潮的意義並不止於主流意識形態的淘汰和轉
變，更重要的是尋找和定位理性思維的基礎。

科學的馬克思主義在七八十年代滲透了包括自然科學領域在內的整個思
想領域，因此 1980 年代趨於多元化的過程當中，不能不面臨極為激烈的思想
變動。尤其是從思想原理的角度來看，假如科學的馬克思主義的宗旨在於自
然辯證法以及作為其推動力的階級鬥爭，那麼，對科學的馬克思主義的挑戰
可以說是對以線性歷史發展觀和階級鬥爭為核心的馬克思主義世界觀的全面
調整和改變。更為確鑿地定位 1980 年代新啟蒙階段的科學主義思潮，應當開
始於對科學的馬克思主義根本原理的把握。

歷史地看，對於整個中國的社會主義經驗來說，科學的馬克思主義的影
響力是很深遠的。王耀宗很簡明地指出，科學的馬克思主義將諸如「進化論」
和「歷史的發展法則」移植到中國：「作為「救國」意識形態的馬列主義，具
備了中國激進知識分子所夢想的一切內容。首先，古典馬克思主義的唯物史
觀，一方面提出了人類社會發展的歷史規律，如經過原始社會、奴隸制、封

〔註48〕金觀濤、劉青峰：《新十日談》，臺北：風雲時代出版公司，1989 年，第 351
頁。

建制及資本主義，以至最後到社會主義或共產主義；另一方面，它指出了未來理想社會（共產主義）出現之必然性，這是馬克思主義的『科學性』所決定的。這個思潮所提供的社會發展的方向性以及樂觀性，正是吸引大批知識分子之磁力所在。」〔註49〕

在整個現當代中國思潮當中，馬克思主義之所以能夠作爲「一元」的主流意識形態而存在，在某種意義上是因爲它被視爲反映著「普遍」、「客觀」規律的「科學」。如金觀濤所闡釋的，自從科學主義轉入中國以後，具有革命性的唯物史觀就席卷了整個中國。持有唯物史觀的知識分子都把它看作革命人生觀同科學真理聯繫起來的紐帶。〔註50〕

1980 年代「科學」概念作爲爭論的主題出現，並不是從天而降的。在 1980 年代初，圍繞著「科學」概念發生了深刻的思想分裂，而且這一分裂正是來源於馬克思主義及其科學主義性質。其實，迄今爲止，科學與馬克思主義之間的關聯問題尚未得到完整的結論。但是至少從 1980 年代的脈絡上，可以看到當時「科學」這一概念出現的根本原因。

第三節 「一元化」馬克思主義的危機和理性的應戰

美籍華人學者林同奇認爲，1980 年代以後出現的科學主義思潮的根本含義正在於「理性主體」的重構。〔註51〕從「文革」這一所謂「一體化」的時代逐漸擺脫，重新尋求「理性的位置」，就是當時的科學主義思潮的宗旨以及最終目標。「重構理性」的主題是相當明確的。貫穿於整個現當代中國思想的歷程，「啓蒙」、「理性」一直是推動歷史的核心動力。但是，我們又不可否認，尋求「啓蒙」和「理性」的過程中存在著許多斷裂和重構，尤其是在「文革結束」之後的思想狀況下，填充「思想空白」的過程肯定是極爲錯綜複雜的。科學主義問題的複雜性更是如此。

七八十年代之交思想轉變的過程當中，在《自然辯證法通訊》、《自然辯證法研究》、《哲學研究》諸如此類的學術雜誌上，圍繞著馬克思主義及其科

〔註49〕 王耀宗：《中共執政六十年──從集體主義到個體主義》，香港：《二十一世紀》，2009 年 10 月。

〔註50〕 金觀濤：《唯物史觀與中國近代傳統》，香港：《二十一世紀》，1996 年第三十三期，第 59 頁。

〔註51〕 林同奇：《人文尋求錄》，北京：新星出版社，2006 年，第 181 頁。

學性質問題展開了相當激烈的爭論。錢理群回憶：「《自然辯證法通訊》對西方科學哲學及其他新思想的介紹，在知識界和社會上，特別是在青年中產生幾乎是爆炸性的影響。」〔註52〕如果沒有進行對 1970 年代末至 1980 年代早中期的科學主義話語本身的分析，不能勾勒出 1980 年代科學主義形成的具體過程。這個過程既反映著馬克思主義內部的振動和分裂，又是包括自然科學領域在內的整個思想原理的轉變。

　　為了更為均衡、深入地考察和評析 1980 年代科學主義的含義和局限，我們首先要從馬克思主義的根本原理出發探討 1980 年代科學主義的問題。實際上，如金觀濤和劉青峰指出的，新時期初有關馬克思主義科學觀的論爭揭示，從更為根本的思想原理的層面上看，馬克思主義本身具有科學主義的性質，它的「科學主義」性質本身才是「一元化馬克思主義」的更為直接的原因。因此，對於一元化馬克思主義的危機和科學主義挑戰的探究，應當從馬克思主義的科學主義性質出發。

　　此外，林同奇先生指出，「理性主體」也是個很重要的主題。「理性」這一概念即便含有許多問題，但不可否認它在現代社會所擔當的核心功能。理性化過程與現代化（或者市場化）之間的關係暫且放下不談，「理性的確立」毋庸置疑是整個現當代中國知性史的不可缺少的一部分，並且，對於知識的判斷和理論的檢驗，這一「理性的確立」的確是不可缺少的。

　　首先，要從馬克思主義的科學性質談起。柄谷行人在《跨越性批判》中，批判了恩格斯對馬克思《資本論》的「誤讀」或者「歪曲」，指出：「這（恩格斯對於《資本論》的改動——引者）幾乎是一種犯法性的改動。恩格斯認可『來自對客觀法則之認識的統治／自由』。在這種情況下，『集體的理性』只能成為黑格爾式的理性。這只能導致由理性／黨／國家官僚來控制經濟過程這樣一種思考。」〔註53〕柄谷行人對於馬克思本人思想的關注，其宗旨在於把馬克思從「馬克思主義」中拯救出來，從另外的角度來重新探討其可能性。

　　誠然，這裡柄谷行人涉及的問題遠遠逾越本書的範圍。但是，柄谷行人把馬克思本人的思想從馬克思主義分離出來的企圖，對考察七八十年代的思想轉變是很重要的切入點。柄谷行人所針對的是，恩格斯對馬克思思想的改

〔註52〕錢理群：《毛澤東時代和後毛澤東時代》，臺北：聯經出版事業股份有限公司，2012 年，第 214 頁。
〔註53〕柄谷行人：《跨越性批判》，北京：中央編輯出版社，2011 年，第 143 頁。

寫實際上是「誤解」或「歪曲」，並且這一歪曲導致了以「線性的歷史發展觀」和「客觀規律」爲核心的科學的馬克思主義。簡而言之，柄谷行人之所以嚴屬地批判恩格斯對馬克思本義的歪曲，正是因爲他是企圖從馬克思主義那裡將歷史決定論的因素去除的。

這樣的指責對於中國的馬克思主義經驗來說也是非常重要的。H. Lyman Miller 指出，馬克思主義的科學哲學以及自然辯證法主要是恩格斯和列寧的產物，而且這些由恩格斯和列寧所建構的「馬克思主義」對社會主義時期中國的影響是絕對性的。〔註 54〕Miller 教授接著表示，一般認爲馬克思對人類社會及其物質方面的辯證法的發展感興趣，但同馬克思相比，恩格斯的主要關注放在自然科學，而這一對自然科學的關注使得恩格斯構造自然世界的辯證法。〔註 55〕恩格斯對於自然科學有了興趣，便想要把自然科學與哲學研究結合起來。〔註 56〕在毛澤東和瞿秋白的論述裏可以看到，他們都認爲，對於中國社會主義思想的形成和建立而言，歷史唯物主義以及自然辯證法是一元化馬克思主義的核心思想根據。〔註 57〕

把這些一元化趨勢提升到思想原理的層面加以分析，我們可以料想，在社會主義實踐期間思想一元化的趨勢並不僅僅是政治權力鬥爭的結果，更爲根本的原因卻在於科學的馬克思主義所含有的自然辯證法邏輯本身。比如說鄒讜（Tang Tsou）在《文化大革命與毛後的改革（The Cultural Revolution and Post-Mao Reforms）》這一部著作中，把「科學規律」、「大眾路線」以及「合法性」看作是 1980 年代亦即「新時期」之前的核心概念。他認爲，「科學」是「眞理的最高形式（the highest form of truth）」，而馬克思主義的科學性質就爲社會發展的必然性提供了規律性和合法性。〔註 58〕據鄒讜的觀點，1980 年代之前，科學或者「科學的馬克思主義」恰恰是一切眞理的最高形式，所有合法性的源泉就在於其「科學性」。

〔註 54〕 H. Lyman Miller, *Science and Dissent in Post-Mao China*, the University of Washington Press, 1996, p.126.
〔註 55〕 同上。
〔註 56〕 保羅・托馬斯：《馬克思主義與科學社會主義》，南京：江蘇人民出版社，2011年，第 170 頁。
〔註 57〕 郭穎頤：《中國現代思想中的唯科學主義》，南京：江蘇人民出版社，2010 年，第 141～146 頁。
〔註 58〕 Tang Tsou, *The Cultural Revolution and Post-Mao Reforms*, The University of Chicago Press, 1986, p.330.

　　從話語轉變的過程來看，1980 年代初期科學主義的出現並不是從天而降的理論風暴，而是反映著對馬克思主義思想原理的維護和批判。或者更具體地講，這些爭論實際上是圍繞科學的馬克思主義的根本原理即「自然辯證法」的爭論。那麼，為了明確爭論的論點，關於自然辯證法思想原理的檢討是不容忽略的。

　　在自然辯證法以及馬克思主義的科學性質問題上，保羅·托馬斯在《馬克思主義與科學社會主義》裏進行了綜合性的研究。與柄谷行人相似，保羅·托馬斯也強調了恩格斯對馬克思思想的歪曲，批判了恩格斯所建構的「科學社會主義」，指出：「科學社會主義的概念就是這樣一個強加的範疇，這個概念不僅對於瞭解馬克思的著作和事業沒有任何幫助，而且還是絕對有害。問題是根本就沒有這個術語。『科學社會主義』是後來馬克思主義者使用的一個術語，以保證方法論上的必然性和某種形式的教條主義正統觀念。」〔註59〕

　　根據托馬斯的考察，像恩格斯那樣把自然規律適用於社會發展原理，事實上同馬克思本人的看法毫無關係，恩格斯對馬克思思想的改造完全只是恩格斯自己的臆測而已。托馬斯通過考證一系列有關恩格斯對馬克思著作的歪曲的文獻之後，很反諷地把這些科學的馬克思主義稱為「後馬克思（post-Marxian）學說」，並表示：「坦率地說，恩格斯的後馬克思學說幾乎沒有什麼內容屬於他稱作他的導師的那個人的。歷史唯物主義——恩格斯的用詞——不是馬克思而是恩格斯留給我們的東西。即使——或者正是因為——恩格斯『使馬克思主義誕生了』，並且『使馬克思主義聲名遠揚』，但是，恩格斯的馬克思主義存在不科學的方面，這從根本上來說顯然與馬克思的思路、方法甚至主題不相符。」〔註60〕托馬斯之所以這麼嚴厲地批判恩格斯對馬克思思想的歪曲，或許是因為恩格斯用自然科學的規律性來解釋或歪曲馬克思的思想。

　　在《自然辯證法》這篇文章裏，恩格斯想要把自然規律同人類社會發展法則結合起來的意圖是顯而易見的。恩格斯首先宣佈了「自然界和精神的統一」〔註61〕之後，試圖把黑格爾的思維形式的發展過程提升到「思維規律和自然規律之間的一致」。

〔註59〕保羅·托馬斯：《馬克思主義與科學社會主義》，江蘇：江蘇人民出版社，2011年，第 18 頁。

〔註60〕同上，第 69 頁。

〔註61〕恩格斯：《自然辯證法》，載於《馬克思恩格斯選集》，河北：人民出版社，2008年，第 330 頁。

可見，在黑格爾那裡表現爲判斷這一思維形式本身的發展過程的東西，在我們這裡就成了我們的關於運動性的立足在經驗基礎之上的理論認識的發展過程。這就說明，思維規律和自然規律，只要他們被正確地認識，必然是互相一致的〔註62〕；我們對自然界的全部統治力量，就在於我們比其他一切生物強，能夠認識和正確運用自然規律。事實上，我們一天天地學會正確地理解自然規律，學會認識我們對自然界的習常過程所作的干預所引起的較近或較遠的後果。特別自本世紀自然科學大踏步前進以來，我們越來越有可能學會認識並因而控制那些至少是由我們的最常見的生產行爲所引起的較遠的自然後果。但是這種事情發生得越多，人們就越是不僅再次地感覺到，而且也認識到自身和自然界的一本性，而那種關於精神和物質、人類和自然、靈魂和肉體之間的對立的荒謬的、反自然的觀點，也就越不可能成立了，這種觀點自古典古代衰落以後出現在歐洲並在基督教中取得最高度的發展。〔註63〕

由此可見，在恩格斯關於人類的發展和滅種的總體性觀點那裡，總是存在著「人類與自然之間的一致性」這一主題，並且恩格斯確信我們人類的起源和命運同自然世界的節奏緊密地勾聯。〔註64〕從以上引文可以看到，恩格斯對於馬克思思想的「再解讀」使得馬克思的基本思想變爲「科學」。在自然辯證法抑或科學的馬克思主義那裡，「客觀真理」獨立於人類的思考而存在，並且人類只能或者一定要遵遁這一「客觀真理」，違背「客觀真理」的一切思想都被認爲是錯誤的。此外，因爲歷史的發展及其方向性既是必然的又是單一的，於是脫離這一方向的所有思想也被認定爲是錯誤的。

但是這一作爲科學的馬克思主義原理不可避免面臨危機。「新時期」的情況已處於馬克思早期思想不能解決的情境。〔註65〕這些危機並不僅僅是意識形態領域之內的事情。作爲霸權話語的唯物論科學主義即以自然辯證法爲基

〔註62〕恩格斯：《自然辯證法》，載於《馬克思恩格斯選集》，河北：人民出版社，2008年，第 334 頁。

〔註63〕同上，第 384 頁。

〔註64〕Helena Sheehan, *Marxism and the Philosophy of Science*, HUMANITIES PRESS, 1993, p.45.

〔註65〕許紀霖：《總論》，載於許紀霖、羅崗主編《啓蒙的自我瓦解》，北京：吉林出版集團有限責任公司，2007 年，第 5 頁。

礎的馬克思主義也已面臨著深刻的思想危機，這一危機逐漸滲透了包括科學話語之內的整個思想範圍。

大體來講，在科學話語的思想空間裏，當時的情境可以概括爲「維護和反抗馬克思主義自然觀」這兩派之間的論爭局面。一批知識分子要維護以往的馬克思主義自然觀及其方法論，另一批知識分子想要反抗以馬克思主義爲基礎的自然世界觀，而試圖重構和引進另外的自然世界觀。從 1970 年代末開始，這些對待馬克思主義的姿態有了一些變化，發生了內部的裂痕。而且其內部的裂痕通過諸如《自然辯證法通訊》、《自然辯證法研究》、《哲學研究》等期刊上的一系列爭論，逐漸擴大了思想——話語的空間。

在這一思想空間的逐漸鬆動和擴展的脈絡之上，應該要注意到的是，雖然當時的整個話語的趨勢已向著多元化，但這並不意味著一兩天內天翻地覆的變化，變化的速度是較爲緩慢的。如同鄒讜（Tang Tsou）所指出：「政治方向的歷史性轉變並不意味著整體性的破壞（total disruption）。『新時期』還是與以往的政治秩序有著密切的連續性。衝擊性的改革發生在於現存的政治系統（existing political system）之內。」〔註66〕同樣，有關馬克思主義自然科學觀的論爭也是以較爲緩慢的速度從自然辯證法的範式裏脫離，試圖重新建設獨立的科學話語空間。

1970 年代末至 1980 年代中期，在自然科學話語上最有代表性的人物之一是查汝強。查汝強一方面要重構科學話語的獨立性空間，但另一方面又要維護馬克思主義的自然世界觀。簡要地說，查汝強的思想可以概括爲「馬克思主義世界觀之內的科學發展」。在 1970 年代末，查汝強發表了關於馬克思主義和自然科學之間的關係的一篇文章，指出：

> 自然科學是馬克思主義哲學產生和發展的基礎之一，而馬克思主義哲學對自然科學研究的發展可以起指導作用。哲學和自然科學的關係是一種普遍規律和特殊規律的關係。馬克思主義哲學是研究自然界、人類社會和人類思維的最一般的規律性，自然科學是研究自然界的規律性，所以自然科學對哲學來說是一種特殊的規律。這個特殊和一般都是相對的，自然科學中，基礎理論對應用科學來說，基礎理論就是普遍規律。〔註67〕

〔註66〕 Tang Tsou, The Historic Change in Direction and Continuity with the Past, *The China Quarterly*, No.98(Jun., 1984), p.332.

〔註67〕 查汝強：《科學與哲學論叢》，南寧：廣西人民出版社，1981 年，第 3 頁。

在查汝強看來，「科學」仍然在馬克思主義的指導之下，並且「哲學」和「科學」這兩個範疇是屬於一種普遍、客觀的規律。因此它們都應該遵守這一普遍和客觀的法則。

眾所周知，在「文革」期間，「科學被認爲是社會意識，具有階級性，來自西方的科學理論一再被扣上『資產階級』的帽子而遭到批判」〔註 68〕。這一事實意味著，在一元化的思想體系裏，一切社會領域都屬於「政治」，甚至自然科學領域也被認爲具有階級性。可見，查汝強對於科學的非階級性的強調，正是試圖確保科學的獨立空間。

爲了科學領域的獨立化和豐富化，查汝強一方面主張自然科學的獨立性，與此同時又積極地引進和介紹西方非馬克思主義的科學哲學以及理論。比如，查汝強在《簡評「科學哲學」中關於科學認識發展的幾種學說》裏，介紹了波普爾（K.Popper）的「證僞主義」、拉卡托斯（Lakatos）的「研究綱領的方法論」以及庫恩（Kuhn）的「科學革命論」這三種代表性的科學哲學。這實際上只是一篇較爲簡單的介紹性的文章。在文中，查汝強簡略地評介了一系列西方科學哲學的內容之後，把它們作爲資產階級思想來加以批判：

> 現代自然科學取得了極爲巨大的進步。自然科學作爲社會生產力的決定因素，對整個社會的發展起著極爲深刻的影響。因此，人們對科學本身發展規律的研究更增加了興趣，除了新興的科學學正在發展對科學發展的社會學方面和管理學方面的研究，科學的認識論、方法論方面也引起了哲學家的更多的關心。當代的科學哲學的研究發展起來了，很多人結合著科學史來研究，應該說是一個進步。這方面的研究必然存在資產階級思想的影響，需要我們根據馬克思主義進行批判。現代科學發展的迅速，新舊假說、理論更替之頻繁，使得他們在實踐標準、相對眞理和絕對眞理等問題上看到了眞理和檢驗眞理的實踐標準的相對性一面，但不能和其絕對性一面作統一的辯證的理解，因而只能走向相對主義。這是他們的一個共同的毛病。〔註 69〕

〔註 68〕劉大椿：《科學哲學》，北京：中國人民大學出版社，2011 年，第 308 頁。
〔註 69〕查汝強：《簡評西方「科學哲學」中關於科學認識發展的幾種學說》，《哲學研究》，1979 年第 11 期。

可見，查汝強雖然很積極地介紹和引進西方科學哲學和理論，但歸根到底是把這些思想和理論歸結爲「西方資產階級的思想」，擁護馬克思主義的科學觀。查汝強認爲，儘管爲了實現社會主義的現代化，那些西方的「資產階級科學思想」是可以參考的，但它們仍然是馬克思主義的批判對象。貫穿整個 1980 年代，查汝強毅然決然地堅持了馬克思主義自然科學觀的態度，對他來說，自然辯證法或許是「終極性價值」。他在 1983 年發表的文章中，反駁了一系列西方學者把馬克思的思想從恩格斯的自然辯證法中分離出來的企圖，而再次確認自然辯證法的核心原理：

> 西方某些研究「馬克思學」的學者和「西方馬克思主義」者，卻利用馬克思在這些早期著作中著重闡述人類改造自然的辯證法，很少涉及自然界本身的辯證法這一情況，硬說馬克思不承認在人類實踐之外的自然界本身的客觀辯證法。其實，自然界的客觀辯證法和人類改造自然的辯證法正是統一的辯證自然觀的不可分割的兩個方面。人類改造自然界正是在承認和利用自然界的客觀規律的前提下進行的。就是在上述馬克思主要論述唯物史的早期著作中，也包含著自然界客觀辯證法的片段。〔註70〕

查汝強所要做的是，既反駁將馬克思的思想從恩格斯的自然辯證法那裡抽離出來的理論意圖，又要維護「自然辯證法」的普遍性：「馬克思在《資本論》中，雖然主要是闡述政治經濟學理論的，但他仍然在某些論及社會經濟辯證規律之外，平行地舉出了自然界體現相通的辯證規律的例子。他這樣做，一方面增加了論文的色彩和說服力，另一方面也說明了辯證法規律的普遍性。」〔註71〕

　　查汝強站在自然辯證法的原理上，試圖維護科學的馬克思主義的普遍性和權威性。查汝強在 1985 年發表的《自然界辯證法範疇體系設想》這一篇文章裏，系統地梳理了自然辯證法的原理和思考特點。他強調了自然辯證法同歷史唯物主義的一致性，認爲：「自然辯證法還與同一層次的歷史唯物論共用某些範疇，如勞動，既是歷史唯物論的基本範疇，同時也是自然辯證法的一個重要範疇，因爲自然與社會是聯結著，而勞動既是社會過程又是自然過程。」〔註72〕

〔註70〕 查汝強：《馬克思和自然辯證法》，《自然辯證法通訊》，1983 年第 4 期。
〔註71〕 同上。
〔註72〕 查汝強：《自然界辯證法範疇體系設想》，《中國社會科學》，1985 年第 5 期。

　　這篇文章算是查汝強對於自然辯證法的綜合性概說，他一邊要維護自然辯證法的普遍性，一邊要強調「邏輯與歷史的一致」。〔註 73〕查汝強想要捍衛自然辯證法的根本原理即歷史發展的方向及其必然性。正如恩格斯在《自然辯證法》所定義的那樣，查汝強根據這一自然辯證法的原則指出，人類的社會活動在其最為根本的層次上受到自然規律制約，並且真理的形式歸根到底是「客觀的」。

　　儘管查汝強等學者竭力捍衛自然辯證法的原則，可是，自從 1980 年代初期，一系列的知識分子已經小心翼翼地開始介紹西方的科學哲學，以便探索另外的科學認識範式。到了 1980 年代中期，全面反對科學的馬克思主義的觀點更為直接地表露出其面目。一系列西方科學哲學逐步進入了中國科學話語空間，而這樣的變化就顯示出新時期科學認識論的多元化趨勢。

　　尤其邱仁宗用相當大膽的語氣批判了馬克思主義認識論：「許多人相信馬克思主義，就因為過去的歷史證明它的預見力是很高的。但是我們也看到，馬克思主義哲學的若干模式，至少對於自然科學發展的預見力，是不高的，甚至是相當低的。有些自然科學工作者對此不滿，是有道理的。」〔註74〕邱仁宗的目的在於將馬克思主義的科學認識論加以「歷史化」。這就是說，在邱仁宗看來，馬克思主義的自然科學觀並不是一成不變的普遍真理，而只是當時即 19 世紀的時代條件所產生的認識模式而已。此外，值得矚目的是，在邱仁宗的文章當中，他用「文革」的例子來說明了知識和經驗的可變性：

　　　　不僅理性認識要依賴於感性認識，而且感性認識在不小的程度上實際也是依賴於理性認識的。因此有時看起來是理論與感性經驗（或「事實」）有矛盾，實際上是兩種理論之間的矛盾。現在我們都能認識到「文革大革命」被說成是同修正主義路線或資本主義道路的鬥爭，這個說法根本沒有事實根據。但在「文化大革命」中我們不少人都到處卻是「看到了」這種「鬥爭」的「事實」。為什麼呢？因為我們的觀察受到了「四人幫」所散步的錯誤理論的滲透和污染。因而正確的理性認識恐怕不是從感性認識中線性地推導出來的，也

〔註 73〕 查汝強：《自然界辯證法範疇體系設想》，《中國社會科學》，1985 年第 5 期。
〔註 74〕 邱仁宗：《提高馬克思主義哲學的預見力，回答現代自然科學的挑戰》，《編輯之友》，1981 年第 4 期。

　　不是一旦有了感性認識，只要加工的方法合適，就可得出正確的理

性認識。〔註75〕

邱仁宗在說明對「文革」記憶的不同時，試圖用科學的方法論來解釋經驗之
間的偏差：「在總結自己『文革大革命』中的經驗教訓時，我又有一些新的體
驗。『文化大革命』前、中、後，對同樣一些事實，看法以致感情上的差異是
如此之大，似乎判若兩人。在我周圍的一些同志，對我自己的看法也經歷了
不同幅度的漲落。這種差異可以和格式塔轉換相比擬。」〔註 76〕這段話揭示
出，在邱仁宗看來，「經驗」和「認識」之間的一致性是不可能的，更重要的
卻是「認識模式」。「認識模式」的不同就產生出不同的認識。這一觀點和查
汝強的觀點是背道而馳的。在查汝強那裡，「真理」是客觀的，因此對於歷史
的認識也只有一種。但在邱仁宗那裡，對某個事實的認識取決於認識模式。

　　此外，金觀濤等把科學理論的核心規定為「必須從結構的角度來把握
自然現象」，並指出：「在笛卡兒那裡，這種構造性自然觀被賦予了二元論
的形式，其意義並不在於它在哲學上是否正確，而在於它有助於科學家建
立構造性自然觀，它使得力學結構從複雜的事物中剝離出來成為科學家研
究的對象，而把有關靈魂等當時還弄不清楚的對象留在上帝手中」；「構造
性自然觀有兩個明顯的特點：第一、它具有了證偽性；第二、它具有預見
性，這兩個特點把它與實驗緊密結合在一起，先由實驗歸納出某些結論，
科學家提出理論來解釋它們，並預言其他結論，這些結論又可以由實驗來
鑒別，這樣就構成了我們所講的理論——實驗——理論的反覆循環。」〔註
77〕這是說科學的精髓在於不斷的實驗和證偽，並且知識的構成並不是既成
的，而是「構造的」。

　　查汝強和邱仁宗、金觀濤之間的分歧揭示，圍繞科學的馬克思主義的核
心原理之間的分歧，實質是對於自然辯證法的維護和抵抗。新時期以降，曾
經作為「一元真理」而存在的馬克思主義科學觀的位置不能不動搖，一體化
的思維體系也不可迴避變化。到了 1980 年代中期，這些思想模式的變化趨勢
是更為明顯了。從仲維光對於查汝強的抨擊可以看到，對於自然辯證法的批

〔註75〕邱仁宗：《提高馬克思主義哲學的預見力，回答現代自然科學的挑戰》，《編輯
　　　　之友》，1981 年第 4 期。
〔註76〕邱仁宗：《探索認識的發生》，《讀書》，1982 年第 5 期。
〔註77〕金觀濤、樊洪業、劉青峰：《歷史上的科學技術結構》，《自然辯證法通訊》，
　　　　1982 年第 5 期。

判已經全面地呈現出來。仲維光針對查汝強的《自然界辯證法範疇體系》和
《二十世紀自然科學四大成就豐富了辯證自然觀》等文章進行批判：

> 存在一種馬克思主義的自然哲學體系嗎？這個問題非常重要。
> 眾所周知，馬克思主義在它那個時代以及後來對無數有志人士有巨
> 大的吸引力，但是在文革期間有人在自然辯證法名義下打棍子，對
> 各種各樣的科學理論進行批判，以至於今天自然辯證法對我國許多
> 青年人吸引力不大。〔註78〕

仲維光主張，查汝強的觀點是「一種凌駕於科學之上的自然哲學」〔註 79〕，
因此查汝強產生了「邏輯等於眞理」之類的等式。仲維光根據現代科學思想
指出「純粹的邏輯不能給我們任何關於經驗世界的知識，一切關於實在的知
識，都是從經驗開始，又終結於經驗。用純粹邏輯所得到的命題，對於實在
來說完全是空洞的。」〔註 80〕這裡仲維光針對的是，把先驗邏輯即如「客觀
眞理」、「歷史發展法則」等自然辯證法原理凌駕於經驗事實的思想體系。這
一問題，可以參見 1980 年代初《哲學研究》上展開的關於自然科學與馬克思
主義的討論中的一個觀點。在這場討論當中周昌忠指出：「馬克思主義哲學認
爲，世界觀和方法論是統一的。邏輯作爲科學方法論與自然觀有著密切的關
係。邏輯作爲一門科學的產生和發展始終離不開人們對自然界的認識。」〔註
81〕在這樣的觀點裏，「邏輯」是在判斷或認識自然界之時必不可少的一部分。

假如比較這兩個觀點之間的差異的話，就可以看到，從 1980 年代初期到
中期，在「邏輯」和「經驗事實」之間的關係上發生了一些變化及裂痕。根
據 David Kelly 的考察，試圖維護馬克思主義自然觀的知識群體還是更爲側重
於哲學對於科學的指導角色（guiding role）。〔註82〕Kelly 指出，在以往的馬克
思主義自然科學觀裏，特別是在自然辯證法的認識框架裏，諸如「歷史發展
規律」、「客觀眞理」等的先驗邏輯優先於經驗事實，這樣的認識論在科學認
識上也是具有其拘束力的。〔註83〕但到了 1980 年代中期，這一邏輯對於經驗

〔註78〕 仲維光：《是自然辯證法，還是黑格爾的自然哲學？》，《自然辯證法通訊》，
　　　　1986 年第 3 期。
〔註79〕 同上。
〔註80〕 同上。
〔註81〕 周昌忠：《自然觀與邏輯》，《哲學研究》，1982 年第 7 期。
〔註82〕 David Kelly, Chinese Controversies Over the Guiding Role of Philosophy Over
　　　　Science, *THE AUSTRALIAN JOURNAL OF CHINESE AFFAIRS*, 1982, NO.14.
〔註83〕 同上。

事實的控制力日益減少，對抗先驗的必然性邏輯的科學方法論逐步得勢，這就反映了整個世界觀的變化，而且變化的最爲根本性潛流則是馬克思主義的核心原理即自然辯證法的危機。

可以說，仲維光既需要批判先驗的必然邏輯，又需要強調經驗事實來保護科學事實。於是他在文章的最後部分強調：「我們不知道查汝強同志憑什麼設立這些總規律，又是憑什麼理由其他原理不能作爲總規律。說到底，總規律存在嗎？」；「人類的實踐並非是一成不變的，它隨人類認識的不斷深化而不斷改變自己的內容。」〔註84〕

對查汝強、邱仁宗以及仲維光等有關科學的觀點的譜系性考察顯示出，隨著時間的流逝，處理「科學」的觀點逐步發生了一系列變化和裂痕縫隙，倘若把這一變化的趨勢放置於認識論的層面上加以分析，這可以說是圍繞「科學」概念的認識論框架之變化。並且，這些變化並不僅僅是科學領域之內的，更是一種整個認識框架的多元化的嚆矢。正如邱仁宗所指出的那樣，「科學並不是封閉的系統，而是開放的系統」；「科學總是在社會因素和科學本身的因素共同作用中發展的，尤其是在科學發展出現重大轉折和革命性變化時。」〔註85〕

這樣的觀點顯示，1980 年代發生的科學哲學的轉變並不限於科學領域的話語衝突，更是一種重新建構認識體系的過程。例如，許良英指出：「本文強調了科學傳統在現代文明中不可取代的價值，並不意味要爲一切舊傳統辯護。恰恰相反，科學精神就是要求探索未知領域，要求不斷創新，要求擺脫舊傳統的束縛，拋棄一切陳腐的舊思想。理性就給了人們這種要求進步和革新的力量。」〔註86〕這段話就顯示出，在 1980 年代的時代情境裏，圍繞「科學」概念的論述方式的變化包含著思維方式本身的變化，而且隨著思維方式的轉變，「理性」概念也是作爲新的時代話題而出現。

這一變化，在「走向未來」知識群體的知識話語之中更爲明顯。倘若 1980 年代科學話語的轉變既是自然科學認識論領域之內的變化，又是脫離以自然辯證法爲中心的科學的馬克思主義的轉變，那麼，該賦予這一變化

〔註84〕 仲維光：《是自然辯證法，還是黑格爾的自然哲學？》，《自然辯證法通訊》，1986 年第 3 期。
〔註85〕 邱仁宗：《科學發展的內因和外因》，《學術論壇》，1982 年第 2 期。
〔註86〕 許良英：《歷史理性論的科學史芻議》，《自然辯證法通訊》，1986 年第 3 期。

以什麼樣的意義呢？而且把它放置於什麼樣的認識論上加以分析是恰當的？更爲詳細的內容將在下面繼續探究，這裡不妨簡單地概述其認識論上的含義。

波普爾曾經在《歷史主義的貧困》中批判「歷史主義」的錯誤，認爲它將「規律」和「趨向」混爲一談，還錯誤地以爲能夠發現歷史的「一般規律」：「我們可以說，這是歷史主義的中心錯誤。它那『發展的規律』變成了絕對的趨向，這些趨向就像規律一樣，並不有賴於初始條件，並且它們帶著我們不可抗拒地朝著某種方向走入未來。它們是無條件的預言的基礎，而與有條件的科學預告相反。」〔註 87〕波普爾嚴格地將「趨向」和「規律」截然分開，強調了歷史只有「趨向」，不能具有「規律」。接著又指出：「無可懷疑的是，把趨向與規律以及與對趨向的直觀觀察混爲一談的習慣，就激起了進化論和歷史主義的主要學說，即關於不可抗拒的生物演化規律和不可逆轉的社會運動規律的學說。」〔註 88〕

波普爾對於歷史主義的批判乃是對自然辯證法的相當有力的批判。在自然辯證法的思維框架裏，歷史及其發展方向被視爲是規律性的，並且「客觀眞理」是作爲單一的眞理而存在的。在這樣的認識框架裏，整個知識的範圍不能不受到相當嚴密的控制，更不能存在多元的知識體系。因此，對當時的知識分子來說，上面所引的諸如波普爾等的方法論無疑是很有力量的批判工具。從七八十年代之交的科學話語的逐步轉變中可以看到，圍繞著自然辯證法的爭論實際上是作爲一元認識框架的馬克思主義的逐漸解體，而且爲了代替這一霸權性的認識框架，當時的知識分子試圖把眼光轉向與馬克思主義不同的理論體系。這一轉向的主要意圖無疑是擺脫自然辯證法的思想原理，即「歷史發展規律」和單一的「客觀眞理」。那麼，1980 年代科學主義思潮的核心論點可以概括爲「如何克服這些自然辯證法的思維模式，以便建構出另外的思維原理」這一問題。這正是「文化熱」之中的科學主義思潮所要面對的關鍵性問題。

有關「先驗眞理」的問題也要談一下。如同美國的政治哲學家多邁爾（Fred Dallmyr）指出，「科學的馬克思主義的本質在於現實化，即眞正的歷史之原動

〔註 87〕卡爾・波普爾：《歷史主義的貧困》，北京：中國社會科學出版社，1998 年，第 113 頁。

〔註 88〕同上，第 101～102 頁。

力是獨立於人對它們的（心理學的）意識之外。」〔註89〕這意思是說，在「自然辯證法」的思維方式裏，所謂「眞理」並不是人所建構的，它已經存在於人的意識之外。可是如上面已談到的，通過對「自然辯證法」的質疑和挑戰，「客觀」的「先驗眞理」逐漸失去了其地位。因此，在思維方式轉換的過程當中，一個問題就被提出來：「理性主體」的重建。這意味著，既然「客觀」的「先驗眞理」不再存在，那麼，更爲重要的則是建構某一眞理的主體。如波普爾所指出，如果「科學」不能具有「任何絕對眞理」，那麼「科學」所能做的只是不斷的「試驗」以及通過試驗的「證僞」。〔註90〕因此，在「科學」這樣的知識活動之中，最核心的恰恰是建構「試驗模式」或「方法」的「理性主體」。

綜上所述，圍繞「自然辯證法」展開的爭論含有相當重要的思想課題。通過這一次爭論，「客觀眞理」以及「先驗法則」等思想原理受到了懷疑。代替這些客觀、先驗的眞理，不斷試驗及理性主體的重要性就浮現出來。這些思想流變，既是「認知裝置」的轉變，又是主體性空間的擴大。這就是 1980 年代「科學」所推動的知識作用。

倘若要更爲深入地分析 1980 年代「文化熱」當中的科學主義思潮，我們還要將七八十年代之交的科學話語轉變的脈絡和認識論的移植相提並論。如上面所引的錢理群的看法，《自然辯證法通訊》等一些學術刊物直接或間接地影響到 1980 年代「文化熱」思潮。這就是說，七八十年代科學話語空間的圍繞自然辯證法的爭論，是馬克思主義世界觀的危機及其應對的表現，而諸如波普爾等的思想的引進，正是應對這一危機的知識轉移。那麼，像林同奇所指出的那樣，假如不能否定金觀濤等所推動的科學主義思潮是建構理性主體的思想挑戰，那麼，對它的根本性的考察，應當在當時的思想脈絡和思維的根本原理上同時進行。這樣，才能夠明確地辨析該思潮的含義和局限。

〔註89〕弗萊德・多邁爾：《主體性的黃昏》，山東：廣西師範大學出版社，2013 年，第 137 頁。

〔註90〕Hans-Jörg Rheinberger, Trans. By David Fernbach, *On Historicizing Epistemology*, Stanford University Press, 2010, p.38.

第二章　科學與社會

　　「走向未來」知識群體所標榜的是「科學」。這一「科學」概念基本上涉及自然界的現象，以探究自然現象背後的原理爲目標，一般被看作與作爲價值領域的社會現象無關。但是如同默頓所指出的那樣，事實上「科學」深刻地受到社會上的各種權力關係的影響，它並不能完全獨立地存在。這就意味著，被認爲是處理「事實」的領域也置身於一定的社會條件裏，或明或暗地受到環境的影響。在 1980 年代中國知識空間形成的過程中，「科學與社會之間的關係」這一命題佔有相當重要的地位。眾人皆知，在「文革」期間，包括自然科學領域在內的一切社會範疇都被「階級」或者「政治」所壟斷，獨立、自由的思想空間幾乎是不可能的。因此在 1980 年代思想多元化的趨勢裏，建設從政治需求脫離的思想空間的事業無疑是頭等大事。本章正文將談到，「科學」這一概念本身所帶有的性質，即「學術上的自律性」及結構性保障，滲透到整個知識話語領域，喚起了自律的重要性。「走向未來」叢書和期刊也都致力於引進和介紹有關「科學」空間的自律和獨立性的理論體系，以摸索自律的學術、思想空間。

第一節　對「自由知識空間」的渴望

　　1980 年期刊《自然辯證法通訊》上登載了《哲學和科學的關係》一文。著者是澳大利亞學者盧逐現，在這篇文章裏盧逐現探討了哲學與科學之間的關係，就中國的哲學與科學之間的關係指出：「在社會主義的中國，要堅持以馬列主義和毛澤東思想作爲指導思想和指導原則。因此就有一連串迫切的問

題：怎樣防止思想僵化？怎樣發展哲學思想？怎樣把哲學水平一步一步的提高？哪裏是哲學的界限？哲學怎樣幫助而不是妨礙各種科學的發展？」他接著提出，「新科學出現，必然會有各種不同的哲學解釋」；「誰錯誰對，不是靠行政命令或引用古書，而是隨著科學理論的深入發展，自然得出哪一類解釋是正確的。」〔註 1〕通過這篇文章，我們或許可以猜測到新時期之前「哲學與科學之間的關係」的情況。

事實上，經過整個現當代中國的思想歷程，雖然「科學」這一概念擔當了極為重要的角色，但也不可否定，在特定階段，尤其是「文革」期間，對科學的壓抑和控制是相當厲害的。馬克思主義的「科學性質」決定了整個中國現代歷史的方向，科學的馬克思主義對於歷史發展方向及其必然性的強調吸引了大批知識分子。〔註 2〕但在某種意義上講，這一「必然性」最終導致了災難性的後果，正如郭穎頤曾談到，科學概念作為「科學主義」被移植到中國以後，「許多現代中國思想領袖都未能把批判態度和方法論權威、科學客觀性與絕對性、科學規律與不變的教條區別開來」，終於帶來了「超級思想體系的一統天下」，而這樣的趨勢無益於科學本身的進步〔註 3〕。

大致來講，新時期之前科學研究無疑從屬於政治需求，「政治第一」原理控制了科學研究領域。劉大椿回顧「科學從屬政治」的時代情境稱：「科學在當時（新時期之前——引者）被認為是社會意識，具有階級性，來自西方的科學理論一再被扣上『資產階級』的帽子而遭到批判，從事科學研究的知識分子也被貶為『臭老九』而劃入另冊。」〔註 4〕其實，這些對科學的左傾主義的解釋來源於斯大林時代的認識框架。當時自然科學也被分類為「資產階級的科學」和「無產階級的科學」〔註 5〕，基於階級論的科學觀，決定了如何確定某種科學的基本性質及運用方式。同樣，「文革」期間，極端的左傾主義理論全面控制了自然科學領域，被認為違背馬列主義的任何事實都不能得到承

〔註 1〕 〔澳〕盧逐現：《哲學和科學的關係》，《自然辯證法通訊》，1980 年第 2 期。
〔註 2〕 王耀宗：《中共執政六十年——從集體主義到個體主義》，香港：《二十一世紀》，2009 年 10 月。
〔註 3〕 郭穎頤：《中國現代思想中的唯科學主義》，南京：江蘇人民出版社，2010 年，第 145 頁。
〔註 4〕 劉大椿：《科學哲學》，北京：中國人民大學出版社，2011 年，第 308 頁。
〔註 5〕 William Lewis, Knowledge versus"Knowledge": Louis Altuhusser on the Autonomy of Science and Philosophy from Ideology, *Rethinking Marxism*(19, Aug 2006), p.461.

認。「文革」結束之後，儘管這樣的極端狹窄的思想空間出現了鬆動，但政治對於科學的領導地位仍舊穩固。

「自然科學從屬政治」，也就是說「哲學領導自然科學」。哲學作爲最一般的總規律，它先於經驗事實而存在，指導科學的方向。在這樣的觀點裏，科學的功能僅僅是證明先驗普遍原理的自明性。譬如，查汝強指出，自然科學的研究目標是「研究辯證法的規律性在自然界的表現。這些規律範疇適用於自然界，也適用於社會和思維現象」〔註6〕。根據查汝強的看法，雖然哲學和自然科學屬於不同的領域，但在最高的層面上，「辯證法與自然科學就會結合得更緊，辯證法對自然科學所發揮的指導作用就會更大。」〔註7〕在查汝強看來，作爲普遍先驗的自然辯證法原理，是承當領導角色的哲學，只有正確的哲學指導，自然科學才能產生出正確的結論。在這樣的觀點裏，「自然辯證法」是一種不可侵犯的「終極價値」。

這樣強調自然辯證法對於自然科學的優勢，意味著，經驗事實不能提供可靠的眞理，僅僅是產生出相對主義的世界觀而已。在 1980 年代初期，「相對主義」的世界觀還被認爲是西方資產階級哲學觀的產物。這樣的知識趨勢就表現爲對於「實證主義」的批判和否定。在以自然辯證法作爲指導原理的觀點來看，把經驗放置於哲學之上的觀點是違背普遍規律的相對主義世界觀：「『實證論』的主張所以行不通，還有另一方面的原因：離開理論思維就不可能有自然科學，而要進行理論思維就離不開哲學的指導。誠然自然科學的研究要從感覺經驗開始，但是，自然科學的任務決不是經驗主義地描述自然現象，把感覺採撈記錄和羅列出來，它要透過現象認識本質」；「要進行理論思維，就必須運用邏輯、概念和範疇，就必須遵循認識和思維發展的規律，這就要受到哲學的支配。」〔註8〕

1980 年代圍繞「科學」概念，學界之內發生了爭論，這就表明，科學的馬克思主義的核心原理即「自然辯證法」原理在逐步失勢，更關注「經驗事實」和「方法論」的科學觀念逐漸得勢。如果說以自然辯證法作爲指導思想原理的觀點，是把先驗的哲學原理作爲總規律，那麼，相反的觀點則是否定

〔註6〕 查汝強：《自然辯證法與自然科學》，載於《科學與哲學論叢》，南寧：廣西人民出版社，1981 年，第 17 頁。
〔註7〕 同上，第 25 頁。
〔註8〕 陳圭如、余源培：《哲學和自然科學的關係》，《社會科學》，1983 年第 9 期。

唯一的、先驗的一切「第一原理」，主張不斷的證明和方法論上的革新。這些從「一體化」的知識體系到「多元化」趨勢的轉變，開始於對以往一體化的科學認識模式的反思和反駁。

在這樣的時代趨勢之下，于光遠在回顧和反省以往一體化的科學觀之時指出，以前科學領域對於「唯心論」的教條性的拒絕只不過是政策上的界限而已，在自然科學問題上要重新考慮和界定「學術與政治」之間的關係。于光遠以蘇聯學者李森科所主張的「偶然性是科學的敵人」這一命題爲例，批判了政治侵犯科學領域的風潮。他指稱：「爲了貫徹『百家爭鳴』，黨決定，對學術問題黨不作決議，讓科學家自己討論。科學機構如果要作結論，也要很慎重，何況黨呢？黨要領導學術，保證學術發展，但對學術問題最好不要去作結論。蘇聯李森科問題，從黨的工作方法的角度來看，是個教訓。黨管得太多，科學家就會不高興。」〔註9〕他接著強調「學派」與「宗派」之間的區別及「科學的態度」：

> 「學派」與「宗派」有什麼不同？學派是按照科學的觀點、方法、風格的不同形式的學者們的結合。學派要講科學態度。搞得不好，不講科學態度，有成見，就會變成「宗派」。我國在遺傳學的領域是存在不同學派的。目前由我們中國人自己建立的遺傳學學派還沒有，我國的不同學派是由於外國存在不同的學派而形成的。贊成不同的外國學派，在我國新形成不同的學派。有的學者還主張建立中國獨創的學派。在這個問題上不能過份強調愛國主義。我們應該從科學道理上講，而不能強調愛國不愛國的問題。我們想提這樣一個問題：我們對學派究竟抱什麼態度？我覺得建立學派這樣的事，不要勉強。我認爲學派是自然形成的，在沒有形成前，勉強扶植是扶植不起的。也許學派在沒有形成前可能就存在有若干不同的學術傾向。〔註10〕

這段話表明，于光遠通過李森科等蘇聯的教條主義科學家的例子，來反思「政治控制科學」的氛圍，提出學術問題上的自由和寬容。他認爲，政治和學術雖然有著密切關係，但不能一致。它們兩者應該維持互相獨立和協調的關係，

〔註 9〕于光遠：《在一九五六年青島遺傳學會上的講話》，《自然辯證法通訊》，1980年第 1 期。

〔註10〕同上。

政治要保障學術上、科學研究上的自由。要求以科學為主軸的學術自由的，不止于光遠，另外的學者也致力於科學研究從政治要求的脫離。許良英 1981年在《自然辯證法通訊》上發表了一篇文章，探討科學和民主之間的關聯及其重要性。許良英提出「寬容」（tolerant）這一概念，指出科學對於民主發興可能承擔的角色：

> 由於科學研究是對客觀的事物和規律認識的一種探索，要推動這種探索，除了提供必要的物質條件以外，還必須具備有利於探索的自由氣氛。對於這種自由，愛因斯坦曾作過精闢的分析。他認為科學需要三種自由。首先是言論自由，包括發表自由和教學自由。為了使每個人都能發表自己的觀點而無不利的後果，必須由法律來保障，同時在全體公民中也要有一種寬容的精神。其次，每個人在必要的勞動之外還要有支配自己的時間和精力的自由。這兩種自由，他稱之為外在的自由。此外，對於科學和一般創造性的精神活動，還需要一種內心的自由，這就是思想上不受權威和社會偏見的束縛，要有自由地獨立思考的精神。顯然，就整個社會來說，最根本的是言論自由。而言論的自由只有在人民能夠享受民主權利的民主制下才有可能。因此，民主制是學術自由的前提。可以說，政治上的民主和學術上的自由是科學繁榮的必要保證。〔註11〕

據上文的看法，在科學發展的問題上最重要的是言論自由。只有言論自由得到保障，人們才能夠自由地發表自己的意見。所謂「科學」是涉及客觀事實的，要經過不斷的檢驗，因而「自由」對科學發展來說是必不可少的。

　　在許良英的觀點之中，令人注目的是「群眾路線」與「民主」概念之間的區別。許氏強調了「民主」概念的「科學性」而指出：「在那裡（群眾路線──引者），人民群眾始終是被動的、被領導的，他們充其量只能提出意見而無權根據自己的意志作出決定」；但「民主的概念則完全不同，它的核心內容是：人民在法律上和人格上都是平等的，都有不可侵犯的人權；人民自己當家作主，而不勞別人替他們作主」；「前者（即群眾路線──引者）近乎『為民作主』，後者（即民主──引者）則是讓人民自己作主。」〔註12〕這種依靠

〔註11〕許良英：《試論科學和民主的社會功能》，《自然辯證法通訊》，1981 年第 1 期。
〔註12〕同上。

「科學」來區分「群眾路線」和「科學的民主」的看法，說明「科學」概念在整個文化領域裏發揮著作用。

從于光遠和許良英的觀點可以得知，「科學」概念被用來促進學術空間的獨立化和自由化，以及對不同思維方式的寬容程度。「科學」這一概念所帶來的，不僅僅是詞彙上的轉變，整個思想原理的組成方式也隨之變化了。正如許良英的觀點，「科學」是與推動和發興民主緊緊勾聯的，民主是依靠科學來進步的。事實上，科學概念之所以能夠發興民主或者思想的多元化，可能是源於它的思想原理。在思想原理的層面上看，「科學」本身要求開放的假設和實驗，因而與價值多元化不能不有所關聯。

另外，邱仁宗通過翻譯和介紹各種西方的科學哲學思想，試圖爭取知識領域的多元化。他翻譯了波譜爾的《沒有認識主體的認識論》等文章，還寫了幾篇介紹西方科學哲學的論文。邱仁宗之所以致力於譯介，可能是因爲他要把西方科學哲學的思想原理滲透到中國的知識領域。他所譯介的科學哲學思想，不僅僅是思想的移植和進口，還應該被看作是對於整個中國思想領域的知識要求。同于光遠和許良英相似，邱仁宗也是通過「科學」這一概念來追求思想的多元化及科學研究的獨立性。

《沒有認識主體的認識論》的核心概念，是「知識的客觀性」。根據波普爾的觀點，整個世界是由「三個世界」組成的：第一世界是物理客體或物理狀態的世界；第二世界是意識形態或精神狀態的世界；第三世界是思想的客觀內容的世界，尤其是科學思想、詩的思想和藝術作品。波普爾之所以把人類的世界分爲這樣三個，是爲了突顯作爲「客觀知識」的科學。波普爾強調，與第二世界即意識形態的世界不同，第三世界的科學知識是「不單是『我知道』這些詞通常意義上的知識。在『我知道』的意義上，知識屬於『第二世界』，即主體的世界，而科學知識屬於第三世界，即客觀理論、客觀問題和客觀論據的世界。」〔註13〕「第三世界」的主要特徵就在於其自主性和獨立性：「自主性思想是第三世界理論的中心思想：雖然第三世界是人的產物，人的創造，反過來，正如其他動物的產物一樣，它創造了自己的自主性領域。」〔註14〕

〔註13〕波譜爾著，邱仁宗譯，《沒有認識主體的認識論》，《自然辯證法通訊》，1980年第 2 期。

〔註14〕同上。

　　邱仁宗譯介波普爾的《沒有認識主體的認識論》的理由是很明顯的。正如波普爾所指出的那樣，作爲科學知識的所謂「第三世界」是客觀的、自主性的世界，因此「科學知識」儘管是被人創造出來的存在，但它卻成爲科學的對象。邱仁宗所要關注的則是「第三世界」知識的客觀性和自主性。他也在另外的文章裏呼籲科學特有的獨立性和客觀性。邱仁宗認爲，「我們的科學在所謂『文化大革命』期間深受林彪、『四人幫』的專制政治和僵化意識形態教條之害，花的代價太大了。歷史和現實的教訓告訴我們，當政治、意識形態因素的作用方向與科學發展的內在邏輯不一致、甚至背道而馳時，會起很大的消極作用。」在邱仁宗看來，爲了發展科學，研究的內部環境應該得到獨立性和自律性：

　　　　把科學作爲一種認識現象來研究，就要承認知識發展的內在邏輯和相對獨立性。科學實驗之成爲獨立的實踐活動，科學事實和科學理論之間的矛盾運動，不同科學假說、理論之間的爭論和競賽，不同學科之間的相互滲透和相互作用，科學傳統的繼承和科學革命的交替是科學發展的內在動力。可以說科學這只船有兩部發動機，一部在社會、另一部在科學內部。社會因素這部發動機既可以從外面推動科學之船前進，又可增強科學內部這部發動機的效率和作用。在前一種場合，我們看到的是社會對科學事業的人力、財力、物力的支持，科學研究所需的設備、儀器、工具的保證。而在後一場合，則是社會因素作用於科學知識系統中的經驗和理性因素，影響科學知識的結構、內容和發展方向。科學知識的經驗基礎不僅包括觀察和實驗的結果，而且也包括生產實踐的經驗。〔註15〕

綜上所述，邱仁宗的主要目標是建設科學研究的獨立性。他要求科學擺脫外部的壓力，即社會環境的壓迫，建設自律性的研究領域：「社會決定論實際上否定了科學發展的內在機制和人類精神的創造能力。科學的發展確實是每一步都離不開社會的，但這並不是說，科學發展的每一步都決定於社會的相應變化。正如有機體的行爲雖然離不開環境，但它的行爲模式和行爲變異並不都是環境決定的」；「從這裡得出一個重要結論，即我們如要調動社會因素來促進科學的發展，就必須考慮科學發展的內在機制。」〔註16〕

〔註15〕 邱仁宗：《科學發展的內因和外因》，《學術論壇》，1982 年第 2 期。

〔註16〕 同上。

　　查汝強和于光遠、邱仁宗的關於「科學」概念的分歧意味著，在當時的知識分子看來，「科學」領域的研究和開發必須通過獨立性才能得到保障。而且，由於「科學」研究過程本身需要的環境條件，即「言論自由」、「公開的、自由的思想空間」，科學研究必須擺脫政治需求，確保獨立、自由的思維空間。此外，更值得注目的是，正如許良英所強調的那樣，科學的獨立性訴求並不止於自然科學領域之內，而聯繫到整個社會領域。也就是說，對於「科學」研究獨立性的要求並不止於自然科學領域之內，而是擴展到整個社會文化氛圍的調整和改變。當時「科學」的獨立性，就蘊含著整個社會領域的「去政治化」要求。

　　如上面已說過，「文革」期間，極端的「政治主義」控制了整個知識領域，甚至自然領域也被階級論壟斷了。對當時的知識分子來說，「文革」導致了知識分子的認同危機（identity crisis），「文革」的結束使他們具有對於獨立自由的知識空間的強烈的欲望和期待。〔註17〕正如 David Kelly 所指出，1980 年代之前的科學被捆於「外向研究（externalism approach）」模式，因此不能進行科學的「內向研究（internal approach）」。這樣的研究傾向深刻地損害了科學的發展，使得科學束縛於決定論（determinism）。〔註18〕1980 年代對於獨立自由的科學空間的渴望，就是對於以往決定論的反抗和反駁，是尋求思想自由的表現。

　　根據西方合理主義傳統的代表者韋伯及其代表性繼承者哈貝馬斯的闡釋，所謂「無預設前提的態度」（韋伯）或「普遍性和永恆性的理性規則」（哈貝馬斯）在現代社會建設上是必不可少的。韋伯這樣解釋「科學的態度」，「作爲『職業』的科學，不是派發神聖價值和神啓的通靈者或先知送來的神賜之物，而是通過專業化學科的操作，服務於有關自我和事實間關係的知識思考。」〔註19〕按照韋伯的看法，所謂「科學的態度」是排除任何終極性意義的，處理「事實」本身，這種「現代的態度」的特徵是理性化和理智化，而終極的、最高貴的價值已在公共生活中消聲匿跡〔註20〕，任何最高價值因素都被排斥，只有「事實」本身在交往行爲當中才具有有效性。哈貝馬斯把這種「除

〔註17〕Liu Kang, Subjectivity, Marxism, and Cultural Theory, *Social Text*, No.31/32 (1992), p.121.

〔註18〕David A. Kelly, Chinese Controversies on the Guiding Role of Philosophy Over Science, *The Australian Journal of Chinese Affairs*, No.14(Jul., 1985), p.27.

〔註19〕馬克斯・韋伯：《學術與政治》，北京：三聯出版社，2007 年，第 45 頁。

〔註20〕同上，第 48 頁。

魅」的態度擴大爲「公共領域」這一概念，強調「公共領域」對於政治權力的獨立性和自律性。〔註 21〕擺脫政治權力的公共領域及自律性的建設過程，正是形成現代社會的不可缺少的一部分，「理性化」、「理智化」等西方合理主義傳統也具有相當重要的認識論上的內涵。

　　「走向未來」知識群體正是通過叢書和期刊來致力於探討科學在社會裏的作用以及科學的獨立性問題。叢書系列的《十七世紀英國的科學、技術與社會》、《科學家在社會中的角色》以及《對科學的傲慢與偏見》的內容，都是闡釋和介紹科學在社會上的功能和角色。這些著作、翻譯本及介紹性文章帶來的，不僅僅是詞彙的進口或轉移，更是知識的傳播，以及對中國文化知識界的呼喚和要求。「走向未來」知識群體正是通過這些知識的移植，嘗試播下現代社會的知識的種子。

第二節　「科學」在於權力之中

　　1980 年代初期，一些科學哲學家展開了有關科學概念的爭論。這一場爭論不僅僅涉及科學概念本身，還延伸到整個社會氛圍改變的問題。1980 年代的知識分子把科學所帶有的功能和性質擴展到一個社會性問題，以便嘗試爭取更爲寬容和開放的知識環境。對他們來說，「科學」可以成爲一種「脫政治化」以及「獨立性思想空間的建設」的重要契機和手段。在這樣的認識前提下，「走向未來」知識群體通過「走向未來」叢書和期刊，大量引進和介紹各種有關科學的社會性作用的著作和論文。這些知識的移植，給予 1980 年代的中國知識界重新思考科學和學術獨立的重要性的機會。

　　阿倫特曾經這樣概括科學研究方法的轉變：「人們經常說，現代科學誕生於人們的注意力從追尋『什麼』轉向考察『如何』的時候。如果人們假設了人只能認識他自己製造的東西的話，這一研究重點的轉向幾乎是理所當然的。就此而言，這一假設也反過來意味著，任何時候只要我知道了一個東西是如何產生的，我就『認識』了一個東西。出於同樣的原因和基於同樣的特徵，研究重點從對事物的興趣轉向了對過程的興趣，而事物幾乎迅即成了偶然的副產品。」〔註22〕

〔註21〕哈貝馬斯：《公共領域的社會結構》，載於汪暉等主編《文化與公共性》，北京：三聯出版社，2005 年，第 152 頁。

〔註22〕漢娜・阿倫特：《過去與未來之間》，南京：譯林出版社，2011 年，第 53 頁。

　　阿倫特闡釋的是，現代科學不再是關注事物本質或性質的，而開始著眼於研究對象的「方法論」本身。這一變化意味著科學的方法論比研究對象重要，並且，這一轉變之後，我們要承認，儘管研究對象是同一的，但方法論若是不同，那麼由方法論產生出來的結論會是截然不同的。從此以後，科學研究的重點就放置在確保方法論的正確性和穩定性。如果方法論受到科學本身以外因素的影響，那麼，就會損害科學的最終價值即「客觀性」和「普遍性」。對此，波普爾強調了科學方法論的永恆的試探性：

　　　　寧可說，我們必須是主動的：我們必須「製造」我們的經驗。
　　正是我們總是向自然界提出問題；正是我們一而再、再而三試圖提
　　出這些問題，爲了得到明確的「是」或「否」（因爲自然界不給答案，
　　除非逼著它）。最後，正是我們給出答案；正是我們自己在認眞仔細
　　研究之後決心回答我們向自然界提出的問題——在持久和誠摯地試
　　圖從自然界那裡得到一個毫不含糊的「否」之後。韋伯說：「我永遠
　　要記錄我對實驗家在他的鬥爭中工作的無限敬意，他在這種鬥爭中
　　從毫不讓步的造物主那裡奪取可解釋的事實，造物主清楚地知道如
　　何用一個決定性的不——或用一個聽不見的是來對付我們的理
　　論」。我完全同意他。關於 epistēmē——絕對的確定的可證明的眞知
　　——的古老的科學理論已證明是一個偶像。科學客觀性的要求不可
　　避免地使每一個科學陳述必定仍然永遠是試探性的。它當然可被驗
　　證，但是每一次驗證是相對於其他陳述而言，這些陳述又是試探性
　　的。（強調都是著者）〔註23〕

根據波普爾的提法，科學的眞理並不在於結果的「確定性」而在於「可實驗性」。意思是說，如果要得到「科學的眞理」，我們能夠檢驗產生出其結果的「方法」，通過永恆的檢驗來不斷地接近「眞理」。按照這一說法，在「科學的問題」上最爲重要的，正是確保方法論或者試驗過程的正確性和客觀性。爲此，「科學過程」本身比研究結論還要重要。但這一方法論上的客觀性並不是自然地有保障的。科學雖然追求方法論上的客觀化或者非個人化，它還需要保障其獨立空間的制度上和認識上的支持。就保障科學的客觀性和正確性的社會文化條件而言，默頓關注了確保科學獨立性的社會機構和認識上的重要性：

〔註23〕卡爾・波普爾：《科學發現的邏輯》，浙江：中國美學學院出版社，2008 年，
　　　　第 253 頁。

> 科學的精神特質是指用以約束科學家的有感情色彩的一套規
> 則、規定、慣例、信念、價值觀和基本假定的綜合體。其中的某些
> 方面在方法論上可能是合乎需求的，但對這些規則的遵從並非完全
> 是由於方法論方面的要求。這種精神特質像一般的社會規範一樣，
> 是靠它所適用的那些人的情操來維持的。違反規範的行為將受到內
> 化的禁律的抑制，並且會受到精神特質的支持者們所表達出的反對
> 情緒的抑制。〔註24〕

默頓作為科學社會學的鼻祖，首次提出了科學和社會之間關係的重要性，以
便闡明科學的「社會性」，即「科學」雖然是研究客觀的自然現象，但它受到
科學外部的因素即社會文化環境的制約，因此科學（史）研究必須納入包括
社會文化條件的各種因素。事實上，默頓對於科學的社會性的這種強調，恐
怕是「走向未來」知識群體「選擇」他的主要理由之一。默頓的《十七世紀
英國的科學、技術與社會》在 1986 年被譯為中文，之後，「走向未來」1987
年出版了查・帕・斯諾的《對科學的傲慢與偏見》、1988 年出版了約瑟夫・本
─戴維的《科學家在社會中的角色》。這些都是有關科學的社會性功能的著
作。此外，《走向未來》期刊 1988 年刊載的《論科學的自主性》、《奧本海默
案件：美國的科學與政治》等文章，也涉及科學的社會性及其自律性的問題。
這就表明，「走向未來」知識群體對於科學的關注不止於科學本身，他們還要
通過科學的社會性角色來建設自律性的知識文化場域。邱仁宗、許良英等也
在 1980 年代上半期通過介紹波普爾等的文章，來探討科學對於社會的作用，
「走向未來」知識群體擴大選擇的範圍，更廣泛地介紹和引進有關科學的論
述。

　　《十七世紀英國的科學技術、科學與社會》這本書的翻譯者范岱年等在
《譯後記》裏，把這部著作的核心內容概述為「科學與社會之間的關係」之
後，就強調了這部著作的現實意義：「在我們的實際工作中，在具體政策中，
在人們的價值中，是否給予科學、技術以及從事科技工作的知識分子的勞動
以恰當的評價和積極的鼓勵了呢？是否為發展科學技術創造了良好的環境與
氣氛了呢？這是我們今天需要關心、研究並盡快加以妥善解決的一大課題。
默頓的這本書雖然講的是十七世紀的英國，但英國當時發展科學技術的歷史

〔註24〕默頓：《科學社會學》，北京：商務印書館，2003 年，第 350 頁，注釋①。

經驗對今天的我國仍不乏借鑒的現實意義。」〔註 25〕《譯後記》表達了「走向未來」叢書「選擇」默頓及其著作的理由：默頓對於「十七世紀英國」科學和技術的誕生的考察，正是一種對科學的歷史性考察的「樣本」，「走向未來」知識群體以此試探地討論「科學與其外部條件的關係如何」，「這些科學誕生的文化條件對於中國的知識文化場域有什麼含義和作用」，以及諸如此類的問題。

默頓的這部著作的主題是「科學與社會」。在他看來，科學經常被看作一個獨立的學科，處理自然現象的認識領域，它與文化條件之間的關係常常被忽視。默頓認爲，科學的誕生與發展不僅僅是「科學」這一領域之內的孤立現象，而與外部因素即制度、政策、經濟、軍事及宗教等各種文化因素有著密切關係。〔註 26〕其中，默頓把科學誕生的決定性原因還原爲「宗教」。他認爲，西方科學的誕生過程中，最有影響力的文化因素正是宗教，並且，「清教」的誕生即「宗教改革」對科學的誕生起到決定性的作用：「隨著新教主義的出現，宗教提供出這種興趣——新教主義實際上給人們強加了一些義務和職責，使其注意力高度集中於世俗活動，並且強調經驗和理性是行動和信仰的基礎。」〔註 27〕

按照默頓的解釋，新教主義的出現把「頌揚上帝」這一神聖領域的事情與世俗的人類活動領域分開了，此後人的事業，即以理性爲支柱的科學，得到了無限的自由和獨立的空間。這樣的認識成爲不可動搖的信念之後，「一切知識，不論是感性的還是超感覺的，都具有一貫性、一致性以及互相肯定的性質。因而看起來，種種新教主義和科學的假設在某種程度上具有一種共性：二者中都存在著那種不受質疑的基礎性假設，以它爲基礎，整個系統便通過理性和經驗的應用而建立起來了。在各自的領域中，都存在一種合（乎）理性，雖然其基礎卻是天眞的、非理性的。」〔註 28〕乍一看，宗教和科學是互相對立的，但是從根源上看，宗教其實爲科學提供了思想基礎，只有在「上帝」和「人事」之間的嚴格分離這一基礎之上，科學才能夠自由、獨立地操縱自然現象。

〔註 25〕 范岱年等：《譯者後記》，載於默頓著《十七世紀英國的科學、技術與社會》，成都：四川人民出版社，1986 年，第 366～367 頁。
〔註 26〕 默頓：《十七世紀英國的科學、技術與社會》，成都：四川人民出版社，1986年，第 7 頁。
〔註 27〕 同上，第 153 頁。
〔註 28〕 同上，第 156 頁。

　　科學的「宗教性基礎」意味著作為獨立的理性活動，科學需要一種無條件的非理性的因素。正如波普爾也提過，「我的理性主義並不是自足的，而是依賴於對理性態度的非理性信仰。」〔註 29〕這句話是說，對於理性的確信其實基於超越理性的信念，科學並不懷疑或者探究「理性之外」的存在，而只是在對於理性的確信之內探討其作用的方式和形式而已。同樣，默頓也指出：「清教對實驗科學的擁護並不是經過理性過程的結果。在一條由各種非邏輯性的特定活動所組成的鏈條上，連接著一個思想感情和信念的環節」。〔註 30〕這一科學的宗教性基礎賦予科學以研究的自律性空間。科學得到了宗教的認可之後，不受各種外部因素的影響，能夠具有自由研究的權利乃至責任以及反傳統主義的價值觀。〔註 31〕

　　最後，默頓把科學的宗教性基礎擴展到整個社會範圍，認為以宗教信念為基礎的科學的態度已滲透到各個社會文化領域，科學具有了社會文化的背景和思想基礎。保障科學態度的社會文化氣氛形成之後，科學才會發揮作用，而一旦科學態度得到了社會的認可，它就反過來影響到各個社會領域，促進整個社會的進步。科學獨有的「道德規範」，尤其為整個社會做出相當重要的貢獻：「科學預定了科學家的不謀利、正直與誠實，因而指向了道德規範；而且，最後，科學觀念的證實本身基本上也是一個社會過程。但是，科學對社會的依賴性甚至可以追溯到甚至比這些更基本的考慮。科學，像所有大規模活動一樣，涉及到許多人的持續活動，如果它想有任何系統的發展，必須得到社會的贊助。換句話說，科學與科學家本身的存在預先假定了他們在社會價值標尺上佔有某種正值的等級，而這一價值標尺便是賦予各種科學探索以聲望的最終仲裁人。」〔註 32〕

　　如果說默頓的《十七世紀英國的科學、技術與社會》更關注從宗教與科學之間的關係來探討西方科學誕生的歷史脈絡，那麼，1988 年被翻譯為中文的約瑟夫・本－戴維的《科學家在社會中的角色》則以更為廣闊的視野來考察了整個西方科學誕生的歷史過程。同默頓的著作相比，戴維的著作採取了

〔註 29〕波普爾：《猜想與反駁》，上海：譯文出版社，2005 年，第 511 頁。
〔註 30〕默頓：《十七世紀英國的科學、技術與社會》，成都：四川人民出版社，1986年，第 175 頁。
〔註 31〕同上，第 201 頁。
〔註 32〕同上，第 340 頁。

比較的方法，以英、法、德及美國這些代表性的西方國家的科學史爲例，考察了各個不同歷史條件裏的科學與社會條件之間的關係。

像戴維在《結論》部分裏指出的那樣，《科學家在社會中的角色》這部著作的最終結論就是「不受道德性干涉的科學領域的誕生及其條件」。戴維認爲追求科學而又不會再次引發道德危機的社會條件有三個：第一，政治條件。這一條件是容許實驗和多元論，在不賦予科學以強制性的條件下，科學能夠自由地追求「科學的眞理」；第二，把科學思想擴大到人類和社會事物的整個社會氛圍，基於這樣的社會文化氛圍，科學能夠處理自己的問題；第三，社會思想家對科學專業規範的應用，這種應用把不拋棄現有傳統的戒律強加給社會思想家，除非那些傳統有了邏輯上和經驗上更優越的代替物。〔註 33〕總而言之，在西方現代科學的誕生取決於保障科學獨立性的社會條件及制度，在制度性的保護之下，科學的實驗和探究眞理的方式才能獲得進展。

但是這種對於科學獨立性的社會性保障並不是自然地形成的，而是通過極爲錯綜複雜和漫長的歷程逐漸建構的。戴維從古希臘的科學觀起步，考察了整個歐洲的科學文明史。這部著作的中心在於對「科學的獨立性」及其社會條件的考察，因而著者關注西方科學的獨立性是通過什麼樣的歷史過程而形成的。

戴維認爲，古希臘科學的地位是在與哲學的密切關聯之下形成的，當時「科學方面的專家需要擺脫任何最終是形而上學的目的，得到研究的自由，結果科學工作成了哲學學校中最少得到關心的邊緣工作，並且只在更專門的圈子中進行。」〔註 34〕但是這並不是現代意義上的獨立的科學領域的誕生。事實上，古希臘的科學被道德學或倫理學壓倒，並不能佔有合適的位置，並且科學和哲學之間也不存在清晰的界限。〔註 35〕這就是說，在古希臘那樣的古代社會裏，作爲「中立價值」的科學不像諸如哲學和道德學那樣受到關注和尊重，只是被視爲次等的學科而已。

根據戴維的考察，「現代」意義上的科學誕生於中世紀以後的歐洲。它的誕生與宗教改革有著密切關係，「新教」的到來對於現代科學的發興具有決定性的影響。戴維指出，與以往的宗派不同，新教徒認爲科學最終會被證明是

〔註 33〕 約瑟夫・本一戴維：《科學家在社會中的角色》，成都：四川人民出版社，1988年，第 356 頁。
〔註 34〕 同上，第 77 頁。
〔註 35〕 同上，第 83 頁。

親近上帝的一條新途徑，於是科學成爲證明和教育「上帝之意」的較好的教育方式。〔註 36〕這一宗教與世俗世界之間的妥協和分離，其實與默頓在《十七世紀英國的科學、技術與社會》這部著作裏探究的內容大同小異。宗教改革引起的「宗教與世俗社會之間的關係調整」，是西方現代科學誕生的基本前提。

除了宗教與科學之間的關係之外，戴維更關注的一點是科學的「體制化」。通過英、法、德以及美國的例子，他探討了現代科學的制度化及其重要性。戴維首先把科學的制度化意義概括爲三項：（1）社會把一種特定的活動接受來作爲一種重要的社會功能，它是因其本身的價值才受到尊敬的；（2）存在著特定活動領域中的行爲規範，其管理方式適於該領域中的活動實現自己的目標和有別於其他活動的自主性；（3）其他活動領域中的規範要在某種程度上適應特定活動的社會規範。〔註 37〕

雖然這一「科學體制化」的要求是現代科學誕生的普遍條件，但由於各國科學所處的社會文化脈絡是大不相同的，科學體制化的發展途徑和程度也互不相同。在戴維看來，英國是最早實現科學體制化的國家：「只有在英國，一般說來體制的規範才很好地適應了自主科學的需要。」〔註 38〕在英國科學與國家之間的關係是互相補助的關係，國家保障科學的自律性空間，並建立制度和機構。在這樣的社會文化氛圍裏，科學得到了更爲自由的研究空間，能夠依靠自己的戒律來監控其研究程序。但是，英國的這一體制化傾向，也導致了科學從屬於國家的現象。雖然在國家保護之下，科學能夠具有獨立的空間，但是當初支持科學獨立的王室對於科學的要求與干涉日益增強，科學作爲獨立的研究領域逐漸失去了自律性，在整個社會裏的影響裏也隨之減少了。〔註 39〕

法蘭西則不同，法蘭西王室立即就想要控制科學的使用權，使它服務於自己的目標。這樣的時代情境就使得法國的科學成爲了一種「運動」。也就是說，在法國的知識分子看來，科學是一種反抗性社會運動，作爲啓蒙和抵抗王室權利的象徵而存在：「因此，在法國，科學繼續保持了它對唯科學主義運

〔註 36〕約瑟夫・本―戴維：《科學家在社會中的角色》，成都：四川人民出版社，1988年，第 132 頁。
〔註 37〕同上，第 147 頁。
〔註 38〕同上，第 149 頁。
〔註 39〕同上，第 158 頁。

動的象徵性的重要性，對那些在智力上有創造性的人來說，科學也繼續保持了作爲可進行自由和安全的智力活動的唯一領域的特權地位。」〔註 40〕與英國不同，從一開始法國的科學就與權力機構維持著緊張關係，因此法國的科學未能得到像英國那樣的制度化保障，但卻能夠作爲社會文化運動即「啓蒙主義運動」的先聲而存在。

綜上所述，可以看到戴維關注的是科學與權力機構即王室或國家之間的關係。不管是英國還是法國，科學是在王室、國家的干涉和保護之下發展起來的，總是處於權力的張力之內。戴維的考察結果顯示出，科學與權力機構之間關係的密切性決定了科學的獨立與自由的程度。在英國，雖然最初國家積極地保護和促進科學的自律性，但隨著權力機構對於科學的控制逐漸增大，科學的影響力隨之減少了。反而是在法國，科學本來是作爲一種對抗性的運動而存在，被視爲是啓蒙運動的主要部分，是作爲整個文化運動來被接受的，因而其影響比在英國更爲廣泛。戴維認爲，「嚴格堅持科學的中立性和專一性使得只有專家才能理解科學，因此這種堅持是科學自由探索的一個條件，也是一種防範裙帶關係和其他形式的政府干涉的安全措施。」〔註 41〕這就意味著，科學獨有的特徵即「專門化」和「獨立性」防止了權力對於科學研究的侵犯。

《科學家在社會中的角色》這部著作的核心內容則是有關「科學」與權力機構之間的關係。科學由於其獨有的性質，需要獨立的、自由的研究空間，但這些性質並不是自然地獲得，而是受到各種政治社會條件的影響。在某種程度上看，所謂「科學的空間」其實是不斷爭取自由的鬥爭的結果。但不管社會條件如何，科學發展的無可爭議的唯一條件正是「科學的獨立性」。正如戴維通過考察英、法、德及美國的事例發現的那樣，儘管科學所處的社會環境不盡相同，但這些國家的科學發展的唯一條件就是科學研究獨立性的保障。歐洲和美國的事例顯示，爲了科學的發展，一定要確保研究環境和機構的獨立、自由，科學和政府之間關係密切，科學就難免衰退。可以說，科學的發展取決於社會對科學研究自由的承認程度。經過考察，戴維把各個國家的科學自由的程度整理成如下圖表：

〔註40〕 約瑟夫・本一戴維：《科學家在社會中的角色》，成都：四川人民出版社，1988年，第 159 頁。
〔註41〕 同上，第 165 頁。

主要科學大國的科學組織的集權化和研究與教育結合的程度

集權化	功能的結合 最大 ⟶ 最小			
最大	1	2	3	4
	1 法國			
	2 蘇聯			
	3	英國		
	4		德國	
最小	5			美國

〔註42〕

　　根據以上圖表，各個國家的科學和權力機構之間的關係是各不相同的，而且這一互相不同的結合程度決定了科學發展的速度和程度。正如戴維所解釋的，機構的分散化使得各個科學機構享受的自由程度擴大，在這樣的研究環境裏，科學研究機構不需要任何審核就可以發表研究成果。〔註43〕

　　最後，戴維強調政治社會條件對於科學領域發展的重要性，進而整理了科學和社會環境之間的互動關係：「(a) 政治條件，它們要能容許社會實驗和多元論，並且包含某些關於綜合性的體制變革的方法，以及在不求助於暴力的原則下對變革的反思；(b) 不斷嘗試把科學思想擴大到人類和社會事務中，以便系統地闡明科學造成的在認識上和社會上迅速變革的問題，並且根據經驗設計出處理這些問題的可研究的步驟；(c) 社會思想家對科學專業規範的應用，這種應用把不拋棄現有傳統的戒律強加給社會思想家，那些有邏輯上和經驗上更優越的替換物的部分除外。」但是在這三種條件之中，若是缺乏第一種條件，那麼第二、第三種條件也無法充分發展。〔註44〕總而言之，在科學和權力關係這一問題上，戴維所要關注的就是科學的「政治性」。這就是說，為了確保科學的中立性和自由性，最需要得到的恰恰是一種「非政治的政治性」。只有得到把科學「非政治化」的社會條件，科學才能發展。

〔註42〕約瑟夫・本一戴維：《科學家在社會中的角色》，成都：四川人民出版社，1988年，第 337 頁。
〔註43〕同上，第 336 頁。
〔註44〕同上，第 356 頁。

　　如果說「走向未來」叢書是從文化史的角度來闡述西方科學的開端及其背景，探究科學在社會權力關係之中的位置，那麼，《走向未來》期刊通過對西方和中國的經驗的比較，更直接地要求科學的自主性。這種對科學獨立性的關注涉及到中國科學的歷史情境。顧昕在《走向未來》期刊總第五期上發表了一篇文章，回顧和反省了以往中國科學所處的歷史處境。

　　　1961 年，蘇共中央和蘇聯部長會議通過一項法令，重新把科學院的工作限定在基礎科學研究的範圍之內，蘇聯科學院的自主性也得到一定的恢復。在中國，科技體制在組織形式上與蘇聯相類似。中國科學院領導機構的組成和形式方法同蘇聯幾乎沒有兩樣，但是在院長甚至在學部委員的選舉上，黨和政府的影響力似乎很強。中國科學院的院長是由國家權力機關任命的，這一點同蘇聯有所差別。中國科學院的學部委員在決定科研資金的分配、科研機構的管理以及新學部委員選舉上的權力，比蘇聯科學院院士的相應權力要小，受政治影響的可能性更大。儘管在蘇聯出現過臭名昭著的李森克事件，但是因科學問題而被定罪的情況並不多見。瓦維洛夫之被逮捕入獄，是因爲所謂的「特嫌」。在中國，情況則有所不同，因提出或堅持某種科學理論而受衝擊的不乏其例，尤其是在反右運動和文化大革命之中。分析中國科學與政治的關係時，我們要涉及「權力」和「影響力」這兩個概念。在政治學中，權力和影響力是不同的，後者包含前者。當 A 對 B 不能施加權力時，A 對 B 的影響力並不見得會喪失。在某些非常時期（例如反右和文化大革命時期），政治對科學的干預是權力的表現。而在其他時期，科學的自主性得到某些恢復，但以非權力形式表現出來的政治的影響力依然強大。這種影響力遠較權力複雜。它可能是權力在被支配者心中的內化，以至中國的科學家在遇到一些本來屬於科學界內部的問題時，也習慣於採取諸如「上告」這樣的方式來加以解決。它也可能是「政治萬能主義」的表現。〔註45〕

顧昕借鑒蘇聯的經驗，反思了以往政治控制科學的歷史情境，提出「科學的自由」以及「科學自由的制度化」。他把科學自主性的含義概括爲：1，對科

〔註45〕顧昕：《論科學的自主性》，載於《走向未來》，1988 年，總第五期，第 62～63 頁。

學研究成果的學術評價由科學同行來承擔，一切外部勢力對此沒有發言權；2，對科學家的承認分配由科學同行來承擔，一切科學之外的權威對此不應干預，當然，這裡的承認是指科學承認，而不是社會承認；3，科學資源在科學家當中的分配應由科學同行來承擔，這裡需要澄清的是，科學資源當然是由科學提供的，科學資源在科學學科之間的分配比例是由相應的資助者共同確定的。〔註 46〕

　　顧昕也依據默頓的科學社會學的觀點指出，所謂「科學的自主性」是需要社會各個方面的支持的，並且需要制度上的保障。他通過對蘇聯和美國科學機構的比較指出，雖然國家是科學研究機構的核心支持者，但國家不能干涉科學研究的自由活動。比如，雖然在蘇聯國家對科學的支持處於相當高的水平，但蘇聯的科學政策是「以專題計劃為目標的方法」，這種方法一般限於軍事和空間領域。〔註 47〕與此不同，美國的研究機構是與國家分離的，國家沒有權力干涉科學研究領域，而且研究機構得到研究資金的方式也是資助的。這樣的科學研究制度形態有助於科學的自主性：「這些措施是科學自主性的制度保證，它們同時強化了科學的自主性。研究項目資助制度減少了科學家對他所在機構的行政官員的依附，行政官員干預科學研究活動的機會和欲望相應地大大降低。」〔註 48〕這就說明，顧昕是在呼喚科學從政治權力脫離，找到自己的獨立空間。而且，為了這個目標，科學還需要制度上的支持和保障。

　　另外，王德祿在介紹「奧本海默案件」的文章裏，把這一案件的含義解釋為「科學與政治的新關係」，並指出：「科學家為了追求科學真理，往往最富有懷疑精神，科學工作要求科學像具有尊重客觀真理、尊重事實的氣質，這就造成了這樣一種兩難困境：政府要重用科學家，但科學家往往容易與政府的現行政策持相反意見，而科學家的影響力往往可能轉化成一種權力，與政府的現行政策相對抗。〔註 49〕文章在結論中提出，政治權力對奧本海默這一名科學家的壓迫，被視為「對美國政治和民主傳統的一次嚴重危害。」這就顯示出《走向未來》期刊把「奧本海默案件」作為重要的歷史事例進行介紹的意圖。

〔註 46〕顧昕：《論科學的自主性》，載於《走向未來》，1988 年，總第五期，第 58 頁。
〔註 47〕同上，第 61 頁。
〔註 48〕同上，第 62 頁。
〔註 49〕王德祿：《奧本海默案件：美國的科學與政治》，載於《走向未來》，1988 年，總第五期，第 53 頁。

奧本海默（J. Robert Oppenheimer）是美國一位著名的科學家，曾經參與了美國的原子彈計劃。他出於科學家的良心，認爲沒必要擁有氫彈，因而反對研究氫彈的政府計劃。由於當時麥卡錫等人主導的「恐共病」及「愛國狂」泛濫，奧本海默就被起訴爲「蘇聯電解間諜」。這一指控其實是毫無根據的。奧本海默之所以被起訴，主要因爲他不同意研究氫彈。〔註 50〕這一案件後來被稱爲「美國的 Dreyfus 案件」，作爲科學家與國家權力之間關係問題的代表性案件而存在。這一案件給予我們的啓示是極爲明確的。科學家的本職是懷疑，而這種懷疑常常與政府計劃發生衝突和矛盾。但科學家的客觀、獨立的判斷應該得到恰當的保障和保護，科學的客觀性判斷決不應該被國家權力壟斷。如王德祿的解釋，「奧本海默案件」的含義在於，國家對於科學的侵犯很容易阻礙科學的良好發展，並造成對民主的嚴重危害。

從「走向未來」叢書的《十七世紀英國的科學、技術與社會》到《科學家在社會中的角色》，再到《走向未來》期刊的《論科學的自主性》及《奧本海默案件》，這些著作和文章的指向其實是很明顯的。它們都把科學看作社會的產物，探究科學與權力之間的關係。「走向未來」叢書和期刊通過對作爲文化史的西方科學史的譯介，嘗試探索科學的內部和外部條件。這些考察指出，科學只有獨立於國家等權力關係，才能夠保持其批判的功能，倘若科學與權力之間的距離過於密切，科學的研究能量及客觀性將受到嚴重的損害，最終不能維持科學獨有的客觀性和批判性。

當然，這些對科學及其獨立性的探究不能僅僅看作是西方的事情。其實《走向未來》期刊和叢書之所以選擇和撰寫科學與權力之間關係的著作和文章，確實是針對中國的語境。如同顧昕所指出，在包括「文革」期間的前新時期階段，中國科學的確受到很多政治干涉。在新時期的知識分子看來，「政治領導科學」的現象不僅不利於科學本身的發展，也不利於整個獨立的知識領域的形成。對他們來說，「科學」是作爲一種旗幟，「走向未來」知識群體正是要通過「科學」來開創獨立和自由的知識空間。

就科學與社會空間的關係問題，Beverley Kitching 的論述比 Kelly 更爲詳盡，他還考察過中國的科學研究模式。Kitching 把科學研究的模式分爲三種：

〔註50〕 王德祿：《奧本海默案件：美國的科學與政治》，載於《走向未來》，1988 年，總第五期，第 53 頁。

「內向研究（the internalist approach）」、「外向研究（the externalist approach）」及「非馬克思主義的外向研究（Non-Marxist externalist approaches）」。根據這一分類，「內向研究」強調科學內部的發展趨勢，因此排斥任何外部的影響，依靠「純科學」的方式來探究科學。「外向研究」是基於馬克思主義觀點的科學研究法，更關注科學與社會之間的關係，強調科學外部的因素對於科學的影響。「非馬克思主義的外向研究」又不同，儘管關注科學與社會之間的關係，但這種對社會性因素的關注並不意味著社會因素比科學更重要，相反，為了確保科學的發展，更強調保障科學研究獨立性的社會制度。〔註 51〕

隨後，Kitching 就把中國科學研究模式的變化過程放置於這三種模式中加以解釋。Kitching 認為，最初，中國的科學家都是在「內向研究」的模式中進行研究。但是，馬克思主義成為指導思想原則之後，整個中國的科學研究模式就傾向於「外向研究」模式。在這樣的研究模式裏，科學內部的發展方式幾乎完全被忽視，一切科學發展被束縛於階級、政治等社會性因素。在 Kitching 看來，1980 年代以後中國的科學研究模式逐漸地從「政治需要」的束縛裏解脫出來，從「外向研究」轉變為「非馬克思主義的外向研究」。〔註 52〕上面談及的「走向未來」中的系列叢書，也採用「非馬克思主義的外向研究」模式。它們都在肯定科學與社會關係的前提下，探究如何締造確保科學空間的制度和體制。

如果把科學與社會之間的關係問題提升到現代社會原理的層面，也許可以借鑒法國哲學家、社會學家布迪厄（Pierre Bourdieu）的看法，來解釋科學在社會之中的功能及含義。布迪厄在法國國立農學研究所做過一場以「科學的社會性作用」為主題的講演。他在講演中強調了「科學場（le Champ Scientifique）」的獨特性，指出：「在科學世界裏，跟經濟世界一樣，也既存在資本和權力的集中化現象，又存在著社會控制關係及其壟斷現象。在某些部分裏，科學世界也包含著與其他社會場域相似的權力鬥爭方式」；「為了維持科學活動，需要經濟上的費用，某個學問的自律性就取決於其學問需要的經濟資源的豐富程度。但是，科學的自律性既是取決於特定的科學場獨立於外

〔註 51〕 Beverly Kitching, Science and Politics in the People's Republic of China: A Discussion of Models for the Development Science, *The Australian Journal of Chinese Affairs*, No.10(Jul., 1983).

〔註 52〕 同上。

部干涉的程度，又取決於能夠或積極地或消極地控制其外部的干涉。」〔註 53〕
根據布迪厄對於科學場的觀點，科學一方面是獨立的知識場域，但另一方面
還需要爭取自律性的鬥爭。

在布迪厄看來，社會的各個領域都要保持自己的獨立性和自律性，爲此，
社會不要成爲一種「統一體」，由各個社會領域之間的自律性形成的張力更有
助於知識的發展：「所謂場域（field），乃是由附著於某種權力形式的各種位置
間的一系列客觀歷史關係所構成的。因爲在布迪厄看來，首先，一個分化了
的社會並不是一個由各種系統功能、一個共享的文化、縱橫交錯的衝突或者
一個君臨四方的權威整合在一起的渾然一體的總體，而是各個相對自主的『遊
戲』（game）領域的聚合，而這種聚合不可能被壓制在一種普遍的社會總體邏
輯下。」〔註 54〕

從 1980 年代上半期開始的思想領域有關科學概念的分歧和爭論，如布迪
厄提出的那樣，正是圍繞科學的內部和外部權力關係之間的鬥爭。例如，被
分類爲「自由主義派」的中國學者鄧正來將新時期之前當代中國政治局勢概
括爲：「國家以『政治第一』、『政治掛帥』和『階級鬥爭』爲指導原則，通過
政治宣傳、學習、討論辯論、鬥私批修、自我反省、檢舉揭發、組織處理等
各種方式，控制社會輿論和人的思想意識，實行高度的政治動員，從而使國
家無所不包地制馭了一切社會生活領域，導致社會生活高度政治化。」〔註 55〕
據此觀點，1980 年代之前整個中國的思想空間受到了嚴峻的控制，知識空間
不能脫離「政治的需要」。那麼，也許可以說，1980 年代對於知識空間的自律
性和獨立性的渴望，正是對以往知識空間控制的反抗。

更具體地說，以往的科學研究以馬克思主義自然哲學觀爲基礎，所謂「科
學」從屬於諸如「自然辯證法」等馬克思主義自然哲學的原理。科學以證明
「自然辯證法」的妥當性和自明性爲目標，不能具有獨立的、自律性的研究
空間。到了新時期或 1980 年代之後，一些知識分子們通過引進另外的科學哲
學原理，竭力追求思想空間的多元化和獨立化。「走向未來」知識群體作爲標

〔註 53〕 □□□ □□□□(Pierre Bourdieu): □□□ 사회적 사용, 창작과 비평□,
　　　　　2002, 42～43 □.

〔註 54〕 鄧正來：《建構中國的市民社會》，載於《學術自由與中國深度研究》，上海：
　　　　　上海藝術出版社，2012 年，第 7 頁。

〔註 55〕 同上，第 142 頁。

榜「科學」的知識先鋒，積極地引進和介紹西方科學誕生的社會文化上的條件，以便探索以「科學」爲旗幟的獨立、自由知識場域。借用布迪厄的說法，1980 年代上半期于光遠、邱仁宗以及「走向未來」知識群體主導的對科學文化史的探討和譯介，正是力求知識空間自律的知識實踐。

儘管按照「新左派」學者的理論可以將科學解釋模式適用於社會現象的方法論看作是一種追隨市場化的現代化意識形態，但我們或許不能完全忽視獨立知識空間在現代社會的批判功能。哈貝馬斯曾經把市民社會的獨立性及其批判性意義概述如下：「市民公眾的公開討論原則上來講遵循的是普遍原則，而置一切社會和政治特權於不顧；這些普遍原則對個體本人來講永遠都是外在的，因此它們能夠保障個體內心世界的文學表現有著一席之地；由於它們具有普遍有效性，從而又能保障一切偶然之物都有著一席之地。與此同時，這些條件下從公開討論中得出的一切結論都要求具有合理性；根據這種合理性觀念，從更有說服力的論證中產生出來的公眾輿論要求具有一種力圖集正確性和公正性於一體，並且自稱道德色彩極濃的合理性。公共輿論應當切合『事情的本質』，所以，公眾輿論試圖爲社會領域建立的『法律』除了普遍性和抽象性的形式標準之外，還要求自身具有合理性這一客觀標準。」〔註56〕

正如哈貝馬斯所提出的那樣，脫離或不顧權力關係的市民社會的輿論領域正是建構現代社會合理性的基礎，如果沒有這些獨立的思想空間的話，根本不能形成合理性這一客觀標準。倘若從「言外之意」的角度看，「走向未來」叢書和期刊有關科學與社會關係的著作和文章所指向的，與哈貝馬斯的「公共領域」大同小異。根據哈貝馬斯的觀點，「公共領域的自律是建立在個人自願的基礎之上，堅決反對強制」，並且這一自律性是「從任何一種外在的目的當中解放出來的。」〔註57〕作爲現代社會合理性的基礎，公共領域的特徵正是脫離任何強制的獨立性，以及建立內部自律性的道德原則。依靠自律，公共領域能夠自由地批判國家等權力強制。

如果不可否認 1980 年代之前「政治過剩」的政治氣氛以及馬克思主義自然哲學對科學的控制的確是存在的，那麼，1980 年代「走向未來」知識群體

〔註56〕哈貝馬斯：《公共領域的社會結構》，載於汪暉等主編《文化與公共性》，北京：三聯出版社，2005 年，第 160 頁。

〔註57〕同上，第 153 頁。

以「科學」爲旗幟的對於獨立的知識空間的渴望是理所當然的。對他們來說，科學是一個改變整個社會對待科學的方式的切入點，可以依靠科學來探索自律性的知識空間。從它們的內容可以看出，諸如《科學家在社會中的角色》、《論科學的自主性》等著作和文章的意圖，也在於科學相對於國家等權力機構的分離和獨立。上文王德祿以「奧本海默案件」爲例也提出，科學在社會中的功能獨立於權力關係，以客觀的態度和方法論批判或對抗權力機構對於知識領域的干涉。可見，「走向未來」知識群體是在借助於科學來表述他們的文化構想。所謂「科學」不僅僅是一門學科，1980 年代的知識分子企圖通過它來開創現代社會的獨立和自由的知識空間。

第三章　理性主體的原理探索

　　上一章談到，七八十年代之交，一些知識分子開展對「科學」的討論，考察科學和社會的關係，其意圖在於爭取知識領域的獨立和「去政治化」。「走向未來」叢書和期刊的一些著作和文章的背後，也是同樣的目標。但是，若說這就是當時提出「科學」和「理性」的意義，顯然是過於簡單的理解。「走向未來」叢書和期刊關於理性主體的理論探討，反映了金觀濤等人試圖深入「理性」這一概念的內核，重新考察其可能和局限，可以說，這是一種文化革新的時代精神的體現。本章將通過對「走向未來」叢書和期刊探索理性主體的再解讀，討論它在知識創新上的意義。

第一節　理性及其思維原理的探索

　　1980 年代文化話語的核心詞彙是「啓蒙」，而且，這一「啓蒙」過程本身，也許可以說是整個「認識框架」和「主體性模式」的轉變。「啓蒙」針對的，是一種有方向和規律的認識方式。洪子誠曾經把五十至七十年代的文學空間描述爲「一體化」：「推動『一體化』的過程，主要採取的方法，是階級、政黨政治鬥爭的方法。或者說，把政治鬥爭、政黨活動方式引入文學領域中。這種方法的極點是，通過確立文學的評價準則，來劃分文學界各個派別，各種作家的不同歸屬，不同類型。」〔註 1〕整個文學領域被「一體化」的體制所控制，導致文化處於狹隘的狀態。

〔註 1〕洪子誠：《問題與方法》，北京：三聯書店，2004 年，第 170～171 頁。

　　「一體化」不僅僅是文學領域的現象。Tang Tsou（鄒讜）提出，在「文革」期間，包括文學領域在內，左傾的思想原理滲透於一切文化領域，那是一個以「普遍規律（universal principle）」爲領導原則的時代。〔註2〕在這樣的背景下看，「文革」之後，即 1980 年代，文化話語的爆發顯然有著深廣的內涵。格爾茨把「文化」這一概念定義爲一個民族精神生活的象徵體系，指出：「總體來說，『我們是誰』這個問題問的是什麼樣的文化形式——什麼樣的有意義的符號體系——應當用來給予國家行爲以價值與意義，並擴展到它的公民生活中。」〔註3〕所謂「文化」，可以視爲規定和組成認同性的象徵體系，借鑒這個定義，那麼，「文革」前後發生的整個文化論述的轉換可以說是一種塑造主體性方式的轉換。

　　文化轉折作爲主體性模式的轉換，如果從這一角度看，那麼 1980 年代發生的，就是「一體化」的文化模式逐漸瓦解，另外的文化模式取而代之。從文化模式或主體性模式的具體內容來說，這一轉變可以概括爲從「革命的主體」到「去革命或多元化的主體」。如果說「一體化」的文化模式主要是以階級鬥爭、政黨政派鬥爭組成的，那麼，1980 年代的文化模式重建，就是一個脫離這些「一體化」管理方式的過程，而且這一過程不能不帶來一些規定或描述主體性模式的根本原理的變化。從這樣的角度看，1980 年代知識分子，尤其是「走向未來」知識群體對「啓蒙」和「科學理性」的關注，反映了深刻的文化模式的轉化和蛻變。

　　爲了更爲明確地瞭解「走向未來」知識群體追求的主體性模式的時代內涵，不妨簡單地回顧一下 1980 年代主體性話語出現的「前史」。就「文革」期間的文化狀態，劉康曾這樣概述當時的情境：「在 1950 年代和 1960 年代早期，革命領導權依然處於上升勢頭，牢牢地控制了社會意識。主體性的問題主要與文化空間中革命集體身份認同的重建有關。在文化空間中，重建社會生活而不是階級鬥爭，是主要的目標。『文化大革命』消滅了建設性的文化空間，因此文化和審美領域被捲入到了『自我異化』的過程。黑格爾主義在『文化大革命』的話語體系中已經轉化爲毛澤東式的術語，從此以後，在毛澤東

〔註 2〕 Tang Tsou, *The Cultural Revolution and Post-Mao Era*, The University of Chicago Press, 1986, p.115.

〔註 3〕 克利福德·格爾茨：《文化的解釋》，南京：譯林出版社，2008 年，第 251～252 頁。

領導時期，它意味著文化和意識形態的決定論，對大規模的政治化負有很大責任。」〔註4〕

　　根據這樣的概述，可以大致推測1980年代之前尤其是「文革」期間的文化狀態。1980年代之前，整個文化領域處於「僵化」趨勢，馬克思主義和毛澤東思想以外的文化模式（或者主體性模式）難以得到合法位置，一切主體性論述被強制納入「一體化」的局勢之中。並且，這一「一體化」趨勢的主要理論根據是以「大歷史」或「大我」爲中心的歷史邏輯。如同Lin Min所指出，「新時期」之前的歷史是基於「一心爲革命」或者「舍己爲共」等集體性口號來推動的。某種意義上講，1980年代之後的歷史過程就是從集體性的邏輯轉變到以「個體」爲中心的歷史過程。〔註5〕

　　七八十年代之交的思想轉變不僅僅是表面的變化，更是啓蒙原理的引進，而且這個過程帶有內部的衝突和緊張，我們需要把當時的啓蒙話語放在思想原理的根本性轉變這樣的層面加以思考。此外，從「一體化」到「多元化」不僅僅是文學領域的變化，這一過程其實反映著現代主體性模式探索的過程，因此，有必要把1980年代啓蒙話語的思想挑戰視爲尋找與以往時代不同的主體性模式的過程。

　　正如戴錦華所說，七八十年代之交的思想轉變過程有著極爲複雜的內部邏輯，該過程的核心正是歐洲思想的重新發現和探討。〔註6〕西方中心主義的問題暫且不談，但歐洲現代思想對「五四」以來中國的衝擊和影響是不可否認的。並且，如劉康、單世聯和Brugger等人的看法，五十年代至「文革」期間，所謂以馬克思主義爲準則的「一體化」思想體系束縛了多樣的文化主體性模式，當時的主體性模式基本上是基於馬克思主義或者「黑格爾化的馬克思主義」的。但是經過「文革」和新時期「改革開放」，時代的要求已變成「多元化」的趨勢。

　　然而，重建新的「主體性」模式這一事業並不簡單。1980年代之前，一切知識領域已深刻地受到馬克思主義的洗禮，脫離這一思維框架的過程無疑是非常艱難的。眾所周知，在1980年代初中期，「美學熱」、「人道主義論爭」等圍繞馬克思主義的爭論層出不窮，這一動蕩意味著尋找主體性模式的內部

〔註4〕劉康：《馬克思主義與美學》，北京：北京大學出版社，2012年，第196頁。

〔註5〕Lin Min, The Search for Modernity: Chinese Intellectual Discourse and Society, 1978-88, *The China Quarterly*, No.132(Dec., 1992), p.983.

〔註6〕戴錦華：《涉渡之舟》，北京：北京大學出版社，2010年，第29～30頁。

震動。對當時的知識分子來說,「文革」期間是一個「封建」的時代。〔註 7〕他們一方面要脫離「封建」狀態,另一方面要替換以僵化的馬克思主義爲中心的主體性模式。爲了跟這些總體性的時代主題奮鬥,如同戴錦華所描述的,他們需要返回到「19 世紀」的思想遺產。某種意義上,這就是 1980 年代知識分子展開的思維上的「全面戰爭」。

在這樣的時代條件之下,「走向未來」知識群體舉起「科學」和「理性」作爲旗幟。對他們來說,「科學」和「理性」正是新時代知識變革的核心要素,可以通過它們開拓思想革新的新歷程。通過《理性主義》(陳宣良 著,1988 年)、《人的哲學》(金觀濤 著,1988 年)等叢書系列,「走向未來」知識群體追溯「科學理性」形成的歷史過程及其原理,其根本目標則是奠定理性主體的基石。一個哲學話語若是一種政治性策略的話〔註 8〕,那麼,這兩種書,正是這個知識群體探索理性主體的原理,建立時代需要的新主體模式的策略。換句話說,《理性主義》和《人的哲學》等叢書的出版,既是一種理論性的探索,又是一種文化策略的實踐。

上述兩種書是同一年出版的。金觀濤的《哲學三部曲》當時被視爲知識分子的思想挑戰,(即《發展的哲學》、《整體的哲學》、《人的哲學》,具體內容將在下節詳談),美國華裔學者林同奇對它有如下評價:「金觀濤的哲學探索是爲了重建理性,而重建理性是爲了重建人與文化,特別是金觀濤所謂的現代人的『特殊的主體』」〔註 9〕。「金觀濤所提出的『理性』所側重的已不是(或不只是)以客觀世界存在爲基礎,以感覺經驗的可靠性爲標準的『培根式的理性』,而是以思維的不斷自我超越爲特徵的『笛卡兒式的理性。』」〔註 10〕可見,金觀濤等「走向未來」知識群體對「科學理性」的關注,基於對西方啓蒙哲學的深刻理解,因而在他們的啓蒙實踐裏,對「理性」這一概念的探討是不可缺少的。

正如金觀濤在思想回憶錄《我的哲學探索》中指出的那樣,他爲了從「黑格爾的泥潭」跳出來,調整「辯證法的思維原理」,就皈依於「科學理性」。

〔註 7〕 Arif Dirlik, Culture and History in Post-Revolutionary China, The Chinese University Press, 2011, p.94.

〔註 8〕 皮埃爾・布迪厄:《海德格爾的政治存在論》,上海:學林出版社,2009 年,第 65 頁。

〔註 9〕 林同奇:《金觀濤:人文的科學理性主義》,載於《人文尋求錄》,北京:新星出版社,2006 年,第 182 頁。

〔註 10〕 同上,第 186 頁。

這句話就是指經過「一分爲二」、「合二而一」等極端的思想震動，1980 年代
的知識分子需要新的主體性原理。在這樣的情況下，「理性」就作爲新時代的
主體性原理出現。從這樣的角度看，與金觀濤的《人的哲學》同年出版的《理
性主義》這本書的時代含義也是不容錯過的。乍一看，陳宣良的《理性主義》
的主要內容僅僅是介紹了整個西方理性主義建設的歷史過程，但是，與金觀
濤的《哲學三部曲》相比，它以更爲廣闊的視野概述了「理性」的根本原理
及其局限。

　　《理性主義》這部著作的最重要的特徵，正是通過對「理性」這一概念
的歷史性考察，來闡明這一概念的形成過程和局限。這部著作並不停留於理
性的啓蒙含義，還把「理性的背後」或者「理性的局限」納入到考察的範圍，
試圖全面地勾勒出理性主體的面貌。事實上，它的內容貫穿從「文藝復興」
至 20 世紀「存在主義哲學」，甚至包括柏格森的「生命哲學」以及尼朵等的
「非理性主義」哲學在內。這裡沒有必要勾勒出它的全部內容，只限於「理
性主義」的建立及其局限這兩個層面的論述。

　　在它的《序言》裏，陳宣良這樣介紹探索理性主義的根本動機和理性主
義精神的實質：「我之所以研究理性主義，是因爲我認爲它還活著。並不是說
今天仍然有正宗的笛卡兒派的信徒，而是理性主義的精神，在今天仍有著現
實意義，應該大力提倡。理性主義的精神實質是什麼？我希望用一些簡明的
話把它概括出來，也許不那麼嚴格和準確，但卻很能說明問題。理性主義的
使命，在於反對愚昧和迷信。因此，理性主義精神的核心，即是普遍懷疑和
我思故我在。」〔註 11〕正如著者的表白，這部著作反對將「理性主義」看作
一種認識論的觀點，而把它放在本體論的層面上加以解釋。〔註 12〕這一觀點
意味著，所謂「理性主義」不僅指思維的形式，更是指尋求「理性主體」。換
句話說，《理性主義》這部著作所要闡明的並不是作爲「思維形式」的理性，
而是要進入產生理性的「本體」。

　　爲了這個目標，《理性主義》從「文藝復興」、「宗教改革」及「近代科
學精神」起步，追溯了「理性」這一概念的形成過程。它把理性主義的鼻
祖指爲法國的哲學家笛卡兒。笛卡兒一方面集成了蒙田的懷疑主義，另一

〔註11〕陳宣良：《序言》，載於《理性主義》，成都：四川人民出版社，1988 年，第 3
　　　　～4 頁。
〔註12〕同上，第 2 頁。

方面卻以不同的方式來探求理性。也就是說，蒙田基於極端的懷疑主義，懷疑一切權威，甚至否定了懷疑本身，〔註 13〕因此只能陷入虛無主義的絕境。與此不同，笛卡兒則認爲，「懷疑本身不可懷疑的。這正是理性主義精神的所在。」〔註 14〕這就是說，不可懷疑的「主體」本身正是理性主義哲學的基礎和出發點，因而笛卡兒能夠確立「我思故我在」這一著名的哲學命題。

雖然笛卡兒確立了思維的第一條件即「我思」，但這並不意味著他完全割斷了思維與上帝之間的聯繫：「對笛卡兒來說，人認識客觀實在的『能力』是不能懷疑的。如果懷疑這種能力，他就只能陷入懷疑或不可知論的。於是他借上帝的保證收回了開始被他懷疑的認識能力，斷定完全完善的上帝不會是騙子。」〔註 15〕之所以如此，是因爲儘管笛卡兒建立了不可懷疑的「我思」的主體，但他還不能回答這一「我思」的主體（亦即懷疑的主體）如何得到其思維的正確性這一難題。也就是說，「我思故我在」這一命題雄心勃勃地把人的思維作爲「第一思維原理」來提出，但這不能完全保障其確定性，因爲人總是要犯錯誤。於是笛卡兒仍然只能依靠上帝對於眞理的確保：「如果上帝的保證在於保證平行著的心靈觀念和自然存在間的一致，則觀念就應是一種完全主觀性的東西，任何清楚明白的觀念，都是自身實在的，而且自身爲自身的標準的。」〔註 16〕

德國哲學大師卡西爾就笛卡兒哲學體系中上帝的含義指出：「在笛卡兒哲學中，上帝的『原型理智』成了聯結思維和存在、眞理和實在的紐帶。」〔註 17〕意思是說，爲了確保「我思故我在」命題的確定性，笛卡兒只能引進上帝的幫助。卡西爾又指出，笛卡兒之後的思想歷程都是以上帝爲媒介的：「笛卡兒以後的思想發展否認並完全切斷了實在與人類理智、思維實體與廣延實體之間的一切直接聯繫。當時人們認爲，除了由上帝的本質所給予的或從上帝的本質中產生出來的靈魂與肉體、觀念與實在之間的結盟，這兩者之間便不存在其他任何結盟關係。」〔註 18〕

〔註 13〕陳宣良：《理性主義》，成都：四川人民出版社，1988 年，第 27 頁。
〔註 14〕同上，第 36 頁。
〔註 15〕同上，第 40 頁。
〔註 16〕同上，第 53 頁。
〔註 17〕卡西爾：《啓蒙哲學》，濟南：山東人民出版社，2007 年，第 88 頁。
〔註 18〕同上，第 88～89 頁。

　　笛卡兒以「我思故我在」這一命題，建立了人本主義哲學體系的基石。但是，事實上，這一命題並不意味著「理性主義」得到了全面的解答，反而暴露出弱點。到了笛卡兒的繼承者馬勒伯朗士和斯賓諾莎，以上帝為媒介說明理性之穩定性的觀點依然得到延續：「如果以笛卡兒體系的主要概念為主幹來進行比較，我們會發現，馬勒伯朗士和斯賓諾莎都不再以懷疑為出發點來建立真理，而都是首先肯定上帝存在，他們都不再熱心於確認天賦觀念，而將對上帝的清楚、明白的觀念作為一切真理的出發點。他們都主張克服情感、感覺經驗，或一般而言基於身體的活動，來達到真理，達到純粹的普遍理性。」〔註19〕

　　然而，這樣的以上帝為媒介的思維體系遭遇了絕境。笛卡兒依靠上帝來解決理性之自明性的企圖受到人本主義的壓力，人不再想要依靠上帝的力量來思考，而要靠自己的理性來說明整個世界的秩序和規律：「啟蒙哲學毅然決然地擯棄了以先驗論和唯理論視為認識之最高確定性的基礎的中介。正是在這一點上，人們特別強烈地感受到思想世界俗化的偉大歷程，而啟蒙哲學恰恰是把造成這種世俗化視為自己的主要任務。」〔註20〕但是，人的理性並不能完全確保認識的真理性，而只能用自己的有限的力量來把握對象。陳宣良也言及這一點：

　　　　馬勒伯郎士和斯賓諾莎在這一點上是共同的，即以上帝為中介建立本質與存在的統一。他們的上帝，或是時間性的自由存在者，那時，對偶然的存在的認識歸結為對上帝的自由意志的把握，人除了信仰已無路可走；或是空間性的必然存在，那時，對偶然存在的認識歸結為與上帝的無限理性的合一，從事實上達不到。從認識論的角度說，理性主義至此應該可以說是走入絕境了。從事實上看思維與外界存在的聯繫，除感覺經驗之外並沒有第二條路可走。〔註21〕

陳宣良所說的是，既然理性是依靠上帝的，如果把上帝的存在否定了，我們就還需要設定產生或支撐理性的「某一個存在」。陳宣良把它表述為「終極的大全」。但是這一作為理性根源的「大全」也陷入悖論：「大全的存在是永遠在人類的經驗之外，因此，對它不可能有科學意義下的知識或真知」。但為了

〔註19〕陳宣良：《理性主義》，成都：四川人民出版社，1988年，第90頁。
〔註20〕卡西爾：《啟蒙哲學》，濟南：山東人民出版社，2007年，第90頁。
〔註21〕陳宣良：《理性主義》，成都：四川人民出版社，1988年，第107頁。

確保理性的存在和穩定性，不得不假定一個「大全」，於是人又不能不描述「大全」（或「本體」）。「大全」根本上是在人類的經驗之外，在人的知識範圍之外的，因此這一被描述的「大全」不能成爲眞正的「大全」。〔註22〕這一悖論意味著，即使啓蒙哲學要否定上帝的地位，但這並不能給予理性以完整的基礎，反而理性只能不斷地纏繞於自身的不穩定性。這就是啓蒙哲學或理性主義所遭遇的最根本性的困惑和悖論。

這一「理性之悖論」的要害在於：上帝和理性之間的連接關係脫節了之後，理性就不能保障自己的完整性或確定性，而只能處於相當不穩定的狀態之中。但這一不穩定性並不意味著「理性主義」的無用或虛無，恰恰相反，這一不穩定性應該被視爲促動人類思維主動性的原動力：「理性主義者強調人的認識是一種主體的能動活動，而不是對外物的消極反映；提出了主體的認識活動是依據著主體的內在思維原則進行的，是離不開內在的認識參考系的。這種思想直到康德以後才被表述得較爲明白，直到現代才被眞正認清。」〔註23〕

對這一向主觀能動性的轉向，柄谷行人曾經相當簡要地概述其精髓：「康德將自己《純粹理性批判》的新探索稱之爲『哥白尼式轉向』。這個比喻意味著把以往的形而上學認爲主觀乃外在對象之『摹寫』的思考顚倒過來，強調主觀是以『投入』外界的形式而『構成』的。從某種意義上講，這是一種向主觀（人類）中心主義的回轉。」〔註24〕所謂「啓蒙」或者「理性主義」的核心正是人用自己的腦力來構成外界。此後，比「眞理是什麼」更爲重要的問題恰恰是「如何構造眞理」這一問題。

陳宣良在《結語》中表示，《理性主義》這部著作的宗旨，並不僅在於純粹的學術性探討。「理性主義」的自由精神以及獨立思考，亦即「啓蒙」的核心內涵，正是「民主」的思想基礎：「所謂民主，不僅是指一種國家制度、社會制度，而且是指一種精神。民主制度比較容易理解。但事實上，民主制度如果沒有民主精神作爲一種基礎是不可能的」〔註25〕；「理性主義者的自由意志，是一種人自由向善的能力，是人可以否定外來決定的能力，保持個人的

〔註22〕陳宣良：《理性主義》，成都：四川人民出版社，1988 年，第 93 頁。
〔註23〕同上，第 108 頁。
〔註24〕柄谷行人：《跨越性批判》，北京：中央編譯出版社，2011 年，第 3 頁。
〔註25〕陳宣良：《理性主義》，成都：四川人民出版社，1988 年，第 315 頁。

獨立生存的權利，總之，自由即在『我思故我在』的原則之中。」〔註26〕這就說明，陳宣良通過對「理性主義」原理的探究，所要爭取的目標是「民主」這一現代社會核心價值的精神基礎。不受外部的任何影響，能夠以獨立思考來自由地決定，就是理性主義的宗旨所在，而這一宗旨可以為民主精神提供紮實的思想基礎。

與此同時，值得注意的是，雖然《理性主義》著重於對理性主體思維原理的根本性探究，但並沒有陷入「理性萬能主義」的陷阱。陳宣良已經明確地認識到「理性主義」的危險性和局限性。他首先提及危險性：「啓蒙思想希望用『理性』來取代上帝，以自身的權威來取代神的權威。理性，被有的啓蒙哲學家們稱爲上帝」〔註27〕；「理性想全面取代上帝，起維護道德和保護進步兩種功能，只會使自己陷入二律背反。理性在抽去上帝腳下基石的同時，也抽去了自己腳下的基石。或者說，理性在打倒了上帝，並且把自己據有了它的寶座時，自己也異化爲與舊上帝一樣專制、保守、落後的東西。」〔註28〕「理性」當初作爲對上帝的批判者出現，但它取代了上帝之後，自己又變成另一種「上帝」。

這一問題或許可以借鑒哈貝馬斯的解釋。哈貝馬斯從「工具理性」的角度來闡明理性「自我異化」的過程：「自我是在同外在自然力量的搏鬥中形成的，因此自我既是有效的自我捍衛的產物，也是工具理性發揮作用的結果；在啓蒙過程中，主體不斷追求進步，它聽命於自然，推動了生產力的發展，使自己周圍的世界失去了神秘性；但是，主體同時又學會了自我控制，學會了壓制自己的本性，促使自己內在本質客觀化，從而使得自身變得越來越不透明。戰勝外在自然，是以犧牲內在自然爲代價的。這就是合理化的辯證法，這一點可以用工具理性的結構來加以說明，因爲工具理性把自我捍衛當作最高目標。工具理性在推動進步的過程中，也帶來了許多的非理性，這一點在主體性的歷史上反映得一目了然。」〔註29〕

上文說過，陳宣良在《序言》中表示自己探究的「理性」並不是「思維形式」，而是要從「本體論」角度理解「理性主義」。這意味著，這本書對「理

〔註26〕陳宣良：《理性主義》，成都：四川人民出版社，1988年，第316頁。

〔註27〕同上，第251頁。

〔註28〕同上。

〔註29〕尤爾根‧哈貝馬斯：《交往行爲理論》，上海：上海人民出版社，2004年，第363頁。

性」抑或「理性主義」的態度，並不是關注理性的「放之四海而皆準」這一層面，反而是要看到理性的「後面」或者危機。這可能是陳宣良依靠康德的「實踐理性」來強調自由意志的意義的理由：「康德認爲，理性建構形而上學體系時，由於失去感性基礎，因此必然陷於二律背反」〔註30〕；「康德在認識領域裏消除了理性與上帝的聯姻，在倫理學領域中，康德保留了上帝及普遍理性的絕對支配地位。可以說，我思故我在的倫理學意義，在康德那裡才明白顯示出來。」〔註31〕

從笛卡兒開始，經過馬勒伯郎士、斯賓諾沙等的理性主義哲學，「知識如何可能」以及「用理性來發現一般規律」諸如此類的問題得到了恰當的答案，但是這些「理性主義」未能解決倫理的問題，亦即有關人的「善意志」的問題。康德卻依靠「實踐理性」或者「善意志」的概念，來說明作爲「善意志」的理性及其自律性的重要性：「道德的最高目標是至善。康德認爲，世界上除了善良意志之外，不可能設想別的無條件善的東西。而理性的眞正使命，就在於產生這樣一種善良意志」〔註32〕；而且「自律即是自由。自由是意志所固有的。這是以爲人的意志的決定是不必服從因果律，即一般而言的必然性規律或法律的。」〔註33〕總之，康德除了看到「發現一般規律」的理性即「純粹理性」之外，還看到了倫理層面上的「理性」即「實踐理性」或「善意志」，而且這一「實踐理性」旨在「發現自由」。簡而言之，在康德看來，不屬於「任何權威」的自由意志本身恰恰是至善的淵源。

《理性主義》進行了從「理性」到「倫理」的循序的討論。它從笛卡兒的「我思故我在」這一命題開始，探討「理性主義」的誕生及其根本原理，接著提出「理性的困惑」，最後談及「倫理」。對於「倫理」問題的關注，正是陳宣良強調「本體論」的理由。所謂「理性主體」不只涉及思維形式，它也包括思維法則或形式不能完全說明的「非理性因素」即「倫理」。因而談及「理性」之時，其「本體」所內藏的「理性之背後」即「倫理」也是不可缺少的一部分。所謂「本體」既是理性的存在，又是帶有非理性或意志的存在。

〔註30〕陳宣良：《理性主義》，成都：四川人民出版社，1988 年，第 198 頁。
〔註31〕同上，第 199 頁。
〔註32〕同上。
〔註33〕同上，第 201 頁。

　　在當時的時代背景之下，《理性主義》這部著作追溯「理性「的淵源，是為了探究「啓蒙」這一概念背後的歷史和思想脈絡。阿倫特依據康德哲學來闡釋現代政治主體的思維模式之時，指出所謂「啓蒙」的主體或者「理性主體」的思維內核是「批判」，這一「批判」不從屬於任何以往的學術，只靠自己的自由判斷進行思維，並公開自己的思維以接受檢驗。「『批判』是意味著發現理性的『資源』和『局限』的試圖」〔註34〕，「批判的思考只有在一切觀點被開放於檢驗的場所裏才是可能的。」〔註35〕阿倫特認為，現代啓蒙主體的核心是：「是非的標準，即對於我應該做什麼這個問題的回答，既不依賴於我與周圍的人們共同分享的習慣和風俗，也不依賴於一種有著神聖起源或人類起源的命令，而是依賴於我對我自己作出了什麼樣的決斷。」〔註36〕在這一意義上，《理性主義》這一部著作的真正含義，恰恰在於明確地闡明作為獨立思考主體的思想原理即「啓蒙」。

　　此外，我們還需要從「現代性批判」這一層面上探討這部著作的含義。甘陽在《八十年代文化意識》（1988 年）的前言中提出「兩面作戰」，強調需要警惕和反省西方現代性本身的危機：「一万面，深刻地反省併糾止以往在理解西方文化上的種種不足、偏差和錯誤，把近幾十年來被粗暴地拒絕排斥的近代西方文化的基本價值特別是自由、民主、法制重新下大力氣引入中國，並使之立地生根成為中國現代文化的內在組成部分；另一方面，則要深入地思考 20 世紀以來特別是近幾十年來西方文化和學術的發展，以期更深刻地把握現當代西方文化的內在機制和根本矛盾，從而富有遠見地思索今後中國文化可能面臨的問題。」〔註37〕這句話意味著，1980 年代後期已經出現了對於現代化或現代性的危機意識及批判意識，所謂「現代化」的神聖化已引起知識分子的懷疑和憂慮。

　　賀桂梅以甘陽的《從「理性的批判」到「文化的批判」》為線索，關注了「文化：中國與世界」編委會這一知識群體對現代性的批判性態度，認為這種批判性態度源於「兩個韋伯」：「如果說現代思想從兩個方向即批判理論方

〔註34〕 Hannah Arendt, *Lectures On Kant's Political Philosophy*, THE UNIVERSITY OF CHICAGO PRESS, 1992, p.32.

〔註35〕 同上，p.43。

〔註36〕 漢娜・阿倫特：《責任與判斷》，上海：上海世紀出版集團，2011 年，第 77 頁。

〔註37〕 甘陽：《初版前言》，載於甘陽主編《1980 年代文化意識》，2007 年，第 6 頁。

向和現代化理論的方向上發展了韋伯理論的話，那麼這兩個方向事實上都影響了『文化：中國與世界』編委會的思想取向。換個說法，在『文化：中國與世界』編委會的思想取向中，存在著『兩個韋伯』，一個是崇尚現代化和理性化的韋伯，一個是批判現代性而擔優於價值理性危機的韋伯。」〔註38〕

　　根據甘陽在《前言》中提出的觀點以及賀桂梅的解釋，1980 年代知識界表達了對盲目接受「西方現代性」的擔憂。與此不同，Wang Jing 卻認爲，甘陽的看法僅僅是將西方中心主義顛倒過來而已，其實含有「潛在的民族中心主義」意識：「甘陽的提案（proposal）是形成和預告當代中國歷史之中的烏托邦瞬間。這一瞬間在有權力的本土話語（native discourse）成爲新檔案（new agenda）的時候就出現，並且這一『新檔案』比劉再復提出的『走出西方父權的陰影（walk out of the shadow of Western father）』這樣較爲脆弱的民族贊揚還要強烈的。」〔註39〕Wang Jing 提出這種看法，根據的是甘陽的《八十年代討論的幾個問題》這一文章。甘陽在另一處談到：

> 中國傳統文化發展道路的最基本特徵，確實就在於它從來不注重發展語言的邏輯功能和形式化特徵，而且有意無意地總在淡化它、弱化它。中國語言文字無冠詞、無格位變化、無動詞時態、可少用甚或不用連接媒介，確實都使它比邏輯性較強的印──歐系語言更易於打破、脫離邏輯和語法的束縛，從而也就更易於張大詞語的多義性、表達的隱喻性、意義的增生性，以及理解和闡釋的多重可能性。實際上，我們確實可以說，中國傳統文化恰恰正是把所謂「先於邏輯的」那一面林立酣暢地發揮出來，從而形成了一種極爲深厚的人文文化傳統。〔註40〕

按照甘陽的看法，中國傳統因爲沒有「邏輯」──這一西方現代性危機的根源，因而能夠代替或補充西方現代性的不足之處。對甘陽來說，中國的傳統文化恰恰是針對西方文化危機的「置換劑」，用中國的傳統，即「沒有邏輯」的思維方式，能夠治癒現代化和現代性的毛病。能否拿中國的傳統來代替西方的現代性，抑或當代中國的情境是不是需要「邏輯」，諸如此類的問題暫且

〔註38〕賀桂梅：《新啓蒙知識檔案》，北京：北京大學出版社，2010 年，第 271 頁。
〔註39〕Wang Jing, *High Culture Fever*, UNIVERSITY OF CALIFORNIA PRESS, 1996, p.211.
〔註40〕甘陽：《從「理性的批判」到「文化的批判」》，載於甘陽著《古今中西之爭》，北京：三聯書店，2006 年，第 91 頁。

放下不談，反正在甘陽的說法裏，我們可以看到「以中代西」的展望或願望，因此，不能說 Wang Jing 的觀點是完全沒有道理的。

若說甘陽的設想或願望是「以中代西」，那麼，與此不同，陳宣良在《理性主義》之中，卻是深入理性之內核來提出其危機的根源。如上文已介紹，陳宣良曾談及理性主義的危機，即理性成為另一個上帝的現象：「理性，被理性主義者們認為是征服世界的工具，是人走向自由的工具。但理性本身卻只服從必然而排斥自由。理性必須服從邏輯，服從不變的、共同的法則，否則就會失去其『清楚明白』的特性，失去真理性」〔註41〕；「然而，為什麼不能用另一種方式思維呢？在自由與自然的統一造成了那麼多無法解釋的矛盾之後，為什麼不能承認，它們是不能統一的呢？事實上，這正是構成非理性主義與理性主義思維方式的根本區別之一。」〔註42〕

如果把甘陽的說法和陳宣良對於理性的深入考察相提並論的話，可以看到，陳宣良沒有把目光轉向「傳統的可能性」，而是在「理性」的範圍內探索理性的危機及其克服方案。他堅持相信「理性主義的精神，一言以蔽之，就是我思故我在。我思故我在是科學和民主精神的一種哲學形態的口號。」〔註43〕這意味著，《理性主義》還是在理性傳統的範圍內，它要通過對理性的徹底和詳盡的理解，探索現代性的可能性和局限。

綜上所述，《理性主義》作為「走向未來」叢書中重要的一部，有兩個方面的意義：第一，通過對理性這一概念的相當紮實和詳細的探究，分析了理性主體的根本原理及其時代含義。作為標榜「科學理性」的「走向未來」叢書的一部分，它深入地探討理性概念的含義和局限，在 1980 年代主體性探索的層面上也有著不可否定的意義；第二，這部著作不停留於「理性萬能主義」的層面，而是涉及到了理性之「後面」，以「本體論」的角度談理性主體的局限和危機。這一批判角度，給予我們更多面地考察理性的切入點。從這一部著作，我們得以詳細地檢討「走向未來」知識群體追求理性主體的知識試驗及其時代內涵。

〔註41〕陳宣良：《理性主義》，成都：四川人民出版社，1988 年，第 255 頁。
〔註42〕同上，第 256 頁。
〔註43〕同上，第 317 頁。

第二節　對於辯證法的挑戰

　　1980 年代之前，思想原理是被馬克思主義或者「黑格爾化的馬克思主義」控制的。自 1949 年以後，有關辯證法的爭論不斷展開，尤其是在「文革」期間，極端化、僵化的「辯證法模式」控制了整個思想文化領域。但是，1980 年代之前，也已經出現過對這些以「歷史目的論」及「歷史必然性」爲精髓的辯證法思想的反抗。例如，顧準在七十年代初期提出了對「目的論哲學」的批判和反思：「革命家本身最初都是民主主義者。可是，如果革命家樹立了一個終極目的，而且內心裏相信這個終極目的，那麼，他就不惜爲了達到這個終極目的而犧牲民主，實行專政」；「如果不承認有什麼終極目的，相信相互激蕩的力量都在促進進步，這在哲學上就是多元主義；他就會相信，無論『民主政治』會伴隨許多必不可少的禍害，因爲它本身和許多相互激蕩的力量的合法存在是相一致的，那麼它顯然也是允許這些力量合法存在的唯一可行的制度了。」〔註 44〕

　　顧準的以上說法反對「任何終極目的」，而支持多元化的哲學。這是在「一體化」的思想文化氛圍裏勇敢地反抗一切「目的論哲學」，力圖尋求多元化的思想和文化。雖然顧準對多元化的渴望在當時沒有實現，但他已經認識到「目的論世界觀」的危險性並保持著警惕態度。

　　單世聯也通過對張中曉、李澤厚、王元化以及顧準的再解讀，探討了 1980 年代以後中國思想界「脫目的論」的過程。單世聯首先將黑格爾和中國革命經驗的關聯性做了如下概括：「黑格爾進入中國已有一個世紀的歷史，這位身前受到普魯士官方支持的一代大哲，在中國也享有其他哲學難以想望的殊榮，不但作爲馬克思主義的來源之一備受尊重，而且其歷史理性、必然規律、終極目的、總體意識等思想直接支持並被整合進中國革命的意識形態。」〔註 45〕接著，單世聯批判黑格爾思想中蘊含的絕對眞理的危險性，指出：「黑格爾卻認爲，眞理到了他的『絕對理念』就停止了，『絕對』是大全，不但包羅萬有，也涵蓋歷史上的所有眞理」；「當這種歷史觀進入到中國黑格爾主義時，黑格爾原本具有的對既往體系的尊重已蕩然無存，在革命成功的支持和政治權威的脅迫下，現行的意識形態被宣傳爲『絕對眞理』。」〔註 46〕

〔註 44〕顧準：《顧準文集》，貴陽：貴州人民出版社，1994 年，第 375 頁。

〔註 45〕單世聯：《告別黑格爾》，《黃河》，1998 年第 4 期。

〔註 46〕同上，第 441 頁。

　　單世聯對黑格爾主義，尤其是對它的歷史必然性的批判，同顧準對絕對
眞理的拒絕和反抗是一脈相承的。在單世聯看來，「歷史的必然性」以及「絕
對眞理的追求」諸如此類的哲學體系，一方面推動了中國革命的成功，另一
方面卻導致了思想領域的控制和一體化現象。聯繫 1980 年代思想變動的問
題，單世聯對於李澤厚的《批判哲學的批判》的評述值得注意。單世聯把它
的思維體系描述爲「徘徊在必然與偶然之間」。根據他的理解，李澤厚雖然在
《批判哲學的批判》裏爲了強調主體的能動性，從而提出了「偶然性」的重
要性，但李澤厚尙未完全擺脫黑格爾哲學的「陰影」，只能又讓主體的能動性
附屬於總體性的「大我」：

　　　　這種歷史觀的特別是，既認爲歷史是被必然規律決定的、是有
目的的，它毫無疑問地凌駕於個體之上並踐踏著個體的血肉之軀呼
嘯前行，卻又不因此減輕個體的責任，而要求個體把必然規律內化
爲自己的命運，具有宗教的色彩。它忽視的是個體的權利和尊嚴，
強調的是個人的義務和奉獻，意在把個體納入現存秩序中，迫使他
爲虛幻的歷史理性和總體「大我」而自我犧牲：它有自己的倫理學，
一種眞誠懺悔、強行改造的倫理學，一種犧牲奉獻的倫理學。可以
認爲，中國黑格爾主義把黑格爾的總體必然性與康德的絕對命令結
合起來，剝奪屬於個人的一切權利，使個體無可逃避地作一個「螺
絲釘」和「馴服工具」。〔註47〕

在文章結尾，單世聯把顧準評價爲反抗絕對眞理的「先覺者」。單世聯的《告
別黑格爾》這篇文章的焦點，正在於批判歷史的總體性和必然性。歷史的總
體性和必然性這兩個主題本身的妥當性其實還有爭論的餘地，這裡暫且不
說。但不可否認的是，貫穿整個現當代中國，圍繞辯證法思維方式的分歧和
爭論不斷地出現，而且這些爭論的核心問題之一恰恰是歷史的必然性和方向
性。如顧準和單世聯所主張的那樣，將「大我」放在「小我」之上的觀點帶
來了深刻的思想問題。對新時期知識分子來說，擺脫這一以「大我」爲主的
思維體系，來重新建立和尋找主體能動性無疑是時代的課題。

　　從這個角度看，可以說，金觀濤通過「哲學三部曲」，即《發展的哲學》
（1985 年）、《整體的哲學》（1986 年）以及《人的哲學》（1987 年）〔註48〕，

〔註47〕　單世聯：《告別黑格爾》，《黃河》，1998 年第 4 期，第 447～448 頁。
〔註48〕　這三部曲即《發展的哲學》、《整體的哲學》、《人的哲學》以及他的思想自傳
　　　　《我的哲學探索》，其簡縮版本分別登載於《走向未來》期刊總第 1 期、4 期、

嘗試奠定不同於以往的主體性模式的思維原理。從他的個人經歷上可以看到，他從北大化學系畢業，接受過系統的「理科」訓練。在《二十年的追求：我和哲學》這一思想自傳裏，他聲明要借用科學的力量來拯救和恢復「理性的力量」。他希望用科學認識論來突破中國面對的思想危機。

從宏觀的角度看，貫穿金觀濤整個思想框架的，是他一直主張的「理性的主體」。從七十年代末開始，金觀濤通過一系列的文章，強調「理性」的重要性。他深信科學領域的發展能夠拯救理性的危機。例如，金觀濤在 1978 年發表的文章中，以「突變理論」來試探代替唯物主義的另外的思維模式。雖然這篇文章具有很強烈的自然科學色彩，但他在文章結尾提出了「新的使命」，主張與科學的發展同步，哲學的認識論也應當有所變化：

> 黑格爾第一次把量轉化爲質和質轉化爲量作爲思維規律辯證地表達出來，恩格斯對此作了高度評價，並把它上升到自然界和人類社會普遍規律的高度，給出了唯物主義的解釋。一百年後的今天是個什麼情況呢？科學技術在一日千里地發展，宏觀世界和微觀世界被人們更深入地研究著，整個自然科學包括那些研究我們人類自身的學科都出現了一系列重大的突破和進展。人們迫切要有更精確、更細緻、更完備的理論來描述客觀世界質態變化的過程。科學在發展，不會老停留在那一個水平上。哲學也在發展，隨著自然科學領域中每一個劃時代的發現，唯物主義必然要改變自己的形式。
> 〔註 49〕

之後，金觀濤繼續發展自己的思考。他積極地引進「控制論」、「系統論」、「信息論」等理論體系，希望藉此帶來更新認識論的可能。整個八十年代，金觀濤發表了諸如《「實踐──理論──實踐」模式的新探索》（《國內哲學動態》，1980 年第 12 期）、《系統論、控制論可以成爲歷史研究者的工具》（《讀書》，1981 年第 11 期）、《歷史上的科學技術結構》（《自然辯證法通訊》，1981 年第 5 期）、《探討自然科學和社會科學統一的方法》（與劉青峰合著，《哲學研究》，

---

5 期以及 6 期。後來經過一些修增，合成爲《我的哲學探索》（上海人民出版社，1988 年）。本書均引自《我的哲學探索》這一本裏的「三部曲」和《二十年的追求：我和哲學》（這篇文章在《走向未來》期刊發表時題目爲《我的哲學探索》）。

〔註 49〕 金觀濤、華國凡：《突變理論對哲學的啓示》，《鄭州大學學報》，1978 年第 1 期。

1985 年第 2 期）以及《現代化與理性社會》（《社會科學研究》，1988 年第 6 期）等文章，它們反映了金觀濤探討理性主體建設的思想歷程。

他還出版了可以算作思想總結的「哲學三部曲」。金觀濤想要通過這一「三部曲」，全面地探究科學理論與認識論之間溝通的可能性。這一「三部曲」是金觀濤思想的內核。如同金觀濤在《我的哲學探索》裏表示的那樣，他的思想歷程開始於「文革」。金觀濤回憶，自己不是運動的對象（即挨整者）就是小搖派。〔註 50〕雖然「文革」給他帶來巨大的思想衝擊，但那時候他卻埋頭於哲學原理的世界。在周遊於思辨世界的過程中，金觀濤第一次碰到的困境就是黑格爾的邏輯學。他想要重新理解歷史唯物主義，然而通過馬克思，他追溯到了其思想的源頭即「黑格爾」。

金觀濤遇見黑格爾之後，陷入了「黑格爾體系的泥潭」。他遭遇了一個棘手的難題：即變化的確定性和自我否定的原理。在他看來，變化的否定性和自我否定是悖論性的：「變化 A→B 本身又是一種確定的規定性。這裏變化過程本身是某種確定性，是某種不變的規定。這樣我們用確定的變化過程 A→B 來把握變化，本身並不能說是具有徹底辯證法精神的。因為這裏我們最終還是訴諸某種不變性：變化過程本身的確定性。為了表達徹底的辯證精神，變化過程本身的規定必須與其否定方面共存！」〔註 51〕這就是說，「一切存在都在變化」這一命題是辯證思維法的最重要的宗旨，但是換個角度來看，「一切都在變化」這一命題本身倒是「不變的」。在他看來，這是一種悖論性的結果。他的另一個疑惑是「其發展和變化的內部動力是什麼」這一問題。〔註 52〕實際上，在黑格爾的邏輯裏，並沒有有關自我否定原理的具體的說明。

為了更正確地瞭解金觀濤遭遇的困惑，我們不妨參見一下阿爾都塞對於黑格爾邏輯學的闡釋：「在康德那裏，這種自在的觀念保持著一種本體論上的先驗性；但在黑格爾看來，這種自在在康德那裏被界定為一種完全實現了的整體性，這只是在下列條件下才是可能的：它被構想為不可通達的，這樣所帶來的後果是，這種自在被轉型為一種不可通達的參照標準，一種缺失了限定性或內容的實體，一種純粹的無：自在本身的豐富性在這裏表現為空乏。不過，這是一種純粹的否定性空乏：它在現象的問題上推演了一個純粹約束

〔註50〕金觀濤：《序言　二十年的追求：我和哲學》，載於《我的哲學探索》，上海人民出版社，1988 年，第 5 頁。
〔註51〕同上，第 13 頁。
〔註52〕同上。

性的角色，甚至沒有在理性的觀念中成功地把自身構建爲一種眞正的整體性，理性起著一種規則性的作用，它是一種應該。自在的這種失敗再一次揭示了其自身的純粹的否定性。」〔註 53〕

　　根據阿爾都塞的解釋，在黑格爾那裡，「否定之否定」的源頭是一種「純粹的否定性空乏」。黑格爾認爲一切發展和變化便是緣於這一「純粹的否定性空乏」。這一「純粹的否定性空乏」是一切發生的「內核」，因而矛盾的發生也緣於其存在的內部。實際上，阿爾都塞的解釋雖然是對黑格爾哲學的詩意性闡釋，但若是站在金觀濤的立場來看，這與其說是正確的回答，毋寧說是讓他陷入「泥潭」的困惑。金觀濤還是願意用以「更爲具體和精確的原理」來解決這一難局。於是金觀濤沿著另外的道路試圖尋找其出口──這個出口就是「科學」。正如他自己表明的那樣，在面臨自己的思想困惑時，就「由哲學向科學隱退」〔註 54〕了。這一「向科學隱退」正是金觀濤的選擇，而且這一選擇決定了他以後的整個思維體系。總的來說，阿爾都塞的闡釋若是對黑格爾邏輯學的哲學性解釋，那麼，金觀濤的選擇可以說是對黑格爾邏輯學的「科學性應戰」。

　　實際上，對金觀濤來說，自己所面對的思想危機不僅是辯證法本身或內部的危機，辯證法的危機是一個時代的危機，是使得中國陷入危機的根本原因。在他看來，中國之所以遭遇「文革」如此災難性的事件，是因爲思想原理的問題。因此爲了克服這一時代危機，應當從思想的最深層的部分著手。他認爲：「1968 年我在辯證法思辨中所碰到的危機，大約到七十年代中期，我腦中已經初步形成了一個怎樣克服危機，怎樣正確而科學地表達辯證法的核心思想──事物內在發展的方案。當時我意識到，辯證法的萬物是發展的這一基本原理可以用另外一條基礎性原理來取代，這就是世界的不確定性背景。」〔註 55〕這段話就表明著，金觀濤爲了應對時代的危機，完全轉換了思路，開始尋找跟「辯證法」不同的另類途徑。

　　顧名思義，金觀濤的「哲學三部曲」是由三個部分組成的，它們互相聯結。正如在《我的哲學探索》裏所表明的那樣，爲了尋找和建立理性的主體，

〔註 53〕　路易・阿爾都賽：《黑格爾的幽靈》，南京：南京大學出版社，2005 年，第 82 頁。

〔註 54〕　金觀濤：《序言 二十年的追求：我和哲學》，載於《我的哲學探索》，上海人民出版社，1988 年，第 16 頁。

〔註 55〕　同上，第 43 頁。

金觀濤經過科學和哲學之間的溝通，來進行自己的思考。他將「三部曲」的基本構想概述爲：「第一部分是用不確定性概念來取代矛盾，以作爲辯證法有關世界萬物是發展的這一原理的科學表達。第二部分是建立一種用於分析有組織的整體爲何能存在又爲何會演化的方法。第三部分是用新的發展觀和整體觀考察人和他觀察的對象耦合而成的特定的組織系統，研究客觀忹和科學認識的基礎。」〔註 56〕整體上看，不妨說金觀濤想要以對矛盾問題的科學性解決爲出發點，借助於系統論的引進和應用，最終達到理性主體建立的基礎問題作爲總結。

　　在第一部即《發展的哲學》裏，金觀濤首先提出了「矛盾」概念和科學理論之間的不相容性：「很多自然科學家一開始就認爲，辯證法中使用的「矛盾」概念，是和科學所要求的理論清晰性格格不入」。〔註 57〕根據金觀濤的瞭解，在黑格爾的辯證法那裡，矛盾既是無處不在的，又是不可避免的。但是對科學家來說，這樣處理和規定矛盾概念是由哲學家自己所使用的概念的糊塗性所導致的。與此相反，「科學家總是盡可能用定義的嚴格化將矛盾消解掉。『不嚴格』、『思想的混亂』以及諸如此類的批評曾如暴風驟雨般地落到辯證法的頭上。」〔註 58〕

　　金觀濤認爲，辯證法所規定的矛盾是悖論性的，並且這一悖論不能在辯證法的框架之內得到解決。正如黑格爾提出的那樣，「萬物本身就是內在發展的」，這無疑是一個徹底革命的大無畏的哲學思想，它是辯證法的精髓。但就此而言，金觀濤還是提出疑問：「難就難在：怎樣用科學而精確的概念來把握這團『內在發展的火？』」〔註 59〕簡言之，借鑒阿爾都塞的概念，金觀濤要把「純粹的否定性空乏」加以「科學化」。在金觀濤看來，以往的哲學即辯證法較爲模糊地處理「矛盾」以及發展，因此不能明確地解釋「矛盾爲什麼發生，其內部的否定性來自何處」諸如此類的問題。

　　爲了突破矛盾概念碰到的困局，金觀濤把目光轉向「不確定性」原理及「系統化解決」。在他看來，辯證法的解決方法是使用悖論性語言，把規定性搞得似是而非。而科學家卻乾脆承認某個規定中可能有誤，但卻可以通過糾

〔註 56〕金觀濤：《序言　二十年的追求：我和哲學》，載於《我的哲學探索》，上海人民出版社，1988 年，第 47 頁。

〔註 57〕金觀濤：《發展的哲學》，載於《我的哲學探索》，第 193 頁。

〔註 58〕同上。

〔註 59〕同上，第 198 頁。

錯機制來發現錯誤，通過反反覆覆地糾錯來逼近眞理。〔註 60〕辯證法和科學方法之間的差別就在於，對「錯誤可能性的承認」以及對產生出謬誤的機制的不斷改善。

金觀濤在這裡大膽地進行了一種思維上的「跳躍」或「跨越」。這就是說，他爲了把矛盾發生的原因「科學化」，接受了不確定性原理：「當邏輯構造越來越複雜，它作爲一個整體，其不同層次規定性之間的互爲因果的循環圈是否能人爲割斷？如果不可割斷，我們是不是總可以禁止那種自我否定的作用模式？」〔註 61〕這段話的意思是，在以往的辯證法思考裏，「矛盾」發生的原因尚未得到充分的說明，在辯證法裏「矛盾」是「自然發生」的。但是「不確定性」原理通過一些明確的科學檢驗，對內部發生矛盾進行科學性闡釋。

這一「不確定性」理論原是奧地利數學家哥德爾（Gödel）的學說，柄谷行人也曾經提過。這裡不妨參照一下柄谷行人的簡明概括：「不完全性定理的內容大致如下：自然數理論在形式化後得到的公理系只要是無矛盾的，則該形式體系中存在既無法證明也無法證僞，即『無法確定』的邏輯公式。這一定理還存在如下的系：『即使包含自然數的邏輯 T 無矛盾，也無法在 T 中獲得證明。因此需要比 T 更爲強大的理論。』」〔註 62〕金觀濤也看透了這一點並指出：「任何一個無矛盾的邏輯體系內部總有一些部分不能被邏輯推理之光所照射」〔註 63〕。

從金觀濤對於辯證法的調整這一層面來講，「不確定性理論」是核心環節。對金觀濤來說，「不確定性理論」正是能夠從「黑格爾的泥潭」之中擺脫出來的核心科學原理：「不確定性如一個不可捉摸的幽靈，它不僅在自然界無處不在，也最終出現在人認識世界的科學工具──邏輯之中了！無論認識者怎樣提純和鍛鍊認識的工具，它都不可能是絕對確定的。如果說存在是一個整體、是一個系統，那麼邏輯思維也是一個系統，子系統互爲因果互相否定的模式也不可避免。哥德爾定理似乎宣告了把邏輯體系和現實世界分割開來的二元論哲學理論的幻滅。」〔註 64〕

〔註 60〕金觀濤：《發展的哲學》，載於《我的哲學探索》，第 200 頁。
〔註 61〕同上，第 216 頁。
〔註 62〕柄谷行人：《作爲隱喻的建築》，北京：中央編譯出版社，2011 年，第 45 頁。
〔註 63〕金觀濤：《發展的哲學》，載於《我的哲學探索》，第 218 頁。
〔註 64〕同上，第 218～219 頁。

「不確定性」原理的最重要的含義在於：據此原理，「矛盾」並不是在一個封閉的、單一的邏輯裏產生的，也不在自己的邏輯裏得到完全的解決。因此，「不確定性」原理成立之後，解決矛盾的方式並不是「對立的統一」，而是不斷的理論糾錯和添加規定：「為了解決這些新的不可判定問題，我們不得不再次添加規定，這樣一個理論體系就如氣球般地不斷膨脹一直到它必然炸毀。顯而易見，總會有一天為了通過添加新規定推出和實際相符的結論，我們不得不選擇那些和原來體系規定相矛盾的規定，這樣悖論就在原有邏輯體系中出現，它造成原有理論體系的瓦解和改建。理論體系和現實世界一樣永遠不可停止自己的演化！」〔註65〕

金觀濤認為，引用「不確定性」原理，能夠得到避開「矛盾」悖論性的規定方式。從思想史的角度看，金觀濤所經歷過的黑格爾辯證法的「恐懼」，正是將「矛盾」及其原理看作「對立統一」的不斷鬥爭的過程，而且這就是「鬥爭哲學」的根本思想原理。「一分為二」、「合二而一」等思想原理造成了深刻的思想危機，這也是使金觀濤陷入思想危機的主要原因。到七八十年代之交，圍繞「一分為二」、「合二而一」思維原理仍舊爭論不休。

1970 年代末，不少論者提出對「一分為二」為中心原理的「鬥爭哲學」的疑問，認為只強調「一分為二」的思想模式引起了許多社會混亂，需要同時關注並融合「一分為二」和「合二而一」這兩個哲學命題。比如，一名論者指出：「在說明矛盾的特殊性這一重要問題上，『一分為二』的論點存在著很大的局限性。因為『一分為二』只是對矛盾現象的一般性描述，難以具體地說明對立面的互相聯結和轉化，難以深入地揭示矛盾雙方各自佔有的確定地位，難以正確地區別不同的矛盾以及每一矛盾的各個不同發展階段的各種不同的鬥爭形式。同時，『一分為二』實際上是把分化、分裂看作發展的唯一形式，其主旨在於強調分化、分裂的必然性和必要性。」〔註66〕

按照上面的觀點，以往的思維原理即「一分為二」僅僅強調「分化」及「分裂」的必然性，而沒有注意到「合二而一」的層面，這樣的思維模式只能導致不斷的鬥爭狀態。在反思「文革」的時代氛圍裏，「一分為二」思維原理被視為導致「文革」的主要思想原因：「毛澤東同志明確地把『一分為二』

〔註65〕 金觀濤：《發展的哲學》，載於《我的哲學探索》，第 220 頁。
〔註66〕 羅照：《「一分為二」不能完整地表述對立統一學說》，《哲學研究》，1979 年第 8 期。

（兩分法）的確切含義規定爲『對立鬥爭』，而並未把『對立統一』和『互相轉化』包括在『一分爲二』之中。所以『一分爲二』主要是指矛盾的鬥爭性，它並不包括矛盾的統一性（聯繫和轉化）。」〔註67〕「一分爲二」的思維原理「片面地強調了鬥爭性的作用，而完全否認了同一性在事物發展過程中的作用，那當然是錯誤。」〔註68〕這些圍繞「一分爲二」命題的爭論顯示，辯證法面臨著危機，要把其鬥爭性或二元對立的思維模式加以修正或調整。

對這個思想課題，金觀濤的觀點是，以往的矛盾分析的焦點在於不斷的「對立統一」，而這樣的分析方式不能明確地掌握和表述「矛盾」。但是，如果按照「不確定性」原理的話，關鍵焦點並不在於「怎樣依存又怎樣排斥」這一悖論性的問題，而在於「各個互爲因果的子系統是如何互相依存」這一問題：「在矛盾論中，演化是因對立面鬥爭引起，是排斥戰勝同一。但在辯證邏輯中對立面排斥和同一同時成立，因此很難精確分析什麼時候排斥會戰勝同一性。在系統演化理論中，問題十分清楚，我們只要分析互爲因果的子系統相互作用的模式是否互相否定，從互相肯定轉化到互相否定就意味著內部保持穩定的調節機制破壞，它可以清晰地加以判別。」〔註69〕

從上面的闡釋可以看到金觀濤試圖對以矛盾論爲中心的辯證法進行調節的努力。在金觀濤看來，以往的「矛盾論」看到的是「對立統一」的過程，整個思維方式只能陷入一種「非此即彼」的極端狀態，「不確定性」原理能夠消除矛盾的「鬥爭性」。在「不確定性」原理裏，「矛盾」本身被解釋爲「不可完全消除」的，而是一切存在的不可取消的一部分。因此只能通過不斷的糾錯來改建它。此外，既然不確定性是不可取消的，其分析的重點也不在於矛盾的消失，而在於包含「不確定性」的系統是否穩定。總而言之，《發展的哲學》就是把分析的重點從「矛盾的鬥爭和消失」轉移到「系統的演化」。

既然矛盾的發生轉變爲「不確定性」及「系統關係」，那麼問題自然轉移到有關「系統」的問題。對於這個問題的回答正是《整體的哲學》的主要內容。概括地說，《整體的哲學》的關鍵概念是「系統」和「內穩態」。金觀濤首先積極地評價「系統論」、「信息論」以及「控制論」對於科學認

〔註67〕 孟憲俊：《「一分爲二」體現鬥爭性，「合二而一」體現統一性》，《哲學研究》，1979 年第 8 期。

〔註68〕 王正萍：《如何正確理解「一分爲二」》，《哲學研究》，1979 年第 9 期。

〔註69〕 同上，第 229～230 頁。

識的貢獻。金觀濤認為，任何生命體都是有組織的，並且它只有保持一種「穩態」才能生存下去。包括生命組織在內，這一「內穩態」，對於一切存在來說是必不可少的：「內穩態不僅是生命組織的共性，還適用於社會和一切組織系統。」〔註70〕

「系統」概念原是西方合理主義傳統的產物。根據系統論的代表學者盧曼（Niklas Luhman）的觀點，系統裏的個體並不是孤立的，而是永遠處於一個關係的網絡之中，在網絡之中決定或選擇自己的行動。「盧曼看到系統（包括社會系統）的中心任務在於通過選擇和操縱的過程，對環境的複雜性進行還原與控制，選擇和操縱的過程反過來促進系統的內在多樣性和靈活性。他堅持認為，系統的觀點不再與主體性意向，或更一般地說，與傳統的主體——客體之分有什麼瓜葛。」〔註71〕這就是說，「系統論」所設定的主體是一個合理的主體，而且在一個既定的系統裏，一個主體能夠做出「合理的選擇」。

金觀濤把系統論看作消解矛盾的鬥爭性的重要理論體系，其理由是顯然的。系統論不再把一個個體或主體看作某種變化的單一性原因。主體僅僅是系統裏的一個因素而已，作為整體的系統決定行為者的行動。並且這一系統裏的行為者是「合理的主體」，因而系統能保持「內穩態」。如果考慮到金觀濤對於「文革」所引起的社會動盪的恐懼和憂慮，那就可以理解他為什麼接受「系統論」。它可以被看作是一個消解矛盾的鬥爭性的理論體系。引入系統論的組織及其內穩態的原理，金觀濤把它們適用於整個社會體系：「社會組織可以分為由政治、經濟、文化等子系統組成的整體，但也可以當作由成千上萬人集合組成的整體，甚至可以當作地域組織的集合。」〔註72〕

在他看來，無論是生命組織還是社會群體，都是由組織構成的整體，對某個對象的分析只有通過對整體系統的研究才是可能的。同樣，金觀濤也把個人的行為社會化、系統化：「我認為社會組織也是一個功能耦合網，但作為符合廣義因果律的子系統的不是不加定義的具有無限自由的個人，而是人的

〔註70〕 金觀濤：《整體的哲學》，載於《我的哲學探索》，上海人民出版社，1988年，第246頁。

〔註71〕 弗萊德・多邁爾：《主體性的黃昏》，桂林：廣西師範大學出版社，2012年，第23頁。

〔註72〕 金觀濤：《整體的哲學》，載於《我的哲學探索》，上海人民出版社，1988年，第269頁。

行爲之間的關係。雖然在很多研究中把人和由人組成的團體看成社會組織的子系統，但人和社團常常只是社會關係的整體，組織中的子系統都必須實行功能耦合，它要求滿足廣義因果律。」〔註73〕

　　金觀濤把包括人在內的一切社會現象視爲關係的產物之後，爲了更爲科學地把握整體本身及其演化，強調整體本身也受到內外的不確定干擾：「整體哲學不能從整體本身開始。因爲從整體本身談本身是一個不可證實的空洞概念。」〔註74〕在他看來，整體雖然由各種子系統耦合而成，但是也不是自身完整存在的。如「不確定性」理論解釋的，一個整體受到內外各種干擾因素的影響。於是「任何事物的存在和它具有的屬性總是依賴於這樣或那樣的條件。認識某一現象和它所依賴的充分必要條件就是發現廣義的條件。」〔註75〕

　　因此，整體可以說是科學認識的基本單位。一旦能夠把握某個對象的整體關係，亦即是說，能夠掌握其內部的因果關係，便能夠認識到它的演化過程。但是，值得注意的是，金觀濤再三強調這一科學性的認識並不意味著決定性的結論。這只是一種可能性而已：「一個互爲條件之事物的組合是什麼？是現實存在嗎？不！它是存在的可能性。因爲各種各樣條件系統的可能組合要比實際上存在的整體多得多，如果我們堅持哲學中公理應具有可證僞性，那麼就應該承認從中推出的結論！這樣我們得到了一個十分重要的哲學觀點：可能性比現實性更爲基本，我們不應該用現實來推出可能，反過來應該從可能來推知現實！」〔註76〕

　　這段話之所以很重要，是因爲它顯示出金觀濤所主張的科學認識的核心。對金觀濤來說，科學認識決不是完整和最終的結論，而是達到眞理的不斷修正的過程。他所提出的「整體」乃是爲了更爲明確地認識某個對象的途徑而已，並不是能夠說明一切現象的結論性框架。而且整體實際上是基於理性的認識模式（paradigm）：「整體的哲學正在建立一種更爲徹底地理解存在和發展的強大理性。組織理論證明，那些有組織的整體，只有具備穩定的結構才能存在。我們一定用科學和理性來剖析穩定的機制，理解存

〔註73〕 金觀濤：《整體的哲學》，載於《我的哲學探索》，上海人民出版社，1988 年，第 277 頁。
〔註74〕 同上，第 316 頁。
〔註75〕 同上，第 316 頁。
〔註76〕 同上。

在的原因。」〔註 77〕由此可見，整體的哲學所呼喚的終極性認識因素正是「理性的主體」。也就是說，整體的哲學以明確的因果關係爲前提，認爲具有清晰的理性認識的主體能夠剖析對象的因果關係。

從《發展的哲學》到《整體的哲學》，金觀濤圖繪著自己的思維軌跡。他從矛盾概念的模糊性出發，依靠「不確定性」理論提出「矛盾的科學化」。接著他又把「整體的哲學」作爲解釋內部關係的方法論。整體的哲學通過將一切存在加以系統化，來探究認識對象的科學方法。所謂「整體」正是通過一種系統化的方式來分析某一個對象的狀態，它把矛盾加以系統化或科學化。採用這種方法論，矛盾不再陷入二元對立或鬥爭的狀態，能夠在更多的層面裏予以分析。但是，如上文已指出，這一「整體的方法」的核心推動力還是來自於「理性」。歸根到底，金觀濤通過一系列理論上的挑戰，最終達到的正是「理性的主體」。這一「理性的主體」恰恰是金觀濤哲學的終點。而闡明其終點的著作正是《人的哲學》。

到了哲學「三部曲」中的最後一部即《人的哲學》，金觀濤通過探究對象和認識之間的關係，試圖闡明思維歷程的最終目標「理性的主體」。《人的哲學》的最終目標是對象與認識之間的客觀性問題以及認識其客觀性的理性主體。他指出，貫穿於整個西方科學哲學的歷史脈絡，最爲關鍵性的問題正是「如何客觀地或理性地認識某個對象」這一問題。二十世紀之前，科學在剛剛開始發興的時候，所謂「客觀」是毫無疑問的，而且科學就是以這一確定的「客觀」當作自己的基礎。但是到二十世紀，這一「客觀性」遭遇了深刻的挑戰：

> 二十世紀以後，客觀性和價值中立原則似乎反過來成爲科學發展的障礙。在各種新興學科和最新的探索中，科學家痛苦地意識到，如果我們想對世界的本質作更深的理解，似乎只有拋棄它的客觀性基礎。……科學史家發現，如果他們越是尊重事實，就越是體會到在科學發展的歷程中、用純粹的客觀實在的經驗來檢驗理論眞僞的事例似乎從未曾有過。任何經驗和事實都是打上觀察者思想的烙印，根本沒有獨立於人的思維以外的事實！〔註78〕

〔註77〕金觀濤：《整體的哲學》，載於《我的哲學探索》，上海人民出版社，1988 年，第 318 頁。
〔註78〕金觀濤：《人的哲學》，載於《我的哲學探索》，上海人民出版社，1988 年，第 75 頁。

爲了克服這一二十世紀科學哲學面對的危機，金觀濤嘗試介紹了「建構主義」。建構主義的最大特徵在於，它乾脆承認觀察者對於認識過程的積極參與。〔註 79〕從建構主義的角度來看，在認識對象的過程當中，其關鍵點並不在於對象本身，而在於接近對象的「過程」本身。因而，對建構主義來說，比對象本身還要重要的是認識對象的過程。總而言之，建構主義是對於直觀的經驗反映論的最有效的挑戰。「直觀的經驗反映論」更爲側重於人的基本感覺經驗的可靠性，「把人的感官看作正確傳遞客觀實在的信息的通道。」〔註80〕與此相反，建構主義積極承認主體對於對象的能動性參與，把認識過程視爲一種「主體與對象之間的『互動關係』」：「人在認識何客體時，並不是像一般人認爲的那樣，僅僅是打開外部感受器以收取外界信息的過程，而是對外界（對象）進行某種操作，外部感受器受到的信息大多是這一操作施加對象之後的反映。」〔註 81〕

雖然建構主義通過對象和認識主體之間的相互關係，來嘗試突破科學所面對的危機，但是問題仍然存在：若是只能通過觀察者具備的某種模式，才能認識到某一個對象的話，那麼這不是另一種唯心主義思想體系嗎？實際上，正如金觀濤自己提過的那樣，建構主義對客體的論述類似於唯心主義的觀點，因而留下了何以檢驗認識模式的妥當性這一問題：「建構主義不能迴避的是：如果沒有獨立於觀察者之外的事實，那我們用什麼來鑒別人對世界認識的眞僞，什麼是眞理和謬誤的試金石？」〔註 82〕

怎麼判斷認識模式的妥當性或「客觀性」呢？金觀濤認爲，可以把「模式的內穩態」和「經驗的公共性」作爲根據。他在《整體的哲學》裏已闡明，「內穩態」反映著系統的持續性，如果內穩態瓦解的話，系統也隨之崩潰。因此，這一「內穩態」是經驗重複的關鍵性根據。〔註 83〕另外，某種認識模式的妥當性也可以尋求於「經驗的重複性和社會性」：「對於科學來說，人類的某一種新經驗，它是否是眞的，不是看它是否違背理論和直觀，和它是多麼不可思議，關鍵看這種經驗是否可重複，它能不能被社會化。因爲，科學

〔註 79〕 金觀濤：《人的哲學》，載於《我的哲學探索》，上海人民出版社，1988 年，第78 頁。
〔註 80〕 同上，第 96 頁。
〔註 81〕 同上，第 98～99 頁。
〔註 82〕 同上，第 115 頁。
〔註 83〕 同上，第 126 頁。

界只能堅持經驗的可重複性是區別眞實和假象最終標準，從而確立了一種嚴肅的大無畏的理性精神。」﹝註 84﹞總而言之，金觀濤在認識模式的穩定性和公共性上尋找「客觀性」的科學根據。

需要關注的是，金觀濤雖然在經驗的重複性和公共性上建立了科學的基礎，但是這並不意味著把認識論的根據完全還原爲「社會」或「集體」。他強調了與科學成就保持　定距離的哲學的重要性，要求哲學不斷經受批判和證僞的洗禮：「從來，科學發現只爲建立新的哲學大夏奠定基礎，在這一基礎上怎樣建構哲學還得靠哲學家的努力。一般來說，從科學通向哲學的道路總是布滿陷阱，人們往往誤入歧途。在正確的科學基礎上建立正確的哲學構架同樣需要艱苦而精細的思考，它必須經受反覆批判和證僞的洗禮」﹝註 85﹞；於是「人的哲學不承認與每一個個人都無關的絕對客觀的價值，那超越人類的目標以及可以從外部強加給人類的價值準則也是虛無的。但正因爲人的哲學從人和自然整體合理的關係來理解價值，那麼價值觀必然是人對自己和人以及與外部事物關係某一個方向和方面思考的結果。因此全面地思考價值觀，必須會發現理性的懷疑精神和價值中立原則在科學上不僅是正確的，而且是不可少的。」﹝註 86﹞

通過對「哲學三部曲」的分析，我們可以看到，金觀濤從矛盾的科學化開始，經過對不確定性理論和系統論的探究，最終達到了「理性的主體」。爲了擺脫辯證法思維的「矛盾」概念的模糊性和非科學性，他引入哥德爾的「不確定性」理論，把「矛盾」概念加以重新規定。一旦「矛盾」概念被「不確定性」理論取而代之，整個思維模式也隨之變化。因爲某一個對象的變化是在一系列複雜的關係之中發生的，因而對於關係的剖析一定要經過「整體」來掌握。並且這一「整體」並不是固定不變的思維模式，是在與理性主體的相互關係之中產生的思維模式。總的來說，在金觀濤的思維裏，「理性」正是一切思想的不可置疑的基礎。

那麼，怎麼定位金觀濤的「哲學三部曲」在思想史上的內涵和意義呢？我們或許可以從貢獻和局限兩個方面看。首先，從貢獻的角度。金觀濤以對「鬥爭哲學」的反思爲出發點，進行思想上的挑戰。正如他自己在《二十年

﹝註 84﹞金觀濤：《人的哲學》，載於《我的哲學探索》，上海人民出版社，1988 年，第 143 頁。
﹝註 85﹞同上，第 114 頁。
﹝註 86﹞同上，第 187 頁。

的追求：我和哲學》中所說，使他陷入「黑格爾的泥潭」的最重要的原因正是「辯證法的困惑」或說「鬥爭哲學」。在他看來，他所遭遇的時代混亂，其背後存在著深刻的思想原理。

於是他從對「辯證法」或「鬥爭哲學」的再思考著手。他對「鬥爭哲學」進行反思：「一九四九年後《矛盾論》演化爲一種依靠對立面鬥爭來導致事物性質改變的理論。顯然哲學觀由偏重平衡向反對中庸和打破平衡，其內在原因是毛澤東急於改變中國現狀，去建立一個超越直觀理性的理想社會。哲學觀由理性向非理性的轉化典型事例，表現在『一分爲二』和『合二而一』的爭論之上。」〔註87〕「哲學三部曲」正是要面對「辯證法的僵化」，尋找另外的思路來重建「理性主體」。

面對「辯證法的僵化」，以及由此產生的社會動盪，金觀濤「由哲學向科學隱退」。換言之，金觀濤爲了避免辯證法所引起的「一分爲二」、「合二而一」這些二元對立的思維方式，依靠「科學」的方法來尋找另外的思維模式，這正是「哲學三部曲」所要處理的中心問題。他在《發展的哲學》和《整體的哲學》裏強調，一切因矛盾而發生的變化並不是內在的、孤立的，而是「系統化」的。爲了證明矛盾的「系統化」，金觀濤引進了哥德爾的「不確定性」原理。借鑒這一原理，把矛盾作爲社會變化的動力加以「系統化」，此後所有變化就取決於系統的穩定性和不穩定性。〔註88〕這就是「矛盾的科學化」的核心內容。

但更爲重要的問題是：系統如何變化，以及誰能改造陷入不穩定狀態的系統。「哲學三部曲」的最後一部即《人的哲學》就是對這一問題的回答。《人的哲學》強調，基於穩定的系統建構出來的一個狀態，僅僅是一種存在的可能性。爲了不斷檢驗系統的穩定性，一個「理性的主體」需要不斷地探究系統的結構，實驗系統的局限性和可能性。總而言之，《人的哲學》的最終結論正是具有理性判斷力的「主體」，這也是「哲學三部曲」這一思想實驗的最後皈依之處。

整體上看，「哲學三部曲」的思想可以概括爲「矛盾的系統化」和「理性主體的重建」。由於對黑格爾辯證法的恐懼，金觀濤把辯證法的思辨化的矛盾

〔註87〕金觀濤、劉青峰：《新十日談》，臺北：風雲時代出版公司，1989 年，第 323～324 頁。

〔註88〕Bill Brugger and David Kelly, *Chinese Marxism in the Post-Mao Era*, STANFORD UNIVERSITY PRESS, 1990, p.76.

改造為「系統化的矛盾」或「科學化的矛盾」。在既往的辯證法思考裏，矛盾正是一切發展和變化的原因，而且在這一變化的過程中，「自我否定」的原理不斷地產生衝突和分歧。這一思想方式引起了深刻的社會動亂。在這樣的判斷之下，金觀濤認為，依靠「不確定性」原理，可以避開矛盾的絕對化、思辨化，把它科學化、系統化，從而脫去矛盾的「鬥爭性」。〔註89〕然後，金觀濤把檢驗和調整矛盾的義務寄託在「理性的主體」身上，它既是沒有鬥爭性的「平靜的主體」，又是一切思維的最終皈依之處。

　　從思想史的角度看，金觀濤的「哲學三部曲」恰恰是對於黑格爾辯證法思維方式的反思的產物。金觀濤依靠「科學」的力量，來克服辯證法的危機。林同奇將金觀濤的理論構想放在培根和笛卡兒這兩大思想巨人的脈絡裏加以闡釋：「金再三強調的『超越能力』就是指『理性反思的能力』，也就是上文所談的『在肯定任何一種理論觀念、價值系統的同時，讓懷疑站在一邊』。金認為這種不斷懷疑、不斷對自己的觀察進行再觀察、對自己的思想進行再思想的自我批判與自我超越意識是人類最寶貴的能力，它享有比操作經驗更高的榮譽」〔註90〕；「在金看來，這種對自己的一切活動進行不斷審觀的能力，來自科學結構中內住的糾錯機制。金的意思是通過這個糾錯機制，把笛卡兒的普遍懷疑和培根的受控實驗結合起來，這也就是他所謂的『求實的懷疑精神』。」〔註91〕

　　看到作為時代思想原理的辯證法的危機，金觀濤沒有避開錯綜複雜的問題，而是正面地面對它。為了解決這一深刻的危機，他大膽地引用科學原理，挑戰了黑格爾的思辨辯證法。金觀濤企圖用科學原理脫去矛盾的鬥爭性，把整個思維的基礎恢復為「理性的主體」。不管其方法論是否妥當，他在極為深刻的層面上把黑格爾的辯證法「問題化」了，而且更關注了不傾向於鬥爭的平靜的主體即「理性主體」。從當時的時代背景看，這一理論挑戰無疑值得關注。

　　與此同時，我們還要關注其思想挑戰的局限。雖然金觀濤相信，「不確定性」理論可以把矛盾加以系統化，此後矛盾不再是從「自我否定」這樣抽象的根源產生出來，而是在明確的條件裏出現。並且從「系統化的矛盾」這樣

〔註89〕Bill Brugger and David Kelly, *Chinese Marxism in the Post-Mao Era*, STANFORD UNIVERSITY PRESS, 1990, p.74。
〔註90〕林同奇：《人文尋求錄》，北京：新星出版社，2006年，第185～186頁。
〔註91〕同上，第186頁。

的角度來看，一切變化並不是獨斷和孤立的現象，而是取決於整個系統的穩定性和不穩定性。總的來說，金觀濤認爲，通過「不確定性」原理以及「系統論」，可以把矛盾從獨斷論的陷阱中拯救出來，防止矛盾陷入惡性循環之中。可是，正如 Bill Brugger 等所指出的，這樣的思考方式不能不碰到以下難題：儘管金觀濤努力避開阿爾都塞所闡釋的「純粹的否定性空乏」，因而引進「不確定性」原理及「系統論」，但這些科學原理也沒有明確地解釋「整體化的矛盾」爲何變化及如何變化的問題。就此，雖然金觀濤提出了「內穩態」概念，但金觀濤沒有具體地闡釋這一「內穩態」的含義是什麼，而「內穩態」陷入不穩定狀態的原因又是什麼。〔註 92〕簡單地說，金觀濤僅僅是急於把矛盾去政治化而已，未能切入到他所引用的科學原理本身的局限。

那麼，我們如何總結「哲學三部曲」這一大膽的思維試驗呢？或許「笛卡兒和馬克思之間的結合」這一描述較爲適合。林同奇曾經將「哲學三部曲」的整體結構概述如下：「他的哲學三部曲，可以說是以培根和笛卡兒爲基石，以馬克思哲學的問題意識爲總格局（layout），以 20 世紀西方前沿自然科學爲主要材料或工具建構出來的。」這一判斷可以說是一針見血。金觀濤的思想挑戰，是縱橫笛卡兒和馬克思這兩名西方哲學家的思考，嘗試兩者的結合。

還需要注意的是，這兩種相反的思想傾向的結合留下了嚴重的問題。如林同奇所總結的，金觀濤的哲學體系是笛卡兒和馬克思之間的結合，換言之，是「唯心主義」和「唯物主義」這兩種相反的哲學傾向的結合。比如說，金觀濤在重新規定「矛盾」的性質及其規定方法即「整體論」的時候，從「唯物論」的角度來解釋。「不確定性理論」和「整體方法論」僅僅是以「主體的外部」即物質爲對象的。因爲金觀濤對於「矛盾」的解釋只能包含物質上的矛盾而已，不能包括和解釋人精神上的分裂和矛盾。

另外的問題，如 Bill Brugger 所指責的，金觀濤沒有對「內穩態爲何轉化爲不穩態」這一問題提供明確的答案。但至少我們可以這樣推測：從「唯物主義」和「唯心主義」的區分看，所謂「內穩態」及「不穩態」只能發生在主體的外部。因爲對金觀濤來說，主體「必定」是「理性的主體」。正如林同奇的闡釋以及《人的哲學》表明的，金觀濤所設定的「主體」是「笛卡兒的主體」，而且這一「笛卡兒的主體」正是以「我思（cogito）」即「理性」爲其

〔註92〕 Bill Brugger and David Kelly, *Chinese Marxism in the Post-Mao Era*, STANFORD UNIVERSITY PRESS, 1990, p.76～77.

界限的主體。〔註 93〕「理性」之外的主體已經不在金觀濤的哲學思考範圍之內。因此可以說，金觀濤的思維結構還是止步於「理性」的面前。

總而言之，金觀濤的思想歷程是從對於辯證法的挑戰出發，最終到達理性主體這一基石。他的思維在「理性」這一最後安息地上找到了搖籃。儘管金觀濤的思維試驗最後只能遭遇絕境，但即便如此，我們也不可否定他的思想挑戰的時代意義。不管如何，作為一名承擔時代思想課題的知識分子，金觀濤沒有退卻，面對時代的最深層面的桎梏，選擇挑戰它、修正它。跳出某一個時代的主流意識形態無疑是艱難的事情，但金觀濤還是大膽地把自己的思維投入時代的漩渦，從其漩渦之中拯救出「理性主體」。這一勇氣和功勞無疑值得贊揚。

〔註 93〕 就笛卡兒的「理性主體」及其界限而言，福柯在《詞與物》裏闡釋如此：「因為對笛卡兒來說，所涉及到的是要把思闡明為像謬誤或幻覺所有這些思之最一般的形式，目的是為了消除它們的危險，哪怕在他的步聚結束時重新發現了它們，說明它們，從而為了提供提防它們的方法。」參見米歇爾・福柯：《詞與物》，上海：上海三聯書店，2001 年，第 421～422 頁。

第四章　「歷史世界」的再創造及其寓言

「每種歷史觀都必然伴隨著固有的、決定狀況的、因而需要我們闡明的時間經驗。同樣，每種文化都是對時間的特殊經驗，這種經驗不改變就不會產生新的文化。因此，一場真正革命的原始任務，從來不是簡單地『改變世界』，而且最重要的是改變『時間』。」〔註1〕阿甘本的這句話意味著，一切文化都與歷史認識有著密不可分的關係，若要改變文化，一定要改變經驗時間的方式即「歷史」。在某種意義上，恐怕沒有比阿甘本的這一說法更適合於 1980年代文化重建的構想。1980 年代的「文化熱」——這一場整個文化體系的改變，不僅僅是話語的「拿來」，更是整個歷史意識的轉換。

「走向未來」叢書和期刊也不例外於這一時代潮流。「走向未來」知識群體雖然將科學概念作為旗幟來高舉，但這並不是說他們沒有涉及到諸如歷史等自然科學以外的問題。毋寧說，他們試圖將歷史本身轉換為一種科學加以重新思考，以便突破以往歷史思維的局限。叢書系列的《人心中的歷史》（1987年）等很系統地介紹了西方歷史哲學的流變過程，諸如《在歷史的表象背後》（1984 年）、《西方社會結構的演變》（1985 年）、《悲壯的衰落》（1986 年）等也都是以歷史認識問題為主題的著作。這就說明「走向未來」知識群體的關注並不停留於狹隘的「科學」概念之內，相反，他們以更廣闊的視野來進行對整個歷史的再解讀。如果「啟蒙」這一認識上的轉變不能不包括對於過去歷史的徹底理解和反思，「走向未來」知識群體對於歷史和傳統的再思考無疑是通往啟蒙的重要途徑。

〔註 1〕 吉奧喬・阿甘本：《幼年與歷史》，河南：河南大學出版社，2011 年，第 82頁。

第一節　歷史作爲科學

丁學良曾經把 1980 年代認識中國的途徑之轉變槪括爲「豎比（vertical comparison）」和「橫比（horizontal comparison）」：「1980 年代所提出來的『比較』是通過兩種路線來進行的。第一種比較是，將執政者的行動與他們公約加以比較（這可以說是一種『現實經驗（reality check）』）。第二種比較則是中國政府和西方政府之間的比較。用中文來講，第二種比較是『橫比』。這一『橫比』的意思是指與官方所認可的『豎比』（『豎比』的含義則是『舊中國』和『新中國』之間的比較）對立，就是直接地將中國的政治狀況與西方的政治狀況加以比較的。」〔註 2〕丁學良所提出的所謂「豎比」和「橫比」則是認識中國的兩個途徑。簡言之，「橫比」是指中國和西方之間的比較，「豎比」是指中國自己即「新中國」與「舊中國」之間的對比即「自我反思」。

根據丁學良的說法，1980 年代的知識界爲了尋找文化重建的思想資源，進行了不斷的「比較」。一方面需要積極地引進和介紹西方的歷史經驗，另一方面需要進行徹底的歷史反思。從這樣的角度來看，「走向未來」叢書和期刊有關歷史和傳統的思考是耐人尋味的。儘管有很多問題，金觀濤和劉青峰提出的「超穩定結構理論」以及其他對歷史哲學的探討，都是 1980 年代思想啓蒙過程中不可忽視的一部分。這些關於歷史認識的再探究，可以說是如丁學良所提的「橫比」和「豎比」那樣的知識實踐。

迄今爲止，「走向未來」知識群體的歷史認識一般被評價爲「西方中心主義」的歷史觀，這一評價主要根據「超穩定結構論」。「走向未來」知識群體的代表者金觀濤和劉青峰，提出了所謂的「超穩定結構論」來解釋整個中國的歷史，其結論則是「在這種社會系統中（即『超穩定結構系統』——引者），新結構是不可能從封建母體中脫胎出來的。」〔註 3〕乍一看，這種結論很容易被視爲是對整個中國歷史和文明的廢棄，因此「超穩定結構論」經常被指責爲「西方中心主義」。

賀桂梅就是從這個角度闡釋的：「『超穩定結構論』不僅是一種充滿意識形態色彩的史學闡釋，同時也是爲當代中國社會變革提供合法依據的政治語

〔註 2〕 X. L. Ding, *The Decline of Communism in China*, CAMBRIDGE UNIVERSITY PRESS, 1994, p.21.
〔註 3〕 金觀濤：《在歷史表象的背後》，成都：四川人民出版社，第 123 頁。

言。」〔註4〕她的這一「症候式的解讀」，切入話語的背後，挖掘其潛在內涵，無疑有其說服力。「走向未來」知識群體的歷史意識的確包含「歷史虛無主義」或「西方中心主義」的味道，但是用「西方中心主義」來評價他們對於歷史認識的轉換以及提升的努力，仍然過於簡單。Wang Jing 和林同奇都曾談及，其實「超穩定結構論」蘊含著很強烈的「泛——中國民族主義（pan-Chinese nationalism）」情緒。〔註5〕按照他們的看法，這一知識群體調整歷史認識的努力有著更為豐富的內涵。「走向未來」叢書和期刊對歷史認識的討論，需要放置在更為廣闊的框架裏予以解讀。

阿倫特曾經這樣闡釋現代性及其歷史意識的獨特性：「人類歷史上第一次可以追溯到無限的過去，也可以延伸入無限的未來，我們既可以隨心所欲地增添過去，也可以隨心所欲地探查未來。在現代這種觀念中，過去和未來的雙重無限性消除了所有開始與終結的觀念，而建立起一種潛在的、世俗不巧的觀念。」〔註6〕現代性釋放了時間意識的束縛後，「現代」的時間認識就擺脫了一切時間的物理性界限，隨心所欲貫穿於過去和未來。這一「被釋放的時間意識」，借用福柯的說法，則是「把『現在』英雄化的意志」〔註7〕。「現代（性）」之後，所謂一切過去或未來都是「為『現在』而服務」，這一永久的現在化的意志是現代性時間意識的內核。

這種以現代性意識為基礎的歷史認識的誕生是漫長的思想歷程的結果。「歷史」這一概念，是基於 18 世紀西方理性哲學而誕生的，理性是現代意義上的歷史認識的核心基礎。規定或製造歷史意識的「歷史哲學」的誕生，自有其長期積聚的社會歷史條件。〔註8〕而且，這一有關歷史認識的思想即「歷史哲學」的誕生在「啓蒙」的過程中承擔了核心角色。從意大利哲學家維科（Vico）提出「人是歷史世界的創造者」這一說法以降，「歷史」就成為了人

〔註 4〕 賀桂梅：《「新啓蒙」知識檔案》，北京：北京大學出版社，2010 年，第 230 頁。

〔註 5〕 參見 Jing Wang, *HIGH CULTURE FEVER*, UNIVERSITY OF CALIFORNIA PRESS, 1996 和林同奇的《人文的科學理性主義》，載於《人文尋求錄》，北京：新星出版社，2006 年。

〔註 6〕 漢娜·阿倫特：《過去與未來之間》，南京：譯林出版社，2011 年，第 64 頁。

〔註 7〕 福柯：《什麼是啓蒙》，載於《文化與公共性》，北京：三聯書店，2005 年，第 431 頁。

〔註 8〕 李秋零：《德國哲人視野中的歷史》，北京：中國人民大學出版社，2011 年，第 53 頁。

類意識革命的重要陣地:「啓蒙思想家們不滿足於簡單地陳述過去事件的進程,而是力圖用理性的目光去審視一切,衡量一切,對歷史進行批判的反思,揭示歷史時間之間的因果關係和歷史發展的內在規律,因而被稱爲『理性主義史學』。」〔註9〕

西方「理性主義史學」的誕生過程,爲「走向未來」知識群體的知識實踐帶來相當重要的靈感和啓發。或者,毋寧說,「走向未來」知識群體正是積極地把歷史哲學的問題意識引進到中國知識語境的推動者。在這個意義上,叢書中的《人心中的歷史》一書尤其值得重視。劉昶的這部著作很系統地梳理和介紹了西方歷史哲學的歷史背景及其理論含義,以探索擴展歷史認識的可能性。

在《前言》裏,劉昶首先把歷史這個詞的含義分爲兩種:「一方面,它指的是人類所經歷所創造的一切,指的是人類的全部過去;另一方面,歷史指的是人類自己對過去的回憶和思考。這兩方面,前者可以稱之爲歷史的本體,後者可以稱之爲歷史的認識,當這種歷史認識活動成爲一種專門的學問時,就是我們通常所說的歷史學。」〔註10〕基於「歷史本體」和「歷史認識」的區分,劉昶強調,歷史不僅僅是「事實的集合」,更重要的則是「如何寫成歷史」這一問題:

> 我們知道,歷史分爲本體和認識兩個方面。歷史本身是唯一的、永恆的,它一旦被創造出來,就無可改變,而歷史的認識則是豐富多樣的、不斷變化的。從本體的角度言,歷史是客觀的,它是一種獨立的和外在的東西。不再爲人的意志和行爲所左右,對歷史,無論我們做什麼,都不能改變增損它的分毫。但從認識的角度言,歷史又是主觀的,歷史只存在於人的記憶和思考之中,歷史怎樣,取決於人對它的記憶和思考,同樣一部歷史,不同的時代,不同的社會,乃至不同的人對其會有截然不同的甚至尖銳對立的看法。〔註11〕

顯而易見,在探討歷史問題的時候,需要關注的問題不只是「事實本身」或者「歷史本體」,而更要注意到寫出那部歷史的「意識」本身。這一塑造「歷史」的意識或認識則是「歷史哲學」的根本內涵。由此可見,著者的宗旨在

〔註 9〕 李秋零:《德國哲人視野中的歷史》,北京:中國人民大學出版社,2011 年,第 60 頁。

〔註10〕 劉昶:《人心中的歷史》,成都:四川人民出版社,1987 年,第 1 頁。

〔註11〕 同上,第 6 頁。

於通過對西方歷史哲學的宏觀性考察，來擺脫以往教條性的對於「客觀性」的執著，確立歷史的主觀性層面的重要性及其理論基礎。

《人心中的歷史》通過 20 世紀歷史哲學的主要潮流即「思辨的歷史哲學」、「分析的、批判的歷史哲學」以及「年鑑學派的總體歷史理論」這三個主潮，概述了西方歷史哲學的內容。其中，就「走向未來」知識群體的問題意識來說，最值得關注的內容乃是「認識科學的歷史」這一部分。

根據劉昶的考察，整個西方歷史哲學的流變過程可以總結為從「實證主義」到「認識科學」的轉變：「（歷史——引者）研究對象已不再是被還原為或被認為是基本要素的個別事實，而是力圖對現象做整體的把握，所以，在動態歷史過程中把握對象就意味著把握對象整體在歷史中的結構生成和轉換，而不是個別事實在歷史中的前因、後因、來龍去脈。這是二十世紀歷史主義與十九世紀歷史主義的一個重大區別。」〔註 12〕《人心中的歷史》的意圖在於闡明西方歷史哲學的流變過程，結論則是，「歷史」的研究方法並不是固定不變的，而是隨著時代、社會、政治環境等的變化而變化。〔註 13〕而且，晚近的歷史研究已轉為研究歷史研究的方法論本身，即，歷史研究的焦點不是歷史本身，而是如何處理事實這一方法論問題。

1980 年代之前，以馬克思、列寧主義為基礎的歷史觀在中國居於絕對主流，「經濟基礎——上層建築」模式的經濟決定論佔有著霸權性地位。〔註 14〕考慮到以往中國歷史解釋模式的一體化，《人心中的歷史》無疑帶來了啟發。它對英國著名哲學家柯林五德（R. G. Collingwood）的歷史哲學觀的關注具有相當重要的含義。余英時在評析柯林五德提出的歷史和科學之間的關係之時指出，「歷史是一種有組織的學問。」〔註 15〕據余英時對柯林五德歷史哲學的科學性的闡釋，歷史其實與科學相似，具有一個「認識框架（paradigm）」。沒有這一「認識框架」的歷史只不過是事實的「剪貼」而已。〔註 16〕歷史雖然是涉及事實的學問，但這一處理「事實」的學科即「歷史」並不是沒有觀點，而是與自然科學一樣，通過「假設——事實」這兩者之

〔註 12〕劉昶：《人心中的歷史》，成都：四川人民出版社，1987 年，第 358 頁。
〔註 13〕同上，第 367 頁。
〔註 14〕賀桂梅：《新啟蒙知識檔案》，北京：北京大學出版社，2010 年，第 259 頁。
〔註 15〕余英時：《一個人文主義的歷史觀——介紹柯林五德的歷史哲學（1956 年）》，載於《文史傳統與文化重建》，北京：三聯書店，2012 年，第 16 頁。
〔註 16〕同上，第 18 頁。

間的不斷交涉來組成的。歷史哲學的最終內核是其組織原理即「史觀」。劉昶也關注到柯林五德歷史哲學與科學認識框架（paradigm）之間的相通之處，認爲：

> 在柯林五德看來，歷史研究就是一項提問和解題的活動，正是在這個意義上，他同意歷史是一門科學的說法。但現在這句話的含義與實證主義史學的原始含義已經完全不同了。實證主義認爲科學始於客觀的、不帶任何先入之見的觀察，對史學來說，則始於史料的盡可能完全的搜集。柯林五德針鋒相對地提出歷史研究同科學一樣始於問題，是問題幫助我們在浩如煙海的史料中保持正確的航向，成功地駕馭史料回答我們的問題。（中略）像科學一樣，歷史研究提出的問題也應遵循「限定目標的原則」，把目標限定在那些需要解釋又能夠回答的特定問題上。〔註 17〕

誠然，歷史與科學不同。科學所要關注的是「一般眞理」，是探究自然背後的一般規律。〔註 18〕劉昶借鑒波普爾對歷史決定論的反駁，強調認識和研究歷史之時主觀因素的重要性。正如波普爾的觀點，雖然歷史與自然科學一樣始於「問題」，但處理問題的方式截然不同。對歷史的問題，我們根本無法像檢驗科學那樣去檢驗它、證僞它。〔註 19〕但歷史問題的不可證僞性，並不導致歷史虛無主義，反而意味著每一代人不僅有權利，並且也有義務去重新解釋歷史。〔註 20〕按照這種觀點，歷史既不是完全客觀的，又不是完全主觀的，它只能通過不斷的「重新認識」來構成自己。

最後，劉昶把這一「不斷重新認識」之含義概括爲「建構」。根據劉昶的說法，20 世紀歷史哲學已經達到了「整體性研究」的階段。爲了把握作爲各種社會因素復合體的歷史，需要整體性的研究框架。這一「研究框架」的建立則是「建構」（或「建立結構」）：「人的認識是一種結構，這個結構在人的認識中發生、發展和不斷轉換的過程。要說明能否回答認識論的問題，就必須把這個認識結構放到不斷建構的過程中去，從動態歷史的角度來研究認識結構的發生和轉變。」〔註 21〕歸根到底，在劉昶看來，二十世

〔註 17〕 劉昶：《人心中的歷史》，成都：四川人民出版社，1987 年，第 172 頁。
〔註 18〕 同上，第 175 頁。
〔註 19〕 同上，第 203 頁。
〔註 20〕 同上，第 204 頁。
〔註 21〕 同上，第 362 頁。

紀歷史哲學研究的最新成就是以「建構」為基礎的「整體性研究」。這種基於「結構」建設的歷史哲學，提供了以更總體性的視野來解讀歷史的方法論基礎。

阿倫特曾經指出：「現代科學誕生於人們的注意力從追尋『什麼』轉向考察『如何』的時候。」〔註22〕倘若把阿倫特的這一說法適用於《人心中的歷史》，我們可以立即看出這一著作的啟發性所在。正如阿倫特所提出的，現代科學的主要特徵，與其說是「對象本身」，不如是「研究方法」及製造出方法的「主體」。與之相通，《人心中的歷史》提出了歷史研究中「建構」的重要性。它通過考察和介紹西方歷史哲學的流變脈絡，致力於歷史概念及其方法論的轉變。

《人心中的歷史》的核心內容，相當類似於晚近的「後現代歷史學」的觀點。福柯、海登·懷特等所謂「後現代歷史學」思想家們認為：「研究者除非具有超越的立足點，則無所逃脫於自身語境的限制。所以研究者所提供的闡述，始終只是本身語言的反射，而無法穿透重重的歷史之幕」〔註23〕。懷特表示，「歷史論述之成立，必須預設『過去』的存在，而且吾人得以有意義地加以談論。可是由於語言的使用，令歷史論述必然涉及隱喻；因此歷史的論述僅能通過隱喻『間接指涉』過去」〔註24〕。後現代歷史學把「語言」作為一個媒介，來重新定義歷史的本質。此後，歷史不再簡單地是事實的集合，而是以語言為媒介的「認識框架（episteme）」之產物而已。

事實上，劉昶通過《人心中的歷史》試圖進行一種現代歷史主體的探尋。正如卡林內斯庫所說，「現代」或者「現代性」的特徵之一是人類對於時間意識亦即歷史意識的積極介入：「由於文藝復興是自覺的，且把自己視為一個新的歷史週期的開始，它完成了在意識形態上與時間的一種革命性結盟。它的整個時間哲學是基於下述信念：歷史有一個特定的方向，他所表現的不是一個超驗的、先定的模式，而是內在的各種力之間必然的相互作用。人因而是有意識地參與到未來的創造之中：與時代一致，在一個無限動態的世界中充當變化的動因，得到了很高酬報。」〔註25〕

〔註22〕漢娜·阿倫特：《過去與未來之間》，南京：譯林出版社，2011年，第53頁。
〔註23〕黃進興：《後現代主義與歷史研究》，北京：三聯書店，2008年，第40頁。
〔註24〕同上，第83頁。
〔註25〕馬泰·卡林內斯庫：《現代性的五副面孔》，北京：商務印書館，2002年，第27頁。

福柯也與卡林內斯庫相似，先把現代性定義爲「一種態度」，然後從主體對於時間的掌握這樣的角度來規定現代性的獨特時間意識：「現代性是一種態度，這種態度使得掌握現在的時刻的『英雄的』方面成爲可能。現代性不是一個對於飛逝的現在的敏感性的現象；它是把現在『英雄化』的意志」；「現代性不是與現時的關係的一種簡單的形式；它也是必須建立與自己的關係的一種模式。現代性的審愼態度與一種必不可少的苦行主義相聯繫。成爲現代人不等於承認自己是在飛逝的時間之流中；它將自己作爲一個複雜的和艱難的思考的對象。」〔註26〕

通過卡林內斯庫和福柯對於現代性及其時間意識的論述，可以看到以「現代性」爲其精髓的歷史主體的核心：那就是主體對於歷史的勝利，或者說，主體成爲創造歷史的本靈。歷史只有通過現代主體的意識和認識，才能得到其形象。在這樣的觀點裏，歷史成爲主體意識的產物。「現代（性）」以後，歷史不再在人類的面前作爲主人而自任，人卻成爲創造歷史的主宰者。

雖然《人心中的歷史》這部著作從未提過「現代性」或者「後現代歷史學」這樣的概念，但是，通過對整個西方歷史哲學流變的概述，著者劉昶已達到現代歷史主體的內核。他談到，歷史不只是簡單的事實的集合，而是事實與組成其事實的主體或框架之間交涉的結果。甚至可以說，在書寫歷史之時，組織其事實資料的框架比事實本身更爲重要。《人心中的歷史》注意到歷史框架的重要性，把框架的建立和使用解讀爲一種「科學的實踐」。如果構成歷史的框架亦即現代主體對於歷史組成的意志，與科學實踐即「框架（paradigm）」的不斷建立和驗證有著共同之處，那麼，可以說，歷史的實踐與科學的實踐也共有著精髓。

《人心中的歷史》的根本內涵，在於對歷史概念的挑戰和調整。基於歷史概念的調整和重建，談論歷史問題的方式和論點也要隨之變化。既然歷史的本靈並不是「事實」本身，而是組合事實的「方式」，需要探究的問題就是認識框架及其所要產生的寓言。而「構造」框架的「理性主體」，恰恰是歷史認識的核心要素。

〔註26〕米歇爾・福柯：《什麼是啓蒙？》，載於汪暉等主編《文化與公共性》，北京：三聯書店，第431～432頁。

第二節 「封建」作為症候

正如上節所探討的，比「事實」本身更為重要的，是「構造」事實的認識框架。探討「走向未來」知識群體的歷史觀時，繞不過去的問題是「封建」。那麼，可以提出一個關鍵性的問題：如何說明封建或者如何構造「封建」。「用什麼樣的方法論或框架來規定封建」這一問題恰恰是核心問題。因此，有必要考察七八十年代的知識話語如何闡釋「封建」這一症候性的「時代」概念。

作為一個「反思」的年代，1980 年代的知識話語需要重新思考自己的歷史，在這樣的時代條件之下，「封建」作為對於整個中國歷史的反思和批判的概念而出現。「走向未來」知識群體對於歷史的重新探究，也反映著這樣的時代氛圍。從《在歷史的表象背後》到 1980 年代末的紀錄片《河殤》，「封建」是「文化反思」的代表性概念。「超穩定結構論」的代表性著作《在歷史的表象背後》這本書一開始，就是「為什麼中國封建社會長期延續達兩千年之久？」〔註27〕這一質問。正如這一「第一質問」所表明的，「超穩定結構論」所要闡明的根本問題正是「封建」。「封建」這一詞彙凝結著金觀濤、劉青峰的根本問題意識。為了更明確地把握以「超穩定結構論」為基礎的「走向未來」知識群體的歷史觀及其問題意識，需要以「封建」這一概念為出發點。

從宏觀的角度看，貫穿整個二十世紀現、當代中國歷史，圍繞「封建」這一概念的分歧和爭議不斷，而且這些爭議與馬克思主義及其對中國歷史的解釋有著密切關係。「文革」結束之後的七八十年代之交，有關「封建專制主義」的爭論尤其激烈，這些爭論中「封建」是一個帶有濃厚意識形態色彩的文化政治概念。為了更深入地闡釋「超穩定結構論」處理「封建」概念的方式及其時代內涵，有必要把它放回到當時的思想語境。「超穩定結構論」並非從天而降，而是反映著當時的思想震動。為了明確「超穩定結構論」的歷史和思想內涵，還需要瞭解那個獨特而又大膽的方法論革新的時代。

德里克（Airf Dirlik）曾進行過對「封建」概念的譜系學考察。他把「封建」概念區分為「文化（culture）」範疇和「史學（historiography）」範疇。前者指一種「認識框架（paradigm）」，是根據歐洲的發展模式來把中國的歷史加

〔註27〕金觀濤：《在歷史表象的背後》，成都：四川人民出版社，1983 年，第 3 頁。

以「再概念化（reconceptualization）」，而且作爲文化的封建概念與政治需求有著密切關係；而後者指的是一種史學的方法論，是較爲純學術性的概念，與政治上的需求並沒有什麼關係。〔註28〕

區分了兩種「封建」範疇之後，德里克接著表示，從前現代至現、當代，甚至到今天，「封建」這一概念作爲一個政治性的概念，一直在各種思想潮流的變遷之中浮現。從「五四」時期開始，提出和宣傳「封建」概念的知識分子並不是專門的史學家而是革命家。這些革命家對它的使用，首先是爲了賦予革命以合法性。在他們的策略性用法中，「封建」是代表著「落後」、「原始」等含義的概念，用來提倡中國革命的必要性和合法性。〔註29〕

與馬克思主義的「亞細亞生產方式」這一論述相關聯，「封建」就成爲中國革命的「桎梏」。一些教條的馬克思主義者基於一種「本質主義（essentialism）」的「封建」概念認爲，中國的革命只有通過資本主義，才能夠實現社會主義革命、達到共產主義。另一些思想家則認爲這種歐洲中心主義的想法不適合於中國的實際情況，而提出對「亞細亞生產方式」這一理論框架進行修正的必要性。〔註30〕這就是 20 世紀初爆發的「中國社會性質論戰」。這一論戰正是歷史研究中「事實（fact）」和「史觀（perspective of history）」之間不斷交互和衝突的典型例子。

在德里克看來，基於教條的馬克思主義或本質主義的封建概念，亦即以歐洲中心主義的方式把整個中國的歷史命名爲「落後、原始經濟體系」的觀點，使中國的史學家們感到困惑：「中國的史學家們要處理和解答『帝國時期的中國這樣不可變化的封建主義國家爲何能夠引發出政治、經濟上的變化』這樣的難題。」〔註31〕這樣的困惑意味著，如果根據正統馬克思主義的「亞細亞生產方式」的論述，中國這樣的封建國家決不能依靠自己的力量來進入社會主義革命的階段。但這樣的說法並不符合中國的革命經驗（或「事實」）。

解釋了「封建」概念給中國的史學家帶來的困惑之後，德里克提出「封建」概念有雙重涵義：一方面，「這些把自從『周代』以來的一切歷史歸結爲封建歷史而主張中國不能擺脫封建狀態的觀點，只能導致我所命名的『本質

〔註28〕 Arif Dirlik, 'Feudalism' in Twentieth Century Chinese Historiography, *CHINA REPORT* 33:1(1997), p.35.
〔註29〕 同上，p.39。
〔註30〕 同上，p.52～53。
〔註31〕 同上，p.56。

主義的封建主義』式結論，並且這樣『本質主義』的觀點完全遮蔽中國歷史中變化的一切可能性」；但另一方面，「（亞細亞生產方式所帶有的）對於歷史發展進程之普遍性的確信，賦予中國的史學家們以接受把封建狀態理解爲前現代落後階段的觀點的機會。」換句話說，所有歷史之間的比較不可避免地帶有某種程度上的「本質主義」，可是起碼這一本質主義的理解有時會提供變革的力量。〔註32〕實際上德里克是把「封建」理解爲前述的「文化」概念的。這就是說，在他看來，「封建」並不僅僅是純學術性的概念，而是滲透到整個政治文化領域，從而引起整個歷史觀革新的概念。因此可以說，「封建」是從歷史事實之中抽取出的一個「認識框架」。

　　儘管「封建」這一概念是一種「認識框架」，在概念所發揮的實際作用的層面，它的影響力遠不止一個「能指」。貫穿整個現當代中國歷史，在與馬克思主義歷史觀的關聯之下，「封建」概念成爲許多爭論的源點。德里克在《革命與歷史》一書中，通過考察陶希聖、郭沫若等早期馬克思主義史學家之間的爭論，探究了以馬克思主義歷史觀爲核心的歷史觀的變化過程。事實上，馬克思主義與「亞細亞生產方式」之間的關係本身是一個值得探討的主題，這裡不能全面地涉及。這裡不妨關注一下德里克所使用的譜系學的考察方法。〔註33〕

　　德里克首先承認馬克思主義歷史觀所含有的歐洲中心主義色彩及普遍主義性質，進而指出：「正如利茨姆所指出，馬克思將『歷史問題哲學化了』，未能在與一個特殊情勢相關的社會學論斷和有關總體歷史的哲學化的概括之

〔註32〕 Arif Dirlik, 'Feudalism' in Twentieth Century Chinese Historiography, *CHINA REPORT* 33:1(1997), p.64。

〔註33〕 晚近，德里克又在一部著作裏考察了馬克思主義歷史觀和「封建」概念之間的關係。德里克在 Culture and History in Postrevolutionary China 當中，把現當代馬克思主義歷史觀展開的階段分成爲三個階段，即「第一階段 1927～1937」、「第二階段 1930 年代中期至 1960 年初期」、「第三階段 文化大革命」。之後，德里克認爲，馬克思主義歷史觀無疑是爲中國現當代思想家和歷史學家提供了相當有效的闡釋力量，而且依靠這一力量中國的確是得到了很有效果的解釋權。但儘管如此，由於馬克思主義本身的普遍主義性質，中國歷史學界遇到了許多困惑，並且僵化的馬克思主義歷史觀阻礙了多元化歷史解釋這一事實是不可否定的。從這一德里克的譜系性考察，我們會得知的是：馬克思主義歷史觀本身是作爲一個框架，需要「歷史化」的過程，而且依靠歐洲中心主義的「封建」概念也需要被歷史化。詳細的內容參見 Arif Dirlik, *Culture and History in Postrevolutionary China*, THE CHINESE UNIVERSITY PRESS, 2011, chapter 3 The Triumph of the Modern.

間作出清楚的區分。更嚴重的是，他主張自己的發現具有科學有效性和普遍性的啓示作用」；「無論是對是錯，憑著大量文獻的證明，許多馬克思主義者認爲，對於馬克思在歐洲歷史中所確定的社會形態的普遍性的否定，也會導致對於歷史發展機制的普遍性的否定，這對於歷史唯物主義所承載的理論和政治的意涵均有嚴重的影響。」〔註34〕

　　如上文所說，自輸入中國以來，「封建」一直是一個爭議性的概念。在作爲「普遍模式」的馬克思主義歷史觀的影響下，在中國土壤上能夠產生出走向社會主義階段的發展道路這一問題一直折磨著現當代中國的理論家和歷史學家。德里克也承認，「馬克思本人的歷史撰作比較混合，爲這些不同的詮釋留下了爭辯的空間。」〔註35〕這意味著對馬克思的歷史觀本身也並沒有共識，闡釋的方向和結論只能取決於闡釋者的視角：「中共理論家內部的觀點差異主要是源於他們對歐洲歷史發展的理解和他們對中國歷史的關注程度的相互作用。他們對於歷史發展具有普遍性的認識並無不同，而是在普世的發展模式的選擇上有所分歧。」〔註36〕

　　七八十年代之交，圍繞「封建」概念的分歧表現得更爲明顯。Lawrence R. Sullivan 考察了 1978 年至 1982 年關於「東方專制主義」的爭論。〔註37〕這場爭論的基本面目可以描述如下：首先把「文革」時期歸結爲一個「封建復辟」的年代，然後以各種思路來分析這一「封建復辟」的根本原因及克服方針。〔註38〕據 Sullivan 研究，大致來講，對「封建專制主義」及其原因的分析可以分爲三個學派：「唯物論學派（materialist school）」、「政治學派（political school）」以及「偉人學派（great man school）」。雖然三種學派之間的差別不那麼明晰，但它們試圖用不同的觀點來解釋中國歷史的桎梏。其中「唯物論學派」和「政治學派」的分析和研究值得注意。〔註39〕

〔註34〕德里克：《革命與歷史》，南京：江蘇人民出版社，2008 年，第 199 頁。

〔註35〕同上，第 198 頁。

〔註36〕同上，第 205 頁。

〔註37〕Lawrence R. Sullivan, THE CONTROVERSY OVER 'FEUDAL DESPOTISM: POLITICS AND HISTORIOGRAPHY IN CHINA, 1978～1982', in edited by Jonathan Unger, *USING the PAST to SERVE the PRESENT*, M. E. Sharpe, 1993, p.176.

〔註38〕同上。

〔註39〕所謂「偉人學派」的主張是：通過毛澤東那樣的偉大人物的統治「卡理斯瑪」來克服封建。在「偉人學派」看來，「文革」期間「四人幫」等一些封建文化的復辟是源於統治力量的不足。在這樣的前提下，這些學派強調諸如秦始皇、

　　爭論一開始，中國史學界就提出了對「東方專制主義」或「亞細亞生產方式」的批判和拒絕。例如，廖學盛發表《關於東方專制主義》一文指出，所謂「專制主義」並不是中國獨有的現象，在西方也存在專制主義的統治方式，各國的發展程度和道路是不盡相同的，因此不能以唯一的標準來規定「專制主義」：「縱覽世界各國歷史，我們只要不懷偏見，很容易就會發現，專制主義作為一種政體，決不是僅為某些地區的某些國家所專有，也決不是在某些地區從國家一開始產生就存在。在不同的歷史時代裏，不同國家或地區出現專制政權的原因是多種多樣的，其表現形式也是千差萬別。」〔註40〕

　　《世界上古史綱》編寫組所寫的《亞細亞生產方式——不成其為問題的問題》這篇文章也提出了相似的意見：「亞細亞生產方式是社會經濟形態演進的幾個時代的第一個時代，它在古代的生產方式之前，由亞細亞生產方式演進為古代的生產方式。這是馬克思自己安排的亞細亞生產方式在歷史發展中的階段和地位。任何試圖把『亞細亞的』同『古代的』平列起來，把古代文明世界、把奴隸制社會平分為所謂『古代東方』和『古典世界』兩分法的做法，都是同馬克思的這一條原理（即『大體來說，亞細亞的、古代的、封建的和現代資產階級的生產方式可以看作是社會經濟形態演進的幾個時代』——《馬克思恩格斯全集》第十三卷，第9頁。）直接相矛盾、相背馳的。」〔註41〕

　　在對「亞細亞生產方式」的批判和拒絕中，我們可以看到「封建」是作為一種「認識框架」存在的。有關「亞細亞生產方式」的專門探討且先擱置，但至少可以說，「封建」並不是一個本質性的概念，而是塑造歷史「現象」或「薰陶」的一個「框架」而已。眾所周知，「文革」結束之前，由於斯大林主義等蘇聯歷史學的影響，中國的整個歷史都被視為「封建專制主義」。這樣的歷史判斷在1950至1970年代之間在中國史學界也引起了一定的反感。〔註42〕

　　　　拿破侖等歷來偉大統治者的強健的統治力。這篇論文的目的並不涉及整個歷史爭論的內容，而且「偉人學派」的主張與「走向未來」的歷史觀之間不存在明顯的關聯，因此在此還是不如不要具體地探討這一學派的論調。有關「偉人學派」的更詳細的內容，可以參見Sullivan的上面論文，第199～201頁。
〔註40〕廖學盛：《關於東方專制主義》，《世界歷史》，1980年第1期。
〔註41〕《世界上古史綱》編寫組：《亞細亞生產方式——不成其為問題的問題》，《歷史研究》，1980年第2期。
〔註42〕Q. Edward Wang, Between Marxism and Nationalism: Chinese historiography and the Soviet influence, 1949～1963, *Journal of Contemporary China*(2000), 9(23).

但「封建」概念一旦被還原爲僅僅是一個「框架」而已，對整個中國封建歷史的診斷和評價也就隨之變化。從此以後，整個歷史反思的焦點，從「封建」本身轉移到「如何解說封建復辟」這一解釋方式上的問題。

「封建」概念的本質主義性質被瓦解之後，各個學派提出了對於封建復辟的不同診斷。根據 Sullivan 的考察，「唯物論學派」和「政治學派」的立足點是不同的：「基於正統馬克思主義或斯大林主義的『唯物論學派』強調了以經濟發展爲中心的路線。他們主張的主要根據正是以經濟基礎和上層建築爲主軸的典型馬克思主義的說法。此觀點認爲，中國封建之所以復辟，是因爲經濟水平的落後。因此通過經濟發展來可以克服封建狀態」〔註 43〕；但與此不同，「『政治學派』認爲，中國封建專制主義的復辟並不是因爲經濟水平的落後，而是因爲統治者對於絕對權利的追求。於是意識形態層面上的反思和鬥爭更是重要的。」〔註 44〕

以正統馬克思主義爲基礎的「唯物論派」在分析封建之時更關注中國經濟水平的落後，並用「經濟決定上層建築」來說明「封建復辟」的原因和解決方案：「我們知道，馬克思和恩格斯曾經預見，社會主義革命將在資本主義高度發展的國家取得勝利。在新的歷史條件下列寧發展了馬克思主義，在經濟文化比較落後的俄國領導了十月社會主義革命，這是一個偉大的創舉。但是，由於俄國資本主義不發達，封建專制主義的殘餘濃厚存在，爲新生的蘇維埃政權機關滋生官僚主義提供了土壤和條件。這樣，無產階級在舊的基礎上建設新國家的時候，就不能不遇到特殊的困難：不僅要反對資本主義，而且要徹底清除本來應該由資產階級民主革命來掃蕩的封建殘餘勢力。」結論則是：「按照唯物史觀，經濟基礎決定上層建築。任何政治的、思想的上層建築，不管它表面上顯得多麼紛繁雜亂，深奧莫解，歸根到底都是根植於一定的社會經濟條件的。對於官僚主義這種社會現象，也應當從經濟方面來進行考察。」〔註 45〕按照這種觀點，在中國「封建復辟」之所以重新出現，是因爲經濟水平落後，因此先要努力推動經濟水平的提高。

〔註 43〕 Lawrence R. Sullivan, THE CONTROVERSY OVER 'FEUDAL DESPOTISM: POLITICS AND HISTORIOGRAPHY IN CHINA, 1978～1982', in edited by Jonathan Unger, *USING the PAST to SERVE the PRESENT*, M. E. Sharpe, 1993, p.176.

〔註 44〕 同上，p.195。

〔註 45〕 賈春峰、王夢奎：《官僚主義、封建專制與小生產》，《哲學研究》，1979 年第 3 期。

　　與此不同，「政治學派」更關注和強調文化意識形態即上層建築領域的問題。在「政治學派」看來，「封建復辟」的現象不能完全還原爲「經濟發展程度的落後」這單一原因。例如，李銀河、林春在《試論我國建設社會主義時期反封建殘餘的鬥爭》一文中表示，中國新民主主義革命成功地掃蕩了封建勢力，但未能完全掃清其殘餘部分，因爲上層建築方面的問題仍舊存在：「即使是這樣一場徹底的民主革命，沒有也不可能在短期內把一切舊事物，特別是封建主義的舊思想、舊文化、舊傳統掃除乾淨。其所以如此，是由於上層建築、特別是意識形態領域的問題，是不可能通過一次暴力革命就徹底解決的」。〔註46〕

　　對中國傳統文化的批判也隨之出現。張善城尤其把「忠君道德」指責爲封建持續的主要原因。在他看來，「忠君道德」等儒家傳統道德倫理，就是封建在中國堅強地生存下來的根本原因：「忠君道德神化皇帝，賦予他至高無上的權力，要求人們無條件地盲從、效忠」，「與任何意識形態對基礎都有對立性一樣，封建忠君道德也不因封建經濟基礎的改變，專制制度的覆滅而同歸於盡。而是作爲一種沉重的歷史包袱傳了下來。因此，戰鬥的無產階級及其政黨在從事自己建設社會主義的進程中，不但要與傳統的所有制關係實行最徹底的決裂，而且要包括忠君道德在內的傳統觀念實行最徹底的決裂。」〔註47〕從此可見，「政治學派」對於封建專制主義的批判更集中於意識形態層面的封建主義因素，而且其批判的矛頭針對著「忠君道德」等統治意識形態。

　　縱覽1970年代末至1980年代初關於封建問題的爭論，可以得知：正如德里克所探討的，「封建」這一概念僅僅是一種認識框架而已，決不是本質主義的概念。尤其是在「文革」結束前後這一時代背景上看，「封建」概念擔當著鑄造或推動「歷史反思」的認識框架的功能；況且，如果「封建」僅僅是鑄造「歷史症候」的框架而已，更重要的並不是框架本身，而是其框架的寓言。換句話說，既然「封建」概念是當時的認識框架（episteme），那麼焦點要放在「認識框架」的結構及其結構所針對的寓言。如Sullivan所指出，依靠正統馬克思主義的「經濟基礎──上層建築」這一框架的「唯物論學派」對於克服封建的最終結論是「經濟水平的提高」；與此不同，更關注意識形態層

〔註46〕李銀河、林春：《試論我國建設社會主義時期反封建殘餘的鬥爭》，《歷史研究》，1979年第9期。

〔註47〕張善城：《評忠君道德》，《哲學研究》，1980年第9期。

面的「政治學派」認爲,「封建復辟」根本原因在於統治意識形態的封建性,於是掃除封建殘餘的鬥爭也應該在意識形態的層面上進行。〔註 48〕各個學派得出互相不同的歷史判斷,畢竟取決於認識框架的不同。

第三節　歷史的虛無和復興之間

概而言之:「封建」這一概念並不是本質性的概念,而僅僅是一個由「認識框架」所產生出來的「症候」而已。在整個現當代中國歷史中,「封建」概念同馬克思主義的歷史觀一起引起了許多爭論和困惑。爲了解決這一難題,中國的歷史學家們在「亞細亞生產方式」的內部和外部,尋找突破之路。上述的一些歷史論述都是試圖突破這一馬克思主義歷史觀所導致的困惑的結果。若把七八十年代之交有關「封建」概念的歷史爭論同本節的主題即「超穩定結構論」相關聯,就會更明確地瞭解到作爲一種啓蒙話語出現的「超穩定結構論」的時代涵義。

上文已談到,「文革」結束之後,「封建」就作爲歷史反思的一個關鍵詞而出現,各個學派用各種不同的「框架」來解釋「封建復辟」。但與「唯物論學派」和「政治學派」不同,金觀濤拒絕了任何「單一決定論」,而想要利用「系統論、控制論、信息論」等科學方法論,整體地解答「爲什麼中國封建社會長期延續達兩千年之久?」這一問題。事實上,雖然金觀濤和劉青峰的「超穩定結構論」的總結及更完整的面目是 1984 年出版的《興盛與危機》,但是,在 1980 年出版的《歷史的沉思》中,其基本的構想已經問世。

在可以算是「超穩定結構論」的「初稿」的《歷史的沉思》裏,金觀濤和劉青峰表達了其方法論的基本意圖:「歷史研究的困難常常在於:對於一些重大歷史現象,我們不能從經濟上、政治上、意識形態上分別找出許許多多原因來。但這些原因常常互爲因果,使得找終極原因的方法變得無能爲力」;「認識中國,確實不是一件容易的事。它需要我們在方法論上有所建樹,需要我們分別從經濟、政治、意識形態方面找終極原因的傳統方法中擺脫出來,而從三者相互作用相互關聯的角度、也即從社會結構的特點來理解歷史的進

〔註 48〕 Lawrence R. Sullivan, THE CONTROVERSY OVER 'FEUDAL DESPOTISM: POLITICS AND HISTORIOGRAPHY IN CHINA, 1978～1982', in edited by Jonathan Unger, *USING the PAST to SERVE the PRESENT*, M. E. Sharpe, 1993, p.202～203.

展，這就是我們研究的獨特之處。」〔註49〕擺脫「單一決定論」，整體地把握和解釋中國封建歷史持久的原因，正是作為歷史方法論的「超穩定結構論」之內核。書中使用以下圖表來闡釋「超穩定結構論」：〔註50〕

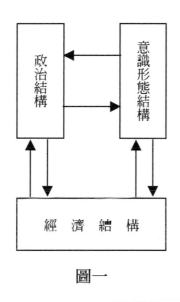

圖一

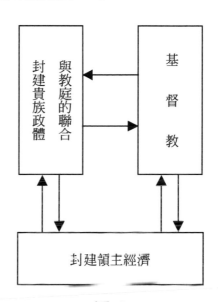

圖三

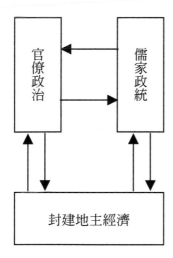

圖二

〔註49〕 金觀濤、劉青峰：《歷史的沉思》，載於《青年文稿 歷史的沉思》，北京：三聯書店，1980 年，第 33～34 頁。

〔註50〕 下面的圖片一、二、三分別是載於《青年文稿 歷史的沉思》的第 35、37、38 頁。

　　上面的圖片表明，1980 年代中期的《興盛與危機》一書中的理論設想，在《歷史的反思》中基本上已經形成。上面的圖片與《在歷史的表象背後》及《興盛與危機》上的圖片大同小異。

　　「超穩定結構論」這一理論構想無疑反映著當時的時代氣氛。金觀濤和劉青峰是「封建」一詞來指認中國歷史的企圖，與當時的時代情境有著密切關係。簡而言之，「超穩定結構論」這一歷史觀是在當時的話語環境之中產生的。

　　既然「封建」這一概念是七八十年代之交的時代主題，那麼，提出「爲什麼中國封建長期延續達兩千年之久」這樣的問題並不是金觀濤、劉青峰所獨有的觀點。事實上，他們在歷史問題上的突破應當在於其方法論。以「系統論、控制論、信息論」等「老三論」、「新三論」爲核心的方法論，正是這一歷史方法論的核心和精髓。他們把這一以系統論爲主的科學方法論適用於整個歷史領域，以探尋中國歷史的桎梏和擺脫其桎梏的文化策略。1981 年《興盛與危機》寫完之後（1984 年正式出版），1983 年作爲「走向未來」叢書出版的《在歷史的表象背後》、《西方社會結構的演變》（1985 年）、《悲壯的衰落》（1986 年）連續問世。若說它們幾乎都依靠「超穩定結構論」這一方法論，其基本目的是證明「超穩定結構論」之妥當性或普遍性，也並不誇張。因此，基於「歷史化」的要求，對「超穩定結構論」之時代涵義的分析應當從方法論的意義開始，從其方法論中找出其歷史觀的「寓言」。

　　上述著作都是以「超穩定結構論」爲主題，基本內容都是將以系統論爲中心的方法論適用於整個歷史範疇，也許可以說他們的內容大同小異。著者金觀濤和劉青峰也曾經指出，《在歷史的表象背後》其實是《興盛與危機》的簡略版。爲了更完整地瞭解「超穩定結構論」的整體面目，不妨用《興盛與危機》來進行分析。本節以《興盛與危機》爲主要的分析對象，而把《在歷史的表象背後》等其他著作作爲補充材料來使用。

　　著者在《興盛與危機》裏解釋，其方法論的出發點首先是「我們對中國封建社會的社會結構進行分析，也就是要考察中國封建社會的經濟、政治、意識形態三結構的特點，以及他們之間是怎樣相互作用、相互調節的。」〔註51〕接著，他們用這些子系統之間的適應程度和調節原理來說明一定社會的穩定結構的原理：「在一個社會內部，經濟、政治、意識形態三個子系統也都在

───────────────

〔註51〕 金觀濤、劉青峰：《興盛與危機》，湖南人民出版社，1984 年，第 11 頁。

發展變化著並調整相互關係。」〔註52〕總之,「超穩定結構論」方法論的精髓
是:首先把一個社會的整體結構分成三個子系統,即「政治」、「經濟」及「意
識形態」,然後根據這三個子系統之間的耦合程度,來說明社會的穩定程度。

　　無論如何,把自然科學的方法論適用於歷史領域這一帶有強烈主觀性色
彩的領域,不能不引起爭議。對這個問題,著者在初版的第一章表示:「本書
的任務是,力求在歷史唯物主義指導下運用控制論方法,提出中國封建社會
的結構是一個超穩定結構的假說(引者強調),並根據這一假說,使中國歷史
上一些令人迷惑的現象和難題,如大一統的組織能力、魏晉南北朝的分離動
蕩的原因、農民戰爭的特點和作用、對外來文化的融合能力等等,都得到統
一而又明白的說明。」〔註53〕這段話表明,金觀濤等還是把其歷史觀作為一
種「假說」來提出。該書最近的版本也提出了相似的觀點:

　　　　我們認為,一種解釋,如果要作為一種科學的假說,必須滿足
　　科學的規範。科學規範要求假說具有普遍性和可證偽(或證實)的
　　性質。任何一種特設的解釋嚴格說來都是非科學的。例如當一些歷
　　史學家發現某些學者用中國歷史的案例來分析韋伯學說時,往往就
　　會露出不以為然的神態。他們常辯論道:韋伯討論的是英國的新教
　　倫理和資本主義的關係,它是對特定的英國社會而言的,怎麼可以
　　套到古代的中國來呢?他們一方面承認韋伯學說的權威性,同時又
　　拒絕這一學說進入中國史研究的領地。我們認為如果韋伯假說(討
　　論新教倫理中的資本主義精神和英國資本主義社會確立之間的因果
　　關係)是科學假說,那麼這一理論應該具有某種普遍性。如果韋伯
　　學說在理論上揭示了某種類似因果性的關係,那麼應該可以使用這
　　一理論來考察其他文明,至少在方法論上可以借鑒。〔註54〕

從上文可以看出,金觀濤和劉青峰還是將他們的歷史方法論看作僅僅是一個
「科學假說」而已。這意味著他們把它看作一種方法論。在歷史與其方法論
的問題上,我們有必要回顧上節談過的《人心中的歷史》這本書的主要內容。
正如劉昶借助於庫恩等的典範(paradigm)概念而指出的,所謂「科學」並不
是一個純粹的客觀,而是積極地建設其典範。〔註55〕那麼,或許可以承認,

〔註52〕 金觀濤、劉青峰:《興盛與危機》,湖南人民出版社,1984年,第13頁。
〔註53〕 同上,第14頁。
〔註54〕 金觀濤、劉青峰:《興盛與危機》,北京:法律出版社,2011年,第19頁。
〔註55〕 劉昶:《人心中的歷史》,成都:四川人民出版社,1987年,第360頁。

作爲一個假說的「超穩定結構論」的確忠實於其「科學」的精神。換句話說，如上面德里克提出的作爲「文化」範疇的封建概念一樣，在判斷或解釋歷史之時，一個「框架」是不可闕如的。沒有「框架」的歷史只不過是事實的陳列而已，不能產生出某種歷史的薰陶。從這樣的角度看，「超穩定結構論」的妥當性暫且不談，它用「政治—經濟—意識形態」這三個子系統來解釋中國封建歷史的嘗試是不能完全否定的。

與此同時，我們還應注意到金觀濤和劉青峰依靠「科學」的方法論而犯的錯誤。他們基於科學方法論的普遍性指出：「我們認爲，我們用於解釋中國傳統社會結構停滯的機制中某些作爲基礎性的假設和方法，也應該適用於其他文明歷史。也就是說，我們在本書中提出的理論分析，是可以檢驗的，可以被充實發展或被證僞。對中國社會結構演化模式的探討，只是我們的基本假說的一個案例分析。事實上，使用這種方法的進一步工作可以參見《西方社會結構的演變》、《悲壯的衰落》等著作。」〔註 56〕這一說法表明，金觀濤和劉青峰「過信」自己的「假說」，逾越中國史的範圍而大膽地嘗試將其「假設」適用於整個世界歷史範疇。雖然他們謙遜地承認其方法論的「假說性質」，但他們仍然確信「超穩定結構論」作爲科學理論的普遍性。

這種對於歷史方法論的過度自信歸根到底只能導致「悖論」：首先，如果「超穩定結構」是普遍的自然原理，而他們又說「中國封建社會超穩定系統的存在，是一個歷史事實」〔註 57〕，金觀濤和劉青峰是否把「歷史方法論」和「歷史事實」混淆起來了？另一個悖論是，如果像「超穩定結構論」的最終結論所揭示的那樣，中國封建社會的穩定性是由政治—經濟—意識形態這三個子系統組成的「封閉」結構的話，那麼如何在其系統之中產生出革新的力量呢？正如 Wang Jing 所指出，「超穩定結構論」對於中國舊系統的革新力量帶有著極爲悲觀的懷疑。〔註 58〕根據基於「科學理論」的「超穩定系統」這一普遍原理來看，其最後的結論只能是：「在這種社會系統（即超穩定社會結構——引者）中，新結構不可能從封建母體中脫胎出來的。」〔註 59〕

〔註 56〕 金觀濤、劉青峰：《興盛與危機》，北京：法律出版社，2011 年，第 20 頁。
〔註 57〕 金觀濤、劉青峰：《歷史的沉思》，載於《青年文稿 歷史的沉思》，北京：三聯書店，1980 年，第 67 頁。
〔註 58〕 Jiang Wang, High Culture Fever, University of California Press, 1996, p.60.
〔註 59〕 金觀濤：《在歷史表象的背後》，成都：四川人民出版社，1983 年，第 123 頁。

可是，這樣的結論是與「超穩定結構論」的根本意圖背道而馳的。金觀濤和劉青峰作為 1980 年代啓蒙知識分子從來沒有放棄過對於民族的責任感和使命感。金觀濤、劉青峰曾經說過：「我們假說正確嗎？如果它是有一定道理的，那麼，或許它對於理解中國封建社會結構有一定的幫助。不論怎麼說，這項工作是個嘗試。它應該是一種開始，是用現代科學方法探索我們偉大的民族所走過的漫長道路的開始。歷史的追溯是思想的閃電，是一個民族對自己的存在作深刻的反思。」〔註 60〕林同奇也提過，金觀濤等的思想奮鬥之根本目標不如說是「民族的召喚」或者「民族文化意識的覺醒」〔註 61〕，而決不是對於整個中國文化的廢棄。如果把這種民族意識的呼喚與「超穩定結構論」的結論即「從中國封建結構裏不能產生出任何新結構」並置的話，立即可以看到其歷史觀的意圖與結論之間的悖論。

可能是由於「超穩定結構論」的悖論性質，對它的評價也搖擺於對中國歷史的虛無和復興這兩個極端之間。譬如，Wang Jing 更關注「超穩定結構論」及其方法論所藏有的傳統性質，認為「超穩定結構論」表面上帶有激烈的反傳統性質，但實質上，如同「功能耦合」等概念所顯示的，金觀濤仍舊停留於諸如「天人合一」等中國傳統思想之內。〔註 62〕Wang Jing 認為，金觀濤等從來沒有擺脫儒家的世界觀，因此「超穩定結構論」其實是根深蒂固的民族意識的表現，於是它僅僅是「民族寓言（national allegory）」的另一種版本而已。與此截然相反，賀桂梅倒是把「超穩定結構論」視為一個西方中心主義的觀點。她關注其悲觀性的結論，並總結出：「超穩定結構論」「把變革社會的希望全部寄託於『外部』」〔註 63〕。這一觀點針對的是「超穩定結構論」之「西方中心主義傾向。總而言之，對於「超穩定結構論」的評價是徘徊於歷史的虛無和復興之間。

那麼，也可以提問：「超穩定結構論」的歷史觀是徹底失敗的嗎？我們眞的不能擺脫歷史的虛無和復興這兩個極端，尋找在「超穩定結構論」中隱藏的啓蒙內涵？為了「症候」地解讀「超穩定結構論」的啓蒙內涵，或許首先

〔註 60〕 金觀濤、劉青峰：《歷史的沉思》，載於《青年文稿 歷史的沉思》，北京：三聯書店，1980 年，第 68 頁。

〔註 61〕 林同奇：《金觀濤：人文的科學理性主義》，載於《人文尋求錄》，北京：新星出版社，2006 年，第 190 頁。

〔註 62〕 Jiang Wang, *High Culture Fever*, University of California Press, 1996, p.60.

〔註 63〕 賀桂梅：《新啓蒙知識檔案》，北京：北京大學出版社，2010 年，第 230 頁。

要脫去其方法論之普遍性，而將它還原爲一個「認識框架」。一切歷史觀都是帶有某種「框架」的，但這一「框架」並不像自然科學那樣具有普遍性、證僞性。正如劉昶簡潔地指出的，「歷史著作是一種文學作品」，而且「它本身就具有認識論的意義。」〔註 64〕與金觀濤對於其方法論的期待相反，基於「系統論」等科學理論來解釋歷史的企圖僅僅是一個方法論而已，不能成爲普遍、可證僞的「科學原理」。

在探討「超穩定結構論」這一歷史觀所蘊涵的寓言之前，讓我們先參考一下韋伯提出的「理想型（ideal type）」研究方法。此前的研究提出過，金觀濤等人的研究方法受到韋伯學說的巨大影響，例如，賀桂梅就把「超穩定結構論」放置於韋伯學說的張力之中加以分析：「無論是否意識到韋伯作爲一種理論典範的存在，這種思考方式（即『超穩定結構論』——引者）必然會導向一種韋伯式的文化決定論，因爲它所提出的問題『爲什麼中國封建社會長期延續達兩千之久』本身，就是一個韋伯式的問題。」〔註 65〕她尖銳地看出「超穩定結構論」背後的理論設置，提出它帶有「西方中心主義」色彩。但是，正如上文已經介紹的，圍繞「超穩定結構論」的評價動搖於「西方中心主義」和「東方主義（或新中華主義）」之間，因此還需要從另外的角度來考察。

韋伯研究專家弗洛因德（Julien Freund）這樣解釋韋伯提出的「理想型」研究法：「因爲眞實是無法限定的，所以科學不是，也不可能是眞實的翻版：它只是由零碎的知識所支配起來的一個概念的結合體。事實上，每一個概念，都只能捕捉到實相的某一個面，因此每一個概念，都有限制的」；「換言之，我們已知的眞實，乃是通過概念抽象地重新建構起來的眞實。據韋伯的看法，理想型即是此種心靈建構物的一種；借著理想型的幫助，社會科學方得以用一種盡可能嚴謹的方法去探討眞實；不過，一個理想型永遠局限在眞實的一個或少數幾個層面上。韋伯爲理想型所下的定義，對這個問題說得十分明確，以爲他直言理想型只是純粹的思維圖象或是一種烏托邦。」〔註 66〕

〔註 64〕 劉昶：《人心中的歷史》，成都：四川人民出版社，1987 年，第 188 頁。
〔註 65〕 賀桂梅：《新啓蒙知識檔案》，北京：北京大學出版社，2010 年，第 259 頁。
〔註 66〕 弗洛因德：《導論三 韋伯的學術》，載於馬克斯·韋伯：《學術與政治》，桂林：廣西示範大學出版社，2010 年，第 83 頁。

如同韋伯的「爲了透見眞實的因果關係,我們建構非眞實的因果關係」〔註67〕這句話所指出的那樣,所謂「理想型」的研究方法是通過一個結構或框架來研究對象的因果關係。當然,顧名思義,這一「理想型」僅僅是世界上不存在的「理想」而已,但通過理想型我們可以接近眞實。不管是否意識到,假如金觀濤和劉青峰是在韋伯思想的張力之中,那麼,需要關注的就不只是韋伯命題即「爲什麼資本主義僅僅是在西方發生」這一問題。如哈貝馬斯等所指出,把韋伯思想一律地還原爲「資本主義化」是一種偏見。從韋伯的方法論即「理想型」研究法的角度看,應該把「超穩定結構論」的時代含義歷史化,重新分析和評價其啓蒙內涵。

上一節已論述,七八十年代之交,「封建」是作爲一個歷史解釋的媒介概念而存在。「唯物論學派」和「政治學派」等都用各自的觀點或方法論來解釋「封建」,得出各自的結論。在分析「超穩定結構論」之時,更需要關注的卻是其方法論的獨特性及由此產生出來的「寓言(allegory)」。如果把「超穩定結構論」和其他有關「封建」歷史的解釋加以比較,可以看到由於方法論的不同產生了不同的結論。

若把金觀濤等的「超穩定結構論」與「唯物論學派」、「政治學派」加以比較,後兩者是基於「經濟」和「統治意識形態(即「政治」)」這樣單一的因素來說明中國的封建,而且由於「認識框架」的不同,各個觀點的寓言也不同。譬如,「唯物論學派」主張,中國封建復辟的主要原因在於經濟水平的落後。基於這種歷史判斷,擺脫封建狀態的「藥方」應當是經濟水平的提高。這意味著,某種歷史判斷隱藏著其根本意圖,因此在閱讀歷史敘述之時需要關注的是史觀背後的意圖或寓言。同理,要是從歷史寓言的角度解讀「超穩定結構論」的話,關注的焦點應該放在其方法論的獨特之處以及由此產生出來的「藥方」。

與上述兩派的歷史觀不同,「超穩定結構論」嘗試了把媒介的意識形態因素即「文化」插入到政治和經濟之間而奠定了「政治——經濟——意識形態」這三個子系統互應模式。由此可見,金觀濤更關注的環節正是「意識形態」層面上的問題,而且他認爲,由於以儒家文化爲基礎的調節機制,中國封建社會結構比其他封建社會結構具有更強韌的生命力。這一對於「儒家」的集

〔註67〕弗洛因德:《導論三 韋伯的學術》,載於馬克斯·韋伯:《學術與政治》,桂林:廣西示範大學出版社,2010 年,第 83 頁。

中批判，在比較中國與西方封建結構之時更爲明顯地突顯出來。著者提出「歐洲封建社會爲什麼不能建立類似中國封建社會的一體化調節呢？」這一質問之後，把其原因歸結爲「基督教」：「從意識形態結構來看，基督教雖然是一種統一信仰，但它是著眼於人的贖罪和被拯救，所以它的國家學說相當薄弱，這在建立國家機構就會產生意想不到的麻煩，而不像儒家的國家學說那樣成熟和明確。」〔註68〕

在著者看來，「超穩定結構論」之核心環節是以「儒家」爲基礎的修複調節機制，使得「超穩定結構」紮根於中國的核心原因正是「儒家」。著者們承認所有社會都具有某種穩定系統，但中國封建社會結構之所以「超」穩定，是源於以儒家爲思想基礎的「宗法一體化」結構：

> 應該看到，任何社會組織都是某種穩定系統。所謂穩定性，一方面是是指社會內部經濟、政治、意識形態三結構要素保持某種相互適應的調節關係，使社會能以某種秩序維持下去，生產得以發展。那種不具穩定性的社會結構，正如生物不適應環境的變種那樣，很快就會被淘汰，被歷史演變的洪流沖走。另一方面，一般的穩定系統並不能達到超穩定性。因爲隨著生產和社會的發展進步，任何穩定結構內部都會出現不適應；在出現與它固有的組織框架不能容納的新內容的時候，這時，社會就不穩定，向著新的穩定逐步演化。而超穩定結構比穩定結構多一重調節機制。在不可抗拒的發展變化潮流中，它內部的作用機制不是使新因素逐步建立新的協調關係，而是以週期性大震蕩的方式消除對原有狀態的不適應因素，使整個系統回到原有的適應態。人類迄今爲止的社會史表明，大多數社會結構都屬於穩定結構，超穩定結構是不多的。〔註69〕

如引文所揭示，由「政治—經濟—意識形態」這三個子系統之間的互應關係而建構的「穩定結構」其實是任何社會都具有的結構。就這個問題，劉小楓的批評值得參考：「意識形態結構的組織能力與政治結構中的組織力量的耦合，顯然並不是中國古代社會獨有的社會基因。把『宗法一體化結構』概念運用到羅馬帝國或拜占庭帝國，也是使用的。因此需要詢問的是，『宗法一體化結構』的中國樣式是怎樣的，中國式的『一體化結構』的理念性前提是什麼，《興盛

〔註68〕 金觀濤、劉青峰：《興盛與危機》，湖南人民出版社，1984 年，第 45 頁。
〔註69〕 同上，第 195 頁。

與危機》並沒有打算探究這一方向的問題。」〔註70〕儘管劉小楓正確地看到了「宗法一體化結構」的普遍性，但其《興盛與危機》沒有探究它的「中國樣式」這一判斷或許是錯誤的。因為這本著作提出，中國的超穩定結構社會是以儒家為基礎的「宗法一體化」社會結構。每次以皇權為中心的封建社會遭遇到無組織力量的危害之時，這一「宗法一體化結構」就起「修復作用」：

> 宗法一體化的社會結構，使中國的家族成為一個有經濟和組織實力的小社會，這導致宗法家族勢力能成為大動亂中相對穩定的因素〔註71〕；「宗法一體化結構裏，王權與儒生的結合還造成一個可悲的後果：中國傳統知識知識分子很難分化出一個新成分，以便完成經濟結構中的資本主義因素和意識形態中新因素結合的任務。正如人體中的血紅蛋白一旦和一氧化碳結合了，就失去了和氧結合的能力。傳統知識分子一旦和王權結合，形成一體化，也就中斷了傳統知識分子的分化，難以形成一個接受市民文化的新隊伍。」〔註72〕

從以上引文可見「超穩定結構論」所要攻擊的靶心所在。在金觀濤看來，使得中國陷入「超穩定」這一惡性循環而不能脫胎出來的核心環節，正是「儒家」意識形態及其社會結構「宗法一體化社會」。「超穩定結構論」針對「儒家」及其僵化進行批判：「如果我們用科學精神去探討中華民族文明主體的精神，就會發現：儒家的成功，它的魅力，它的僵化，它的失敗，都來自一個核心，這就是它的倫理中心主義結構與此相聯繫的直觀理性。……從直觀理性看來它本身卻是先驗的，不允許批判的。這樣，隨著時間的推移，它必然停滯，成為一個扼殺個性的保守主義體系。儒家的倫理核心是不允許人們懷疑的，它是聖人先賢的遺教」〔註73〕

這一對於保守文化的拒絕或警惕也見之於其他著作。金觀濤和王軍銜在分析埃及文明的停滯之時指出：「人們經常把古埃及社會比做法老的木乃伊，靜靜地躺在金字塔中，抗拒著迅速流過的時間。古代的習慣、生活方式、耕作技術，甚至修建金字塔的方式，都是一代傳一代，很少改變的」〔註74〕；「作

〔註70〕劉小楓：《現代性社會理論緒論》，上海：上海三聯書店，1998 年，第 85 頁。
〔註71〕金觀濤、劉青峰：《興盛與危機》，湖南人民出版社，1984 年，第 135 頁。
〔註72〕同上，第 161 頁。
〔註73〕同上，第 272～273 頁。
〔註74〕金觀濤、王軍銜：《悲壯的衰落》，成都：四川人民出版社，1986 年，第 169頁。

爲社會的進步，要求當舊有社會結構瓦解時，一個新的容量更大的社會結構將其取而代之，並且取代過程要盡可能地近於連續和平穩。這樣隨著赫胥黎桶容量的增大，我們才能看到生產力的穩步發展。然而古埃及社會卻不是這樣，每隨著一次舊社會結構的瓦解，社會進步因素和生產力就被推毀一次，而且新建的社會結構是舊結構的翻版。儘管每個王朝的法老不同，信仰的主神也有差別，但是修復後的社會結構仍然是國家諾姆經濟、神權官僚政治和以一神爲主的開放性多神教組成的社會關係網，其容量並沒有進一步增大。於是歷經兩千多年的古埃及社會，進步必然是緩慢的。」〔註75〕這意味著，避免「悲壯的衰落」的道路恰恰是保守社會系統之打破，以開放的態度來積極地吸收新文化的因素。

與 Wang Jing 的分析不同，這並不意味著對於傳統社會理想模式即「天人合一」的追蹤或承認，反而意味著只有突破「超穩定結構」這一封閉的循環，才能打破思想僵化、一體化的意識形態。金觀濤在《在歷史表象的背後》裏指出：「這種歷史慣性不論是好是壞，它是中華民族在幾千年中形成並長久制約著歷史發展的因素。作爲一個有科學精神的改革者，不應不切實地忽略這些慣性來考察中華民族的過去和未來。改造中國就像推動那巨大的天體，需要我們有巨大的毅力和耐力，需要科學地理解歷史慣性，洞察它可能發生的變化。」〔註76〕換句話說，「超穩定結構論」的根本動機並不是對「功能耦合」的維護或者頌揚「超穩定結構」這一文明形態，卻是著眼於斷裂其循環模式結構而探索變化的可能性。更具體一點，「超穩定結構論」所要求的是對於任何先驗的、僵化的意識形態的不斷批判，而且其批判的核心基礎當然是不隸屬任何先驗原理的「科學理性」，而「科學理性」的用處在於歷史慣性的改造和變化。

由此，我們要探討「超穩定結構」這一社會結構類型的核心環節即「文化」因素的問題。如以往的研究提出的，這種對於理性的強調受到韋伯的「文化決定論」的影響。韋伯曾經在《新教倫理與資本主義精神》等代表性著作上，提出了與馬克思的「經濟決定論」不同的「文化決定論」，這一「文化決定論」的核心就是「理性化」或「合理化」過程。但是，僅僅以韋伯的著名

〔註75〕 金觀濤、王軍銜：《悲壯的衰落》，成都：四川人民出版社，1986 年，第 173
　　　　 ～174 頁。
〔註76〕 金觀濤：《在歷史表象的背後》，成都：四川人民出版社，1983 年，第 189 頁。

前提即「為何只有西方發生資本主義」為理由，就把韋伯的「理性化」與「資本主義化」等同起來，又把受到韋伯影響的「超穩定結構論」的結論也解釋為「中國封建社會不能自發進入資本主義社會的原因乃是因為中國缺乏西方文化的特質」〔註77〕這樣的觀點恐怕不夠恰當。比金觀濤、劉青峰是否受到韋伯或帕森斯的影響更重要的問題正是「韋伯命題」本身〔註78〕，但是以合理化或理性化為核心的「韋伯命題」之含義不能被一律地還原為「資本主義化」。

誠然，金觀濤的確在諸如《西方社會結構的演變》等著作裏多次提出了「資本主義萌芽」的重要性。這部著作把西方社會發展的主要因素規定為「市場資本主義的發展」，指出：「資本主義商品經濟剛好同自給自足的莊園經濟相反，統一的資產階級政府剛好同分裂割據的貴族政治相反，現世的人文主義思潮又剛好同注重永生的基督教相反。只要舊的封建結構瓦解，相反的白色圖案就放大。這種特殊的取代機制只有類似西歐封建社會的結構才有。」〔註79〕

但是，假如說金觀濤等的看法僅僅是「走向資本主義」的話，這同上面的「唯物論學派」的主張，即以「經濟發展」為主的歷史觀沒有什麼區別。另外，如金觀濤和劉青峰一貫地主張的那樣，他們的方法論基本上是拒絕任何「單一決定論」，他們還要關注市民力量及其理性的能動性來解釋西方社會演變的原動力：「市民文化為了取得社會優勢，不得不與宗教徹底決裂。這個過程漫長而痛苦，只有在激烈的衝突中才能完成。這正是十八世紀法國啟蒙運動風起雲湧的原因。法國的人文主義運動徹底拋棄了宗教的外衣，以英國已經實現了資本主義結構為模式，系統地構造了新社會的藍圖。它徹底批判了王權、神權和一切封建特權，宣傳建立『理性』社會，提倡民主，傳播唯物主義，成為資本主義意識形態結構最徹底的表現形態。」〔註80〕

這樣看來，在「超穩定結構論」的歷史觀裏，「理性」抑或「啟蒙」和「資本主義發展模式」是互相混合的。其中，先驗地把「資本主義發展」看作一種榜樣模式的觀點是應當受到批判的。但與此同時，還要再關注一下有關文

〔註77〕賀桂梅：《新啟蒙知識檔案》，北京：北京大學出版社，2010年，第258頁。
〔註78〕同上，第259頁。
〔註79〕金觀濤、唐若昕：《西方社會結構的演變》，成都：四川人民出版社，1985年，第179頁。
〔註80〕同上，第213頁。

化領域的論述。在七、八十年之交,「唯物論學派」、「政治學派」等都試圖用自己的歷史觀來闡釋「封建的復辟」。與它們不同,「超穩定結構論」卻更關注「文化」作爲意識形態的重要性,強調在文化領域之內的「科學理性」。應當說「超穩定結構論」的核心環節正是「文化」。而且這一「文化」之所以重要,是因爲它作爲政治和經濟的媒介,確保一個系統的穩定性。因此,爲了突破、切斷某一文化的(超)穩定性或惡性循環而引起變化,首先需要推動的是文化領域的變化。這恰恰是「超穩定結構論」的歷史想像的啓發性所在。

在這裡,或許還需要再思考韋伯所提出的「文化決定論」的更爲深刻的內涵。哈貝馬斯認爲,韋伯對於合理化(或者理性化)的態度是雙面性的。韋伯一方面承認資本主義能促進社會合理化過程,但他另一方面充分地警惕以資本主義爲推動力的合理化過程的異化性質,而竭盡全力維護理性的獨立性和自律性。〔註 81〕關注這一雙面性,哈貝馬斯將韋伯的理性化過程的啓蒙內涵解釋爲:「世界觀的合理化是對意義內涵和價值內涵的終極思考」以及「世界的解中心化」〔註 82〕;而且「一種解中心化的世界觀的結構對於現代性具有決定意義,並且具體表現爲:具有行爲能力和認知能力的主體面對同一世界的不同部分可以採取不同的立場。」〔註 83〕這就意味著韋伯所提出的合理化不只是資本主義化,其宗旨在於不隸屬於任何權威而進行獨立思考的理性主體。

金觀濤和劉青峰也在《興盛與危機》中表達了相似的觀點:「意識形態結構一方面反映政治結構、經濟結構;另一方面作爲人的文化創造和對社會的自我意識,又對政治結構、經濟結構有反作用。意識形態結構總是力圖和經濟、政治結構相應的,這是意識形態結構變化的社會動力」〔註 84〕;「作爲社會化的思想體系,某種獨立的意識形態要求自身具有內在的一致──理性一致和感情一致。理性上的一致,主要表現爲盡可能做到無矛盾性和完備性。只有它能自圓其說時,才爲人們普遍接受。它內部如果出現了自相矛盾,就總是要不斷修改學說內容,以求得無矛盾和完備。」〔註 85〕意思是說,與「宗

〔註 81〕哈貝馬斯:《交往行爲理論(第一卷)》,上海:上海人民出版社,2004 年,第 142 頁。

〔註 82〕同上,第 170 頁。

〔註 83〕同上,第 227 頁。

〔註 84〕金觀濤、劉青峰:《興盛與危機》,湖南人民出版社,1984 年,第 238 頁。

〔註 85〕同上,第 239 頁。

法一體化」不同，獨立意識形態致力於追求思考的完整性和不斷的修改，這種思考方式在建立批判的社會反思氛圍上有著不可忽視的重要性。

誠然，正如劉小楓所做的那樣，也可以切入到儒家本身的思想原理來解釋中國的「超穩定性質」。劉小楓認為，「儒家」這一宗教體系同西方的基督教相比，「超越世界」和「世俗世界」這一二元緊張還是很弱的。〔註86〕因而中國不能發生根本性的變化，未能產生出現代性社會。劉小楓更著重於對思想或宗教體系本身的分析，來考察中國現代性的問題。但《興盛與危機》並不專門探究特定宗教體系的特徵，而是提出一種歷史觀，並沒有深入到思想體系本身的問題。

其實，我們還需要將作為「超穩定結構」的核心要素的儒家看作一種「隱喻（metaphor）」。雖然金觀濤和劉青峰把「儒家」作為維持超穩定結構的「媒介」來提出，但這一「儒家」的內涵並不是指特定的宗教形態。其「所指」應視為「先驗原理」。他們指出「儒家」是「先驗原理」的代名詞，他們所強調的是對這一「先驗原理」或「先驗命題」的不斷批判。正如「韋伯命題」所揭示，所謂「合理化」或「理性化」的過程是指沒有任何先驗原理的思考方式。韋伯對理性化的關注也含有對徹底批判精神的強調。與之相通，《在歷史表象的背後》的第一句話寫道：「一股深刻的歷史反省的潮流，正席卷著我們的時代」。「超穩定結構論」這一歷史敘述的宗旨在於「反思」，旨在建立不隸屬於任何先驗原理和權威的理性本身。那麼，在更深刻的層面上看，我們還要認為「超穩定結構論」所產生的「寓言」恰恰是「批判精神」的建立。

另外，「超穩定結構論」這一試驗性歷史觀也蘊含著對於知識分子的角色和功能的寓言。著者在談及中國傳統知識分子的性質之時，將他們視為「政治——經濟」之間的媒介者：「每當改朝換代的大動亂來臨時，儒生階層就會激烈地分化。這大致可分三類：一類是保皇派，積極參加鎮壓農民起義，妄圖拯救舊王朝的覆滅，如東漢末年著名大儒盧植、朱俊都是剿殺農民軍的最著名的軍事將領。第二類人積極參加反對舊王朝的鬥爭，甚至有的參加了農民軍起義隊伍。第三類是採取觀望態度的人，他們既不滿於舊王朝的統治，覺得它氣數已盡，又不願參加農民軍，認為『草寇』終不能成大業。他們窺探形勢，坐待登機。」〔註87〕著者認為，儒生作為媒介者的角色是非常重要

〔註86〕劉小楓：《現代性社會理論緒論》，上海：上海三聯書店，1998年，第85頁。
〔註87〕同上，第139頁。

的，尤其是在保持或破壞王朝的穩定性這一層面，儒生的角色是雙重性的：他們既對建立新的國家機構起著理論指導作用，又會在動亂時期指導反叛勢力。

葛蘭西曾經把知識分子的社會位置和角色比喻爲「神經——肌肉的媒介關係」。知識分子的功能正是通過創造新的和有目的的世界觀的基礎，一方面保持某一社會的平衡，另一方面破壞其社會的保守性。〔註 88〕跟葛蘭西的說法相似，金觀濤和劉青峰也關注儒生作爲文化領域的媒介者的角色。他們也認爲，儒生作爲傳統時代的知識分子，在「超穩定結構」這一「宗法一體化」的社會裏，擔當了雙重性的角色：作爲意識形態的施行者，儒生既是舊體系的保衛隊，又是舊體制的破壞勢力。倘若「超穩定結構」這一歷史觀的寓言正是在於「超穩定結構」的「突破」這一層面，那麼，知識分子角色的焦點也應當放在後者。並且，這一觀點的含義不僅僅限於古代的歷史寓言，更是對於今日知識分子的教訓。

如著者反覆強調，使得「超穩定結構」具有強韌生命力的因素是作爲調節機制的「儒家」。但是這一「儒家」與其說是特定的宗教形態，不如說是作爲「先驗命題」的意識形態。這一「先驗命題」不允許任何懷疑和批判，而且承擔著維持由「政治—經濟—意識形態」這三個子系統來建構的「封閉系統」的功能，最終導致整個中國社會體系的超穩定化。如果並不停留於「儒家」這一能指，而能夠切入到其能指背後的「所指」的話，那就可以看到「超穩定結構論」的根本意圖。這就是說，「超穩定結構論」想要切斷以調節爲基礎的惡性循環，召喚並不隸屬於任何先驗原理和權威的「理性主體」。這可能是「超穩定結構論」這一歷史敘述所要召喚的啓蒙因素之所在。

可以說，對於任何「先驗命題」的拒絕和批判，亦即對作爲先驗命題的儒家的批判，正是「超穩定結構論」這一歷史觀所產生的「寓言」。在一篇回憶錄裏，金觀濤和劉青峰就把「科學精神」闡釋如下：「我們必須對不同的理論加以寬容，必須讓人大無畏地思想，必須建立一個容忍毫不留情的批評的環境，來淘汰那些經不起考驗的理論。正是科學告訴我們，爲了認識眞理，重要的並不是一下子提出一個十全十美、不再接受批判和檢驗的理論，恰恰相反，這樣的理論一定會導致思想的停滯，重要的是要在理論結構上有自我

〔註 88〕安東尼奧·葛蘭西：《獄中札記》，北京：人民出版社，1983 年，第 422 頁。

糾錯的機制。當代人正是把這些重要的理性準則運用到社會制度和政治結構上。」〔註89〕

　　總而言之，「超穩定結構論」這一歷史觀所具有的「科學」含義是雙重性的：首先是作爲「方法論」的科學。「超穩定結構」這一運用科學方法論的歷史觀並不是空穴來風，卻是反映著當時的思想張力。當時史學界面對的最大問題則是「封建復辟」，「政治學派」、「經濟學派」等都嘗試用各自的歷史觀來解釋當時中國所遭遇的歷史問題。在這樣的情境之下，金觀濤和劉青峰大膽地使用「科學」方法論即「系統論」，試圖更綜合地解釋中國歷史的封建性。作爲一個方法論，「超穩定結構論」無疑顯示出了其「科學」的含義。這一歷史觀試圖在方法論上突破，打開切入到歷史的另一個窗口。這一「試驗精神」抑或「科學精神」本身不容置疑。但是作爲一個「歷史觀」，這一方法論只能導致歷史虛無主義的悖論。據此「科學原理」，中國永遠不能擺脫封建的「惡循環」，這樣的結論甚至是同著者自己的根本意圖背道而馳的。

　　除了「方法論」上的意義和局限，我們還應該關注其寓言層面上的「科學」，亦即對於「理性主體」的呼喚。將「超穩定結構論」放置於當時的時代脈絡就可以看到，「超穩定結構論」這一歷史觀的最核心環節正是「文化」。著者把以「儒家」爲核心環節的文化體系看作「超穩定結構」的核心因素，在他們看來，「超穩定結構」之所以能夠強韌地保存下來，是源於其文化領域的媒介因素即「儒家」。「儒家」作爲一個先驗命題，防止了社會的開放性發展，終於導致整個社會結構的停滯。在這樣的判斷之下，他們提出「沒有任何先驗前提的批判精神」。從這樣的角度看，「超穩定結構論」這一史觀的寓言正是產生出不屬於任何先驗原理的批判性主體即「理性主體」。簡言之，他們是要通過一種「歷史世界的再創造」，探討中國歷史缺乏「理性主體」的原因，並且基於這一實驗，呼喚「理性主體」的重建。這就是「超穩定結構論」所具有的另一種「科學」含義。

〔註89〕金觀濤、劉青峰：《新十日談》，臺北：風雲時代出版公司，1989 年，第 351頁。

結　論

　　引言已經談過，今天我們或許是「驚訝」地發現了 1980 年代。雖然我們現在已處於多元化的情境，但忽然發現如果沒有 1980 年代，今日所使用的觀點和說法幾乎是不可能的。如福柯所指出的那樣，每一種「知識」都無一例外地處於權力的張力之中，擺脫或超越權力的知識是不可能的。與此同時，知識本身也成爲規定或說明一個時代的認識框架。因此我們要把一個知識體系的產生看作是某個世界觀的產生。從這樣的角度看，在 1980 年代「科學」這一概念所擔當過的使命是令人深省的。在現、當代中國思想之中，「科學」概念所經歷過的「浮沉」反映著知識和權力的密切關係，而且通過其浮沉，我們就能夠使用多樣的認識框架。

　　「科學」概念所反映的知識和權力之間的關係，在一名被稱爲「當代思想史的失蹤者」的思想家顧準的觀點及其歷史情境裏極爲明顯地表現出來。顧準曾經在七十年代所寫的筆記《科學與民主》之中表示：「說到底，民主不過是方法，根本的前提是進步。唯有看到權威主義會扼殺進步，權威主義是和科學精神水火不相容的，民主才是必須採用的方法。也許可以反駁，這麼說，還可以歸結爲民主是科學的前提。這種反駁當然還是有力量的，因爲上面的論證，看起來是一種循環論證，你把民主當作前提也可以，把所謂科學精神當作前提也可以。不過我想，把民主當作前提，不免有一種危險：人家可以把民主集中制說成民主，也可以恩賜給你一些『民主』，卻保留權威主義的實質。相反，把科學精神當作前提，就可以把『集中起來』的神話打破。……這麼看來，唯有科學精神才足以保證人類的進步，也唯有科學精神才足以打破權威主義和權威主義下面的恩賜的民主。」〔註1〕

〔註 1〕 顧準：《顧準文集》，貴陽：貴州人民出版社，1994 年，第 345 頁。

　　從今天的眼光來看，上面的說法沒什麼特別。但是眾所周知，顧準的這一觀點在 1970 年代當時未能公開地發表。這意味著，在當時的知識權力場域裏，顧準的觀點不能獲得其合法性地位。從顧準的觀點和時代知識權力的關係這一層面上看，可以看到「科學」或「科學精神」所擔當的角色並不簡單。從知識和權力之間的關係這一角度來看，顧準的觀點到了新時期之後才能獲得其合法性地位，這一知識環境的變化意味著，圍繞「科學」及其「民主」功能的觀點發生了顛覆性變化，而且這一變化正是規定世界觀的認識框架之轉換。

　　如前所述，從 1970 年代末開始，圍繞科學概念的爭論逐漸展開，其爭論的核心焦點正是「有沒有單一的、客觀的普遍眞理」以及「人能不能主動地構造眞理」這些問題。以往以「自然辯證法」爲核心的科學觀仍然一如既往地強調眞理的客觀性和單一性，並且根據自然辯證法的思想原理，主張作爲先驗原理的總規律優先於經驗。對於這樣的世界觀，一系列科學哲學家紛紛提出了與此相反的觀點，認爲眞理並不是絕對的，我們能夠通過不斷的實驗來構造有關眞理的知識。這一轉變並不僅僅是限於科學領域之內的變化，更是整個認識框架的轉變。而且這一轉變的過程之中，擔當著其先鋒角色的概念正是「科學」。

　　這一思維方式的轉變自有其思想內涵，而不可能僅僅是「能指」層面上的變化。換句話說，這些變化不能不帶來思維原理本身的轉變。如同圍繞「自然辯證法」的爭論所顯示，隨著單一性的眞理觀或科學觀逐漸失勢，另外的科學觀要取而代之。若說之前的世界觀是單一的、客觀的，此後的世界觀則是要強調認識主體的能動性，因此眞理不再是既定的而是可以構造的。那麼，這一重新構造眞理的主體是誰？主體的社會條件以及思維原理是怎樣的？在中國的歷史空間裏能否找到能動的思維主體？如果中國歷史之中沒有產生出這一能動的思維主體的話，那麼其根本原因是什麼？這些問題是在上述的思想變化的過程之中就被產生出來的。總而言之，七八十年代有關「科學」概念的爭論，可以說形成了「文化熱」這一知識轉變的重要知識背景。

　　形成「文化熱」的「三大知識群體」之中，無論從活躍的時間看，還是從思維的容量看，圍繞「走向未來」叢書和期刊的知識群體都是最有代表性的。他們拿「科學」作爲一個旗幟，推動了當代中國的思想潮流。正如其龐大的「走向未來」叢書的體量所顯示，它們所涉及的範圍的確龐雜，難以找

到一貫的編輯方向。但無論如何，他們始終如一地堅持「科學」和「理性」這兩個核心概念，可以說「理性主體的重建」恰恰是「走向未來」知識群體所要承擔的時代課題。他們要張揚「科學精神」或者「科學理性」，而且依靠這一價值試圖重新建立中國的文化主體。

今天我們「驚訝」地重新發現 1980 年代，而這一「驚訝」的原因，在於我們的認識框架的產生和轉變幾乎都是在 1980 年代完成的。本書探究的就是「走向未來」叢書所建構的各種認識框架。本書通過「科學與社會」、「理性主體的思維原理」以及「歷史世界的再創造」這三個方面探討了「走向未來」叢書的精髓即「理性主體的重建」。通過七八十年代之交有關科學概念的爭論，「走向未來」知識群體就體會到了科學的思想內涵及其承擔的各種角色，而且基於這種體會，他們在各個知識領域裏試探了理性主體重建的可能性和條件。

那麼，以「理性主體的重建」這種更爲深刻的角度來探究 1980 年代具有什麼樣的意義？首先，通過對 1980 年代思想潮流的更深入的考察，我們可以得到關於該時代的更豐富的解釋視野。迄今爲止，1980 年代一般被評價爲「現代化」的時代，而且這一「現代化」概念是指推動資本主義化。依照這樣的看法，席卷整個 1980 年代的核心思想就是「走向市場經濟」，1980 年代的知識分子都迷失於現代化的幻想。誠然，不能完全否定，在 1980 年代的確存在市場化的趨勢。但是僅僅側重於宏觀政治的層面，把 1980 年代的含義規定爲「現代化」或「市場經濟化」的觀點乃是過於簡單的。

1990 年代以來，中國的思想界經歷了極爲深刻的思想分裂，各種各樣的思想潮流圍繞當代如何思考當代中國這一問題展開了非常激烈的爭論。但從能夠產生這一思想分裂的認識框架（episteme）的角度來看，1980 年代的含義是不容忽視的。尤其「文化熱」這一「五四」以來最熱烈的知識饗宴推動了當代中國的啓蒙潮流，「走向未來」叢書編委會、「文化：中國與世界」編委會及「中國文化書院」等各個知識群體沿著互不相同的道路尋求自己的烏托邦。這一對於烏托邦的不同想像和準備，正是當代中國思想界的萌芽。倘若沒有這一萌芽，此後思想潮流的展開是不可能的。因此我們需要從更細緻的角度來分析和研究 1980 年代內部的微妙的不同思路。

此外，我們還可以從「啓蒙」本身的含義出發考察 1980 年代與「走向未來」叢書的內涵。如康德所指出：「這一啓蒙運動除了自由而外並不需要任何

別的東西，而且還確乎是一切可以稱之爲自由的東西之中最無害的東西，那就是在一切事情上都公開運用自己理性的自由」〔註2〕；「如果現在有人問：『我們目前是不是生活在一個啓蒙了的時代？』那麼回答就是：『並不是，但確實在一個啓蒙運動的時代』。」〔註3〕康德的這兩句話表達了「啓蒙」的精髓。「啓蒙」並不是一個概念，而是一個批判運動本身，而且，啓蒙的核心「理性」正是指公開地、勇敢地運用自己的理性。

在這個意義上看，「走向未來」叢書的訴求正是「理性主體的重建」。如同貫穿於整篇論文所探討的，「走向未來」叢書和期刊就是以「科學」和「理性」爲中心展開其思想歷程，在「社會制度」、「思維原理」及「歷史寓言」這三個層面上追溯了「理性主體」的重建。正如金觀濤的「我們在一個分裂的世界中生活得太久了。人們期待著理性和哲學的重建」這一句話所表露的，「理性主體的重建」恰恰是「走向未來」知識群體的精髓。對他們來說，該時代的當務之急正是重新樹立理性主體的文化位置及其思想陣地。也許可以說，依據康德對「啓蒙」的概括，「走向未來」叢書對於理性主體的訴求正好觸及到 1980 年代啓蒙運動的精髓。

最後，從更爲宏觀的角度來看，以「科學」爲旗幟的「走向未來」叢書和期刊的知識實踐也可以說是中國自由主義傳統的復活。正如金觀濤所指出過的那樣，「對待唯物史觀相反的態度使得中國的科學主義者分裂成自由主義和馬列主義兩種完全不同的營壘」。〔註4〕也就是說，對待唯物史觀的方式和態度就決定了自由主義者和馬列主義者之間的思想分野。七八十年代之交有關「科學」概念的爭論，就是從馬列主義的自然哲學即「自然辯證法」之中逐漸擺脫出來的過程。而且正如當時的一些科學哲學家所提出的那樣，他們還是強調不斷的觀察和試驗，這樣的科學觀其實是同近代自由主義科學派相近的。因此在某種意義上，七八十年代之交「科學」概念的重新出現與中國近代自由主義傳統的復活有著密切關係。

但是，儘管如此，也不要將 1980 年代「走向未來」叢書所呈現的自由主義傾向跟近代自由主義陣營直接等同起來。例如，一名論者認爲：「我強調這一次自由主義（即 1980 年代的──引者）在中國大陸的發展，實際上是一次

〔註2〕 康德：《歷史理性批判文集》，北京：商務印書館，2007 年，第 25 頁。
〔註3〕 同上，第 29 頁。
〔註4〕 金觀濤：《唯物史觀與中國近代傳統》，香港：《二十一世紀》，1996 年 2 月。

發現經驗的過程。和第一次自由主義在中國的傳播不同，當時的（二十世紀初──引者）自由主義幾乎完全是從外部學來的一種觀念。而這一次自由主義的興起，在很大程度上卻是中國大陸內部自生的產物。」〔註5〕正如該論者賦予給它的意義，1980 年代自由主義的產生與其說是「拿來主義」的結果，不如說是中國內部思想反思的產物，而且這一自由主義思潮的「內部產生」蘊含著當代中國激烈的思想震蕩。這一震蕩迄今為止並未消失，而目前自由主義營壘又已經分為「經濟自由主義派」和「政治自由主義派」。〔註6〕

　　綜上所述，對「走向未來」叢書的探討具有兩重含義：第一，對於某一段歷史的更豐富化的理解；第二，對於思想空間的更深入的闡釋。此後，我們也許可以把 1980 年代放置於更為多維度的框架裏加以解釋，從中挖掘出反思今天的更為豐富的精神與思想資源。某一段歷史不能僅僅作為過去的事實而存在。歷史通過不斷的挖掘重新出現，而且這一不斷挖掘的過程也許是啓蒙的過程本身。今日，重新回到 1980 年代及其思想脈絡的含義也是如此。

〔註5〕　胡平：《自由主義思潮在中國的命運》，載於陳奎德主編《中國大陸當代文化
　　　　　變遷》，臺灣：桂冠圖書股份有限公司，1991 年，第 71 頁。
〔註6〕　徐友漁：《我們一點都不排斥合作》，載於蕭三匝主編《中國當代思潮訪談錄》，
　　　　　福州：福建教育出版社，2012 年，第 61 頁。

參考文獻

研究文本

1. 《歷史的沉思》，北京：三聯書店，1980 年。
2. 陳宣良：《理性主義》，成都：四川人民出版社，1988 年。
3. 金觀濤：《在歷史的表象背後》，成都：四川人民出版社，1983 年。
4. 金觀濤：《我的哲學探索》，上海：上海人民出版社，1988 年。
5. 金觀濤、劉青峰：《興盛與危機》，湖南人民出版社，1984 年。
6. 金觀濤、劉青峰：《興盛與危機》，北京：法律出版社，2011 年。
7. 金觀濤、王軍銜：《悲壯的衰落》，成都：四川人民出版社，1986 年。
8. 劉昶：《人心中的歷史》，成都：四川人民出版社，1987 年。
9. 默頓：《十七世紀英國的科學、技術與社會》，成都：四川人民出版社，1986 年。
10. 約夫·本─戴維：《科學家在社會中的角色》，成都：四川人民出版社，1988 年。

中文資料

1. 安東尼奧·葛蘭西：《獄中札記》，北京：人民出版社，1984 年。
2. 柄谷行人：《跨越性批判》，北京：中央編輯出版社，2011 年。
3. 柄谷行人：《作為隱喻的建築》，北京：中央編譯出版社，2011 年。
4. 保羅·拖馬斯：《馬克思主義與科學馬克思主義》，南京：江蘇人民出版社，2011 年。
5. 陳奎德主編：《中國大陸當代文化變遷》，臺灣：桂冠圖書股份有限公司，1991 年。
6. 陳新：《歷史認識》，北京：北京大學出版社，2010 年。

7. 陳曉明：《德里達的底線》，北京：北京大學出版社，2009 年。

8. 程光煒主編：《重返 1980 年代》，北京：北京大學出版社，2009 年。

9. 程光煒主編：《文學講稿：「1980 年代」作爲方法》，北京：北京大學出版社，2009 年。

10. 程光煒：《當代文學的「歷史化」》，北京：北京大學出版社，2011 年。

11. 戴錦華：《霧中風景》，北京：北京大學出版社，2006 年。

12. 戴錦華：《涉渡之舟》，北京：北京大學出版社，2010 年。

13. 德里克：《革命與歷史》，南京：江蘇人民出版社，2008 年。

14. 鄧正來：《學術自由與中國深度研究》，上海：上海藝術出版社，2012 年。

15.（美）弗萊德・多邁爾：《主體性的黃昏》，山東：廣西師範大學出版社，2013 年。

16. 弗里德里希・哈耶克：《科學的反革命》，南京：譯林出版社，2012 年。

17. 甘陽：《古今中西之爭》，北京：三聯書店，2006 年。

18. 甘陽主編：《1980 年代文化意識》，上海：上海人民出版社，2006 年。

19. 顧準：《顧準文集》，貴陽：貴州人民出版社，1994 年。

20. 郭穎頤：《中國現代思想中的唯科學主義》，南京：江蘇人民出版社，2010 年。

21.（意）吉奧喬・阿甘本：《幼年與歷史》，河南：河南大學出版社，2011 年。

22. 金觀濤：《我的哲學探索》，上海：人民出版社，1988 年。

23. 金觀濤、劉青峰：《新十日談》，臺北：風雲時代出版公司，1989 年。

24. 金觀濤、劉青峰：《觀念史研究》，北京：法律出版社，2009 年。

25. 哈貝馬斯：《交往行爲理論》，上海：上海人民出版社，2004 年。

26. 哈貝馬斯：《在事實與規範之間》，北京：三聯書店，2011 年。

27. 漢娜・阿倫特：《過去與未來之間》，南京：譯林出版社，2011 年。

28. 賀桂梅：《人文學的想像力》，河南：河南大學出版社，2005 年。

29. 賀桂梅：《「新啓蒙」知識檔案》，北京：北京大學出版社，2010 年。

30. 黃進興：《後現代主義與歷史研究》，北京：三聯書店，2008 年。

31. 洪子誠：《問題與方法》，北京：三聯書店，2004 年。

32. 康德：《歷史理性批判文集》，北京：商務印書館，2007 年。

33. 卡爾・曼海姆：《意識形態與烏托邦》，北京：中國社會科學出版社，2009 年。

34. 卡西爾：《啓蒙哲學》，北京：中國人民大學出版社，2004 年。

35. 卡爾‧波普爾:《歷史主義的貧困》,北京:中國社會科學出版社,1998年。

36. 卡爾‧波普爾:《猜想與反駁》,上海:譯文出版社,2005年。

37. 卡爾‧波普爾:《開放社會及其敵人(第一、二卷)》,北京:中國社會科學出版社,2007年。

38. 卡爾‧波普爾:《科學發現的邏輯》,浙江:中國美學學院出版社,2008年。

39. 克利福德‧格爾茨:《文化的解釋》,南京:譯林出版社,2008年。

40. 克林武德:《歷史的觀念》,北京:北京大學出版社,2010年。

41. 李世濤主編:《知識分子立場──自由主義之爭與中國思想界的分化》,長春:時代文藝出版社,2002年。

42. 李秋零:《德國哲人視野中的歷史》,北京:中國人民大學出版社,2011年。

43. 李澤厚:《批判哲學的批判》,北京:三聯書店,2007年。

44. 李澤厚:《中國現代思想史》,北京:三聯書店,2012年。

45. 劉大椿:《科學哲學》,北京:中國人民大學出版社,2011年。

46. 劉原:《馬克思主義與美學》,北京:北京大學出版社,2012年。

47. 林同奇:《人文尋求錄》,北京:新星出版社,2006年。

48. 路易‧阿爾都賽:《黑格爾的幽靈學》,南京:南京大學出版社,2005年。

49. 馬國川主編:《我與1980年代》,北京:三聯書店,2011年。

50. 馬克思、恩格斯:《馬克思恩格斯選集》,河北:人民出版社,2008年。

51. 馬克斯‧韋伯:《學術與政治》,北京:三聯出版社,2007年。

52. 馬克斯‧韋伯:《學術與政治》,桂林:廣西師範大學出版社,2010年。

53. 馬泰‧卡林內斯庫:《現代性的五副面孔》,北京:商務印書館,2002年。

54. 米歇爾‧福柯:《詞與物》,上海:上海三聯書店,2001年。

55. 米歇爾‧福柯:《知識考古學》,北京:三聯書店,2007年。

56. 默頓:《科學社會學》,北京:商務印書館,2003年。

57. 帕沙‧查特吉:《帕沙‧查特吉讀本》,廣州:南方日報出版社,2010年。

58. 皮埃爾‧布迪厄:《海德格爾的政治存在論》,上海:學林出版社,2009年。

59. 秦曉:《當代中國問題:現代化還是現代性》,北京:社會科學院文獻出版社,2009年。

60. 錢理群:《毛澤東時代和後毛澤東時代》,臺北:聯經出版事業股份有限

公司，2012 年。

61. 斯拉沃熱・齊澤克：《意識形態的崇高客體》，北京：中央編譯出版社，2002 年。

62. 汪暉：《汪暉自選集》，廣西師範大學出版社，1997 年。

63. 汪暉：《現代中國思想的興起 下卷 第二部》，北京：三聯書店，2004 年。

64. 汪暉主編：《文化與公共性》，北京：三聯書店，2005 年。

65. 汪暉：《去政治化的政治》，北京：三聯書店，2008 年。

66. 吳冠軍：《愛與死的幽靈學》，吉林：吉林出版集團有限責任公司，2008 年。

67. 蕭三匝主編：《中國當代思潮訪談錄》，福州：福建教育出版社，2012 年。

68. 許紀霖等：《啓蒙的自我瓦解》，吉林：吉林出版集團有限責任公司，2007 年。

69. 余英時：《文史傳統與文化重建》，北京：三聯書店，2012 年。

70. 查建英主編：《1980 年代訪談錄》，北京：三聯書店，2009 年。

71. 查汝強：《科學與哲學論叢》，南寧：廣西人民出版社，1981 年。

72. 張軍勱等：《科學與人生觀》，瀋陽：遼寧教育出版社，1998 年。

73. 張旭東：《幻想的秩序》，香港：牛津大學出版社，1997 年。

74. 張旭東：《全球化時代的文化認同（第二版)》，北京：北京大學出版社，2006 年。

75. 張旭東：《批評的蹤跡》，北京：三聯書店，2006 年。

英文資料

1. Arif Dirlik, *Culture and History in Post-Revolutionary China*, The Chinese University Press, 2012.

2. Ban Wang, *The Sublime Figure of History*, Stanford University Press, 1997.

3. Bernard Yack, *The Longing for Total Revolution*, University of California Press, 1992.

4. Bill Brugger and David Kelly, *Chinese Marxism in the Post-Mao Era*, Stanford University Press, 1990.

5. Chen Fong-ching and Jin Guantao, *From Youthful Manuscript to River Elegy*, The Chinese University Press, 1997.

6. Hannah Arendt, *Lectures on Kant's Political Philosophy*, The University of Chicago Press, 1992.

7. Hans-Jörg Rheinberger, *On Historicizing Epistemology*, Stanford University Press, 2010.

8. H. Lyman Miller, *Science and Dissent in Post-Mao China*, the University of

Washington Press, 1996.

9. Helena Sheean, *Marxism and the Philosophy of Science*, Humanities Press, 1993.

10. Joseph Y.S. Cheng edits., *China: Modernization in the 80s*, The Chinese University Press, 1989.

11. Maurice Meisner, *The Deng Xiaoping Era*, Hill and Wang, 1996.

12. Maurice Merleau Ponty, Trans. By Joseph Bien, *Adventures of the Dialectic*, Northwestern University Press, 1973.

13. Jonathan Unger edt., *Using the Past to Serve the Present*, M.E. Sharpe, 1993.

14. Shiping Hua, *Scientism and Humanism*, State University of New York Press, 1995.

15. Wang Jing, *High Culture Fever*, University of California Press, 1996.

16. Tang Tsou, *The Cultural Revolution and Post-Mao Reforms*, The University of Chicago Press, 1986.

17. X.L.Ding, *The Decline of Communism in China*, Cambridge University Press, 1994.

18. Xudong Zhang, *Chinese Modernism in the Era of Reform*, Duke University Press, 1997.

相關論文

1. 陳圭如、余源陪：《哲學和自然科學的關係》,《社會科學》,1983 年第 9 期。

2. （美）德里克：《革命之後的史學》,香港：《中國社會科學節刊》,1995 年第 10 期。

3. 金觀濤：《唯物史觀與中國近代傳統》,香港：《二十一世紀》,1996 年第三十三期。

4. 金觀濤、樊洪業、劉青峰：《歷史上的科學技術結構》,《自然辯證法通訊》,1982 年第 5 期。

5. 金觀濤、華國凡：《突變理論對哲學的啟示》,《鄭州大學學報》,1978 年第 1 期。

6. 李銀河、林春：《試論我國建設社會主義時期反封建殘餘的鬥爭》,《歷史研究》,1979 年第 9 期。

7. 廖學盛：《關於東方專制主義》,《世界歷史》,1980 年第 1 期。

8. 劉青峰：《二十世紀中國科學主義的兩次興起》,香港：《二十一世紀》,1991 年 4 月。

9. （澳）盧逐現：《哲學和科學的關係》,《自然辯證法通訊》,1980 年第 2 期。

10. 羅照：《「一分爲二」不能完整地表述對立統一說》,《哲學研究》, 1979 年第 8 期。

11. 孟憲俊：《「一分爲二」體現鬥爭性,「合二而一」體現統一性》,《哲學研究》, 1979 年第 8 期。

12. 賈春峰、王夢奎：《官僚主義、封建專制與小生產》,《哲學研究》, 1979 年第 3 期。

13. 邱仁宗：《提高馬克思主義哲學的預見力 回答現代自然科學的挑戰》,《編輯之友》, 1981 年第 4 期。

14. 邱仁宗：《科學發展的內因和外因》,《學術論壇》, 1982 年第 2 期。

15. 邱仁宗：《探索認識的發生》,《讀書》, 1982 年第 5 期。

16. 汪暉：《「賽先生」在中國的命運──中國近現代思想中的「科學」概念及其使用》,《雪人》, 1991 年第 1 輯。

17. 汪暉：《當代中國的思想狀況與現代性問題》,《天涯》, 1997 年第 5 期。

18. 王耀宗：《中共執政六十年──從集體主義到個體主義》,香港：《二十一世紀》, 2009 年 10 月。

19. 王正萍：《如何正確理解「一分二」》,《哲學研究》, 1979 年第 9 期。

20. 許良英：《試論科學和民主的社會功能》,《自然辯證法通訊》, 1981 年第 1 期。

21. 許良英：《歷史理性的科學芻議》,《自然辯證法通訊》, 1986 年第 3 期。

22. 于光遠：《在一九五六年青島遺傳學會上的講話》,《自然辯證法通訊》, 1980 年第 1 期。

23. 查汝強：《簡評西方「科學哲學」中關於科學認識發展的幾種學說》,《哲學研究》, 1979 年。

24. 查汝強：《馬克思和自然辯證法》,《自然辯證法通訊》, 1983 年第 4 期。

25. 查汝強：《自然界辯證法範疇體系設想》,《中國社會科學》, 1985 年第 5 期。

26. 張善城：《評忠君道德》,《哲學研究》, 1980 年第 9 期。

27. 仲維光：《是自然辯證法,還是黑格爾的自然哲學》,《自然辯證法通訊》, 1986 年第 3 期。

28. 周昌忠：《自然觀與邏輯》,《哲學研究》, 1982 年第 7 期。

29. Arif Dirlik, "Feudalism" in Twentieth Century Chinese Historiography, *China Report* 33: 1.

30. Beverly Kitching, Science and Politics in the People's Republic of China: A Discussion of Models for the Development Science, *The Australian Journal of Chinese Affairs*, No.10（Jil., 1983）.

31. David Kelly, Chinese Controversies over the Guiding Role of Philosophy over Science, *The Australian Journal of Chinese Affairs*, 1982, No.14.

32. Lin Min, The Search for Modernity: Chinese Intellectual Discourse and Society, 1978~88, *The China Quarterly*, No.132（Dec., 1992）.

33. Liu Kang, Subjectivity, Marxism and Cultural Theory, *Social Text*, No.31/32（1992）.

34. William Lewis, Knowledge versus "Knowledge" : Louis Althusser on the Autonomy of Science and Philosophy from Ideology, *Rethinking Marxism*（19, Aug 2006）.

35. Q. Edward Wang, Between Marxism and Nationalism: Chinese Historiography and the Soviet Influence, 1949~1963, *Journal of Contemporary China*（2000）, 9（23）.

36. Tang Tsou, The Historic Change in Direction and Continuity with the Past, *The China Quarterly*, No.98（Jun., 1984）.

37. Xudong Zhang, On Some Motits in the Chinese "Culture Fever" of the Late80s: Social Change and Theory, *Social Text*, No.39（Summer, 1994）.

附錄：「走向未來」叢書總目錄

1984 年出版

李平曄著：《人的發現》（副標題：馬丁路德與宗教改革）。

李寶恒譯：《增長的極限》（副標題：羅馬俱樂部關於人類困境的研究報告）。

李醒民著：《激動人心的年代》（副標題：世紀之交物理學革命的歷史考察的哲學探討）。

道・霍夫斯塔特（Douglas Hofstadter）著，樂秀成編譯：《GEB──一條永恆的金帶》。

灌耕編譯：《現代物理學與東方神秘主義》根據 F.卡普拉（en：Fritjof Capra）的《物理學之道》（The Tao of Physics）。

朱嘉明、呂政著：《現實與選擇》（副標題：現代中國工業的結構與體制）。

何維凌、鄧英淘編：《經濟控制論》。

于有彬編著：《探險與世界》。

楊君昌編：《看不見的手》（副標題：微觀經濟學）。

陳明遠編著：《語言學與現代科學》。

金觀濤著：《在歷史的表象背後》（副標題：對中國封建社會超穩定結構的探索）。

劉青峰著：《讓科學的光芒照亮自己》（副標題：近代科學為什麼沒有在中國產生）。

1985 年出版

（美）阿歷克斯・英格爾斯等著，殷陸君編譯：《人的現代化》。

汪家熔編著：《大變動時代的建設者》（副標題：張元濟傳）。

朱利安・林肯・西蒙原著，黃江南、朱嘉明編譯：《沒有極限的增長》。

金觀濤、唐若昕著：《西方社會結構的演變》。

陳漢文編著：《在國際舞臺上》（副標題：西方現代國際關係學淺論）。

鄧正來編著：《昨天今天明天》（副標題：新技術革命與國際私法）。

陳越光、陳小雅著：《搖籃與墓地》（副標題：嚴復的思想和道路）。

茅於軾著：《擇優分配原理》（副標題：經濟學和它的數理基礎）。

胡作立著：《第三次數學危機》。

楊君昌編著：《凱恩斯革命》（副標題：宏觀經濟學）。

林興宅編著：《藝術魅力的探尋》。

楊伯揆、陳子明、陳兆剛、李盛平、繆曉非著：《西方文官系統》。

鄧英淘、何維凌編著：《動態經濟系統的調節與演化》。

（美）愛德華・奧爾本・威爾遜著，陽河清編譯：《新的綜合》（副標題：社
　　會生物學）。

1986 年出版

王小強、白南風著：《富饒的貧困》（副標題：中國落後地區的經濟考察）。

（德）哈格著，郭治安、姜璐、沈小峰編譯：《定量社會學》。

蕭功秦著：《儒家文化的困境》（副標題：近代士大夫與中西文化碰撞）。

（美）小拉爾夫・弗・邁爾斯主編，楊志信、葛明浩譯：《系統思想》。

（日）森島通夫（Michio Morishima）著，胡國成譯：《日本爲什麼「成功」》
　　（副標題：西方的技術和日本的民族精神）。

金觀濤、王軍銜著：《悲壯的衰落》（副標題：古埃及社會的興亡）。

（奧）弗洛伊德著，約翰・克里曼編，賀明明譯：《弗洛伊德著作選》。

劉東著：《西方的醜學》（副標題：感性的多元取向）。

（美）R.K・默頓（Robert King Merton）著，范岱年、吳忠、蔣效東譯：《十
　　七世紀英國的科學、技術與社會》。

戴士和著：《畫布上的創造》。

（美）約瑟夫・阿・勒文森（Joseph R. Levenson）著，劉偉、劉麗、姜鐵軍譯：《梁啓超與中國近代思想》。

（德）馬克斯・韋伯（Maximilian Carl Emil Weber）著，黃曉京、彭強譯：《新教倫理與資本主義精神》。

宋德生著：《信息革命的技術源流》。

（匈）亞諾什・科內爾（János Kornai）著，崔之元、錢銘今譯：《增長、短缺與效率》（副標題：社會主義經濟的一個宏觀動態模型）。

1987 年出版

錢乘旦、陳意新著：《走向現代國家之路》。

陳漢文編著：《競爭中的合作》（副標題：西方國際經濟學導論）。

（蘇）科瓦爾琴科主編，閆一、蕭吟譯：《訃量歷史學》。

麥克斯韋・約翰・查爾斯沃斯著，田曉春譯：《哲學的還原》。

林一知著：《凱恩斯理論與中國經濟》。

張猛、顧昕、張繼宗編著：《人的創世紀》。

（美）艾爾・巴比（Earl Robert Babbie）著，李銀河譯：《社會研究方法》。

胡格韋爾特著，白樺、丁一凡編譯：《發展社會學》。

陳克艱著：《上帝怎樣擲骰子》。

謝選駿著：《空寂的神殿》。

鄭凡著：《震撼心靈的古旋律》。

朱光磊著：《以權利制約權利》。

金觀濤著：《整體的哲學》。

謝長、葛岩著：《人體文化》。

劉昶著：《人心中的歷史》。

羅首初、萬解秋著：《探詢新的模式》。

周其仁、杜鷹、邱繼成著：《發展的主題》。

（美）K.J・阿羅（Kenneth J Arrow）著，陳志武、崔之元譯：《社會選擇與個人價值》。

（英）查・帕・斯諾著，陳恒六、劉岳譯：《對科學的傲慢與偏見》。

（英）弗蘭克・帕金著，劉東謝、維和譯：《馬克斯・韋伯》。

1988 年出版

王逸舟著：《波蘭危機》。

金觀濤著：《人的哲學》。

懷效鋒著：《四朝政治風雲》。

（美）C.E・布萊克著，段小光譯：《現代化的動力》。

徐一青、張鶴仙著：《信念的活史：文身世界》。

約瑟夫・本－戴維著，趙佳苓譯：《科學家在社會中的社會角色》。

（美）阿瑟・奧肯（Arthur Melvin Okun）著，王忠民、黃清譯：《平等與效率》。

韋政通著：《倫理思想的突破》。

（荷）C.A・范坡伊森著：《維特根斯坦哲學導論》。

何清漣著：《人口，中國的懸劍》。

陳宣良著：《理性主義》。

張五常著：《賣桔者言》。

錢乘旦著：《第一個工業化社會》。

葉舒憲著：《探索非理性的世界》。

後　記

　　包括高級進修班的時間，我在北大已度過了五年的時間。對我來說，中國的生活，尤其是北大的生活，是一個巨大的挑戰。既有語言上的問題，也有知識背景、文化差異、問題意識上的一系列差異帶來的層出不窮的問題，幸運的是，每次遇到難以處理的問題之時，老師和同學們都不厭其煩地給我提供幫助和關愛。尤其是我的導師李楊老師，耐心地指導我的整個學術生活，如果沒有老師的幫助，我絕對完不成這個過程。

　　在中國最高水平的大學裏獲得學位，無疑是光榮的事情，但要實現這一目標，自然需要付出常人無法想像的代價。我為此付出了艱辛的努力。雖然我知道離我設定的目標，離老師和同學對我的期待，還有不小的距離。我會通過繼續學習和努力工作來報答老師和同學的幫助。

　　五年的北大生活收穫很多。在這裡，我看到了最高水平的中國學生的才華與努力。在與他們的交往中，我增進了對中國的過去與現在，以及中國的未來的瞭解。我想藉此機會向幾位同學表示感謝：畢紅霞、馬征、盧冶、陳榮陽、丁小鶯。尤其要感謝畢紅霞同學和馬征同學提供的幫助。此外，丁小鶯同學作為我的答辯秘書，在辦理麻煩的畢業手續過程當中，誠心誠意地幫助我。謝謝小鶯。

　　最後，我應該向我的家庭和愛人表示感謝。如果沒有我父母的幫助和支持，獲得北大博士學位無疑是不可能的。我想向爸爸和媽媽表示感謝。也向經常在韓國幫我買一些資料的我的弟弟表示感謝。此外，我應該把榮譽獻給我的愛人禹丞姬和岳父。我跟愛人在北大相識，結為夫妻。她陪伴我度過了一段艱難而又快樂的旅程。我的岳父一直支持我的學習。非常感謝愛人和岳

父。畢業之後，我回韓國去，正式開始學術生涯。在此後漫長的路程中，北京大學永遠是我的驕傲。謝謝大家！

皮坰勳
2013 年 5 月 31 日於北大燕園